파르미자니노, ⟨긴 목의 성모⟩, 1535년, 피렌체, 우피치 미술관

데 키리코, 〈거리의 신비와 우수〉, 1914년, 미국, 개인 소장

헤르메스의 기둥

헤르메스의 기둥

송대방 장편소설

1

문학동네

이 소설을 나의 부모님과 파르미자니노,
그리고 전 세계 프리메이슨 회원에게 바친다.

파르미자니노 연구

이 논문을 석사학위 논문으로 제출합니다.

1997년 3월 2일

성 헤르메스 대학교 대학원

미술사학과 르네상스 전공

김승호

심사위원

주심(主審) : 제롬 퍼(결석)

부심(副審) : 제이콥 윈드

부심(副審) : A. J. 쿠퍼

성 헤르메스 대학교 대학원

일러두기

1. 외래어의 표기는 문광부가 지정한 외래어 표기 원칙에 따랐다.
2. 신들의 이름은 그리스식 표기를 원칙으로 하되, 상황 또는 문맥에 따라 로마식 영어식 표기를 혼용했음을 밝혀둔다. 특히, 문학 음악 미술 영화의 제목은 일반적으로 알려진 표기를 그대로 사용했다.

    예) 그리스식   로마식   영어식
        헤르메스   메르쿠리우스   머큐리
        아프로디테   베누스   비너스
        에로스   쿠피도   큐피드
        포세이돈   넵튠
        제우스   유피테르   주피터
        에오스   아우로라

3. 라틴어는 로마자 또는 이탤릭체로 표기하는 원칙에 따랐다.
4. 본문에서 사용한 약호는 다음과 같다.

    장편소설, 책, 잡지, 신문『 』
    작품, 소제목, 평론, 논문「 」
    그림, 음악, 영화〈 〉

차례

프롤로그 • **009**

1부

1장 CALCINATIO • **019**
2장 SOLUTIO • **097**
3장 SEPARATIO • **173**
4장 CONIUNCTIO • **207**
5장 PUTREFACTIO • **279**
6장 COAGULATIO • **367**

2부

7장 CIBATIO • **009**
8장 SUBLIMATIO • **153**
9장 FERMENTATIO • **177**
10장 EXALTATIO • **285**
11장 AUGMENTATIO • **313**
12장 PROJECTIO • **333**

에필로그 1 • **393**
에필로그 2 • **414**

해설 서영채—연금술적 상상력과 원근법의 우수 • **417**
작가의 말 송대방 • **441**

하나이면서 동시에 전체인 것은 무엇이냐?

프롤로그

1956년 스페인의 마드리드에서 소더비 경매회사의 특별 순회 경매가 있었다. 이 경매에서는 레오나르도 다 빈치의 미발표 친필 원고가 경매 대상으로 나왔는데 한 중년 남자에게 팔려나갔다. 그 원고의 내용이 무엇이었는지는 잘 알려지지 않았다. 소문으로는 다 빈치가 1513년 로마에 체류하던 시기에 갖고 놀던 어떤 장난감에 관한 것이라고 했다.

1부

ex uno omnia
하나에서 전체로

1장 | CALCINATIO

1

이 작품은 〈긴 목의 성모(聖母)〉라고 불린다.

이유는 이 화가가 성모를 자기 나름대로 우아하고 고상하게

표현하려 한 나머지 성모의 목을 마치 백조의 목처럼

길게 그렸기 때문이다. (……) 파르미자니노는 자기가 이렇게 비정상적으로

늘여진 형태를 좋아하고 있음을 열심히 보여주려 했다.

이런 효과를 강조하기 위해 그는 배경에 흔히 볼 수 없는 비례의

괴상한 원기둥을 그려놓았다.

— 곰브리치, 『미술의 역사』

분명 목적이 없는 열주(列柱)가 조그마한 예언자의 뒤로 섬뜩 다가온다.

— H. W. 잰슨, 『미술의 역사』

산타 마리아 데 세르비 교회를 위한 마돈나화(畵)는

유명한 〈긴 목의 성모〉다. 1534년에 주문을 받았고

완성되지도 않았는데 그는 사인을 했다.

지금은 우피치 미술관에 있다.

— P. 머레이, 「예술가들에 대한 주(註)」, 『예술가들의 생애』

파르미자니노, 〈긴 목의 성모〉, 1535년, 피렌체, 우피치 미술관

"포, 쓰리, 투,"

텔레비전에서는 아나운서가 1996년의 마지막 숨 넘어가는 카운트다운을 하고 있었다.

"원! 해피 뉴 이어!"

거리에 나온 사람들은 모두 새해를 맞는 기쁨에 기뻐 날뛰었다. 여기저기서 샴페인이 터뜨러지고 서로 모르는 사람끼리도 어깨동무를 하며 춤을 추고 있다. 로자Rosa 시에 1997년의 새해가 밝은 것이다.

'해피 뉴 이어라구? 논문이 완성돼야 해피 뉴 이어지.'

승호는 벽에 걸린 달력을 보았다. 1997년 1월 1일 수요일!

'1997년 새해의 첫날은 기분 좋은 수요일부터 시작하는군!'

승호는 수요일이 좋다. 그건 승호만의 감정은 아니다. 얼마 전 로자 시의 신문인 『머큐리』에서 실시한 여론조사에서는 로자 시의 많은 사람들이 일 주일 중 수요일을 가장 좋아한다고 씌어 있었다. 수요일은 일 주일의 중간에 있는 요일이다. 그래서 그런지 수요일이면 한껏 일을 하고 나서 중간에 기지개를 켜는 기분, 그리고 여유를 부릴 수 있는 날이라는 생각이 든다.

'버거운 일 주일의 반을 보냈다는 느낌에서일까?'

'중간'은 그래서 언제나 좋다. 프랑스인들은 유독 수요일에 무슨 의미를 두는 것 같다. 프랑스에서는 언제나 수요일에 새 영화가 개봉된다. 딱히 그럴 만한 이유도 없는데……

'오늘도 프랑스에선 새 영화들이 선을 보이겠지?'

특히 새해 첫 수요일이라 많은 대작들이 선을 보일 것이고 프랑스인들은 새해 첫날부터 극장을 찾을 것이다. 괜히 기분이 좋아지고 실실 웃고 있는 자신의 얼굴을 거울이 없는데도 볼 수 있을 것 같았다.

'젠장!'

승호는 고개를 돌려 계속 커서만 껌벅거리고 있을 컴퓨터의 뒤통수를 바라보았다. 그는 지금 '피라미드' 안에 있다. 글자를 쳐넣어야 하지만 왠지 마음이 내키지 않는다. 대충 시작할 수는 있지만 그러고 싶지는 않다. 그는 다시 텔레비전을 보았다.

피라미드. 이 구조물 속에서 승호는 가부좌를 틀고 앉아 머리를 식히고 있었다. 피라미드는 방 안에 승호가 설치해놓은 간단한 구조물이다. 어렵게 구한 알류미늄관으로 이어 만든 피라미드는 머리가 엉망진창이거나 심신이 피곤할 때, 그 속으로 기어 들어간 승호에게 다시 활력과 안정을 가져다주는 놀라운 장치였다. 승호는 미신 같은 건 믿지 않지만 피라미드의 효과는 부인할 수 없었다. 아마도 고대 이집트인은 이런 피라미드의 효과를 일찍부터 알고 있었을 것이다. 그렇지 않았다면 그들이 그렇게 힘을 들여 왕들의 무덤을 피라미드 형태로 만들지는 않았을 것이다. 피라미드는 재생(再生)의 시스템과 연관이 있다. 이집트인들은 그들의 왕이 죽지 않기를 바라면서 왕의 시체를 미라로 만들었고 그것을 피라미드 안에 넣었다. 이집트 왕들은 지금 이 '신성하면서도 쾌적한' 구조물 속에 누워 있다. 피라미드는 정말 쾌적한 곳이다. 한 프랑스 학자의 보고에 의하면 피라미드 안에 녹슨 면도날을 집어넣었더니 새것으로 바뀌더라는 것이다.

승호는 피라미드 안에서 나왔다. 그리고 다시 컴퓨터 앞에 앉았다. 아까보단 머리가 맑아진 기분이다.

김승호가 있는 이곳은 '헤라클레스의 기둥', 곧 지브롤터 해협이 바라다 보이는 조그만 나라, 영국령 지브롤터의 작은 도시 로자. 승호는 로자 시에 있는 성 헤르메스St. Hermes 대학에서 미술사학과 대학원에 다니고 있다.

지브롤터는 스페인의 땅에 있으면서 영국의 실질적인 지배를 받고 있었다. 그러나 지브롤터 사람들은 영국에서 벗어나 독자적인 나라를 세우고 싶어한다. 일부는 그들의 감성에도 맞는 스페인에 귀속되기를 원한다. 승호가 볼 때에도 지브롤터 사람들의 인성은 영국보다는 스페인에 가깝다. 올해에는 이 애매한 상태를 결정할 투표가 실시된다. 많은 지브롤터 사람들의 관심이 이 투표에 쏠려 있다.

지브롤터는 매우 중요한 해협이다. 지브롤터 해협을 사이에 두고 스페인과 모로코가 마주하고 있다. 유럽 대륙과 아프리카 대륙이 서로 맞닿아 있는 지점이다. 지브롤터 해협은 대서양과 지중해를 서로 연결시키는 항로다. 영국과 스페인이 이 해협을 거의 무상으로 통과하고 있는데, 지브롤터 사람들은 이들에 대해 통과료를 부과하고 싶어한다. 전략적인 위치에 있는 지브롤터 해협. 이 해협은 영국과 스페인, 모로코, 그리고 지브롤터 사람들의 중요한 이익이 교차되는 지점이다.

지브롤터 해협이 헤라클레스의 기둥으로 불리는 건 그리스 신화의 영웅 헤라클레스가 이 해협을 만들었다고 전해지기 때문이다. 그는 서로 붙어 있던 스페인 남부 땅과 북 아프리카의 모로코 땅을 갈라놓았다. 헤라클레스가 아니고서는 할 수 없는 일이었다. 그가 양 대륙을 갈라놓을 때 사용했던 두 개의 바윗덩이가 아직도 남아 있는데, 이 두 개의 바윗덩이를 '헤라클레스의 기둥'이라고 한다.

고대 그리스인들은 이 지브롤터를 세상의 끝으로 생각했다. 그들은 헤라클레스가 따내야 했던 황금사과나무가 이 세상의 서쪽 끝, 곧 아틀라스 산이 있는 곳에 있다고 믿었다. 실제로 아틀라스 산맥은 모로코에 인접한 아프리카 대륙에 있다. 그리고 아틀라스의 이름을 딴 대서양Atlantic Sea이 있다. 헤라클레스는 열두 가지의 고행을 선고받고 이곳 '세상의 서쪽 끝'으로 향한다. 머리에는 자기가 잡은 네메아의 사자 가죽을 쓰고. 그는 아틀라스의 손녀들, 곧 헤스페루스의 딸들인 헤스페리데스들이 살고 있는 정원으로 가서 황금사과나무를 지키는 용을 퇴치하고 황금사과를 따낸다.

헤스페리데스는 스페인의 옛날 지명, 곧 '히베리아'나 '헤스페리아'와 관계가 깊다. 그리스인들은 서쪽 끝을 오늘날의 스페인으로 생각했던 것이다.

헤라클레스의 기둥!

승호가 이곳 '세상의 끝'인 지브롤터의 성 헤르메스 대학까지 유학을 오게 된 것은 순전히 제롬 퍼라는 유명한 교수 때문이었다. 제롬 퍼는 르네상스 미술의 대가인데, 이곳 성 헤르메스 대학에서 가르치고 있었다. 승호는 이 교수 밑에서 르네상스 미술을 연구하면서 곧 파르미자니노에 대한 석사논문을 제출하려고 마음먹고 있었다. 퍼는 파르미자니노에 대한 놀라운 논문을 쓴 사람이었다. 그의 논문은 승호를 이곳 스페인 땅까지 오게 한 결정적인 이유였다. 겨울방학이지만 승호는 논문 일로 정신이 없었다. 수많은 논문을 읽어야 하고 자료도 찾아보아야 한다.

파르미자니노Parmigianino는 일반인에게 잘 알려지지 않은 화가다. 본명은 프란체스코 마주올리Francesco Mazzuoli. 1503년에 북부 이탈리아의 조그만 도시 파르마에 태어나서 1540년 37세라는 젊은 나이에 요절한 대표적인 매너리스트 화가다. 르네상스 시대의 유명한 전기작가 바사리의 『조각가·화가·건축가들의 생애』에 파르미자니노의 생애가 짤막하게 소개된 내용에 따르면, 그는 〈긴 목의 성모〉〈자화상〉〈장미의 성모〉 등 대표적인 성모자화(聖母子畵)와 귀족들의 초상화 몇 점을 남기고 말년에 비참한 고통 속에서 죽는다.

〈긴 목의 성모〉는 승호가 가장 주목하는, 그의 대표작이다. 매너리즘 시대라 불리는 16세기 중후반의 대표작으로 학자들은 보통 파르미자니노의 이 그림을 꼽는다. 그림은 1535년경에 그려진 것으로 알려져 있다. 〈긴 목의 성모〉는 항상 승호에게 수수께끼 같은 작품이었다.

승호는 키를 눌러 오래된 파일 하나를 꺼내온다.

에게 해에 황혼이 지면 아테네 박물관의 기다란 열주(列柱)엔 하나 둘, 그림자가 생긴다. 황혼은 신(神)을 깨우고 침묵 속에 잠긴 박물관의 긴 회랑은 비로소 기지개를 켠다. 열주는 말이 없고 돌로 된 신들은 신탁을 내리기 시작하는데, 어디선가 날아온 미네르바의 부엉이는 기둥들 사이로 날갯짓을 한다.

언젠가 그리스 여행 때 아테네 국립박물관에 들른 적이 있었다. 그곳에서 본 회랑의 그 고요하고 엄숙한 느낌은 충격적이었다. 저녁 무렵의 붉은 햇살을 받아 짙은 그림자를 바닥에 드리우는 기둥들, 고요함 속에서 벌어지는 원근법의 향연, 말없이 서 있는 석상들, 그리고 침묵. 황혼녘의 고요한 들판, 높다란 말뚝에 우두커니 서 있는 올빼미!

철학자 헤겔은 칠흑 같은 밤에 갑자기 나타나서 황홀한 백옥 날개의 자태를 보여주는 올빼미에서 지혜의 신 미네르바를 떠올렸다지만, 승호에게 그 모습은 옛날 그리스 사람들이 길거리에 놔두었던 표지석(標識石) 헤르마Herma를 연상시켰다.

모니터에 떠 있는 글은 작년, 그가 1등상을 받은 논문의 첫머리였다. 성 헤르메스 대학은 매년 학생들의 논문을 공모하여 상을 주는데 승호는 유학 첫해에 1등상인 로자 미스티카, 곧 '신비의 장미' 상을 받은 것이다. 그는 벽에 걸린 상장과 그 상장에 매달린 붉은 장미를 바라보았다. 언제나 흐뭇한 일이었다. 논문은 20세기 초에 '형이상 회화'라는 장르를 개척하여 초현실주의 회화에 지대한 공헌을 한 조르조 데 키리코라는 화가에 관한 것이었다. 데 키리코는 우수에 찬 도시 풍경화와 철학적인 그림으로 형이상 회화라는 독자적인 영역을 구축함으로써 많은 초현실주의 화가에게 영향을 끼쳤다. 그의 그림은 사물의 배후에 있는 신적인 존재와 인간 영혼의 깊은 영역을 그림으로 드러내었다는 데 의의가 있다. 그의 그림에는 서양문명의 세기말적 증후, 슈펭글러와 니체가 말했던 '피로에 지친 서양문명'의 긴 자락이 드리워져 있다.

승호는 벽에 투사된 〈긴 목의 성모〉를 뚫어져라 쳐다보았다. 15만원짜리 중고 코닥 환등기는 계속 그 둥근 렌즈를 통해 그림을 뿜어대고 있었다. 방 안은 환등기가 내는 윙— 하는 소리로 가득 찼다. 환등기는 대학 2학년 때 산 이후로 승호의 손때가 묻은 매우 귀중한 물건이었다. 책상에서는 역시 한국에서 가져온 구닥다리 컴퓨터가 계속 글자를 쳐넣어주기를 기다리고 있었다. 원만한 부팅을 위해서는 몇 번씩 애무해주어야 하는 낡은 컴퓨터였다.

파르미자니노와 그의 예술세계

그가 쓰려는 논문의 가제목이다. 제목만 쳐놓고 뒤를 이어나가지 못하고 있다. 그건 모두 이 〈긴 목의 성모〉라는 그림 때문이다.

'젠장! 도대체 몇 년이야?'

과연 그랬다. 〈긴 목의 성모〉는 처음 본 순간부터 줄곧 그를 붙잡고 괴롭혀왔다.

2

드넓은 광장에 기괴한 형체의 인체상(像)이 서 있다.
그의 이름은 형이상학자! 그의 몸은 온통 잡다한 철물(鐵物)들로
조립되어 있다. 양 옆으로 난 열주(列柱)의 건물은 빛을 받아
긴 그림자를 드리우고 있고 주위는 고요하다.
형이상학자란 도대체 누구인가?

어떤 꿈에서 몇 사람이 네모난 광장을 왼쪽으로 거닐고 있다.
꿈을 꾸고 있는 당사자는 한쪽에 서 있다.
긴팔원숭이를 다시 조립해야겠다고 사람들이 말한다.
네모난 광장은 보다 완전한 금속을 다시 합성하기 위한 전단계(前段階)로서,
최초 금속의 무질서한 덩어리를 네 가지 근본 원소로 분해하는
연금술사의 작업을 상징하고 있다.
— 캘빈 S. 홀 외(外), 『융 심리학 입문』, 제6장

헤르메스는 올림포스 산의 나무를 모두 자르고 철과 돌로
자신의 궁전을 세워 제우스의 분노를 샀다.

데 키리코, 〈위대한 형이상학자〉, 1916년, 베를린, 신(新) 국립미술관

  승호가 〈긴 목의 성모〉를 본 것은 2학년 때 '서양미술사 2 : 르
네상스와 바로크' 라는 강좌에서였다. 그는 강좌를 맡은 중년의
여교수를 무척 좋아했다.

  "이 그림은 파르미자니노라 불리는 이탈리아 매너리스트의
작품입니다. 그는 매너리즘을 대표하는 화가이죠. 그림에는 한
개의 기둥이 등장합니다. 그 기둥은, 많은 학자들을 괴롭혀온 문
제의 기둥입니다. 성모는 기괴하게 늘여져 있어 마치 모딜리아
니의 기다란 인체를 연상케 합니다. 그는 이렇게 비현실적으로
늘여진 인체를 좋아했고 그걸 미(美)라고 생각했죠. 이것을 스
틸레 세르펜티나타style serpentinata, 곧 '뱀의 양식' 이라고 부
릅니다. 즉 뱀처럼 길게 늘여진 아름다움이라는 겁니다. 매너리
스트들은 새로운 미의 양식을 구축했습니다. 전성기 르네상스의
천재들이 조화롭고 과학적인 미를 형상화시켰다면, 이들 매너리

스트들은 사람들의 비난 속에서도 새로운 미를 향한 탐구를 계속해나갔죠. 그것도 르네상스 정신 중 하나이겠지만요. 르네상스인들이 못할 거라곤 아무것도 없었으니까요. 어쨌든 내 눈에도 이런 인체는 그 나름대로의 아름다움이 있다고 봅니다. 길쭉길쭉한 손가락, 뼈라곤 없어 보이는 우아하고 고상한 나긋나긋함, 의자에 앉은 듯 만 듯한 애매모호한 성모의 자세, 거의 죽어버린 듯한 아기 예수의 누르죽죽한 몸뚱이, 그리고 그것들보다도 더 이상한 건……"

그건 바로 성모 옆에 그려진 유난히 작은 인물과 그뒤의 기둥이었다. 교수는 펜같이 생긴 지시등으로 그 부분을 가리켰다. 조그만 지시등의 붉은 점이 〈긴 목의 성모〉 오른쪽 아랫부분을 둥그렇게 휘감아돈다.

"바로 이 기둥입니다. 그리고 이 작은 예언자이지요. 이 작은 예언자는 도대체 무슨 의미로 그려졌을까요? 중세나 초기 르네상스의 제단화(祭壇畵)에는 그 그림을 봉헌한 부유한 상인이나 귀족, 왕들의 초상화를 이렇게 작게 그려넣는 경우가 있었습니다. 그러나 이건 그런 것 같지는 않죠? 인물의 모습이 이 세상 사람 같지 않은, 너무 비현실적인 모습으로 그려졌기 때문이지요. 뼈만 앙상한 대머리의 사나이. 세례자 요한을 연상케 하는 허름한 가죽옷, 마치 예언서처럼 보이는 종이 두루마리를 높이 쳐든 손, 그리고 그 몸짓으로, 이 사나이와 비교하면 마치 거대한 괴물처럼 보이는 성모와 아기 예수를 가리키고 있는 사나이. 도대체 이 사나이는 누구일까요? 혹시 파르미자니노 자신은 아닐까요? 이 자는 왜 여기에 서 있을까요? 더욱 기분 나쁜 건……"

교수는 잠시 쉬고 다시 말했다.

"바로 이 기둥입니다. 이 기둥은 왜 여기에 서 있을까요? 왜 이렇게 불쑥 솟아서 사람들을 어리둥절하게 만드는 것일까요? 이 기둥의 존재 의미는 무엇이겠습니까? 기둥은 무엇을 뜻할까요? 아까도 말했듯이 곰브리치는 이 기둥은 늘여진 인체의 성모를 강조하기 위해 의도적으로 그려진 것이라고 합니다. 과연 그럴까요?"

곰브리치의 의견은 그럴듯해 보였다. 확실히 기다란 신체의 미를 좋아한 파르미자니노라면 그럴 만했다. 그러나……

"이 기둥과 작은 예언자, 어떤 고대의 폐허를 옮겨놓은 듯한 분위기! 이게 왜 제단화에 필요할까요? 물론 이건 제단화라는 설이 유력합니다. 1534년 산타 마리아 데 세르비라는 교회가 파르미자니노에게 주문한 그림이 이 그림과 매우 유사하고, 바사리의 기록도 이 〈긴 목의 성모〉가 그 교회를 위해 제작된 제단화인 것 같은 냄새를 풍깁니다. 바사리의 기록에 의하면 이 그림은 미완성작입니다. 그런데도 파르미자니노는 기둥이 놓인 중첩된 단(壇)에 자기 사인을 했습니다. 바사리는 그가 점점 그림에 흥미를 잃어서 완성하는 걸 포기했다고 했습니다. 자세한 건 바사리의 책을 읽어보도록…… 파르미자니노가 흥미를 잃어버린 그림. 그래서 제단화용으로 그려졌다가 지금은 우피치 미술관에 걸려 있는 메디치 가의 소장품. 아무것도 말해주지 않는 그림. 마치 조르조네의 〈폭풍〉에서 보이는 부러진 두 개의 기둥처럼 이상하게 서 있는 파르미자니노의 기둥. 많은 해석을 요하는 그림. 바로 이게 〈긴 목의 성모〉이며, 파르마의 매너리스트인 파르미자니노의 걸작입니다."

〈폭풍〉은 베네치아의 르네상스 화가인 조르조네의 대표작으로 수수께끼에 싸인 그림이다. 아직도 학자들은 이 그림의 정확한 의미를 풀지 못하고 있다. 그 상징적인 분위기는 20세기의 많은 상징주의 화가들에게서 격찬을 받았다. 보티첼리의 그림들이 피렌체의 상징적인 분위기를 나타낸다면, 조르조네의 〈폭풍〉은 베네치아의 그것을 나타낸다. 〈폭풍〉에는 두 개의 부러진 기둥이 그려져 있는데, 그 의미 역시 밝혀지지 않고 있다.

교수는 이윽고 다음 그림으로 넘어갔다. 슬라이드는 이제 폰토르모의 〈그리스도의 십자가에서의 강하(降下)〉를 담고 있었다.

그 이후로 그는 이 수수께끼 같은 그림, 〈긴 목의 성모〉 속으로 빠져들어갔다. 〈긴 목의 성모〉는 중간고사의 3분 슬라이드 테스트 문제로 출제되었다. 3분 슬라이드 테스트는 3분 동안 제시된 그림을 보고 그것에 대한 간략한 설명을 하는 것이다. 승호는 이렇게 써냈다.

파르미자니노, 〈긴 목의 성모〉, 1535년경 작. 우피치 미술관 소장.

파르미자니노의 대표작이며 매너리즘 미술의 대표작. 기다랗게 기둥처럼 그려진 성모의 옷은 젖은 옷의 드레이퍼리 양식으로 처리되어 있으며 그 위에는 아기 예수가 누워 있다. 왼쪽에는 목동들이 있으며 한 명은 암포라(고대 그리스·로마 시대의 몸통이 불룩나온 항아리)를 들고 있다. 성모의 오른쪽으로는 작은 예언자와 기둥이 있으며 그 의미는 아직 밝혀지지 않고 있다. 기둥은 곰브리치에 의하면 길게 늘여진 신체의 미를 좋아했던 파르미자니노의 미학을 상징하는 것 같다. 이처럼 뱀 모양의 S자 곡선으로 길게 늘여진 양식을 스틸레 세르펜티나타, 곧 뱀의 양식이라고 부른다. 파르미자니노는 16세기 초반 이탈리아의 북부 파르마에서 활동했던 작가다. 그는 이외에도 〈자화상〉이라는 독특한 그림을 남겼다.

점수는 대충 나왔다. 중간고사 성적은 B플러스. 그러나 그 이후로 그가 이 그림을 완전히 잊어버린 건 아니었다.

남들처럼 취직시험에 열을 올릴 4학년 2학기 무렵, 승호는 우연히 잰슨의 『미술사』 원서를 꺼내 보았다. 별일이 없으면 앞으로 책장에 장식품처럼 꽂혀 있을 그런 고급 책. 몇 년 전 미국에 있는 삼촌에게 부탁해서 산 그 책을 들치다보니 커다란 도판으로 나와 있는 〈긴 목의 성모〉가 눈에 띄었다. 여전히 수수께끼 같은 그림. 그는 기둥 쪽으로 시선을 옮기다가 문득 이상한 점을

발견하였다. 기둥은 하나이면서 여러 개인 열주(列柱)였다! 딱
히 '한 개의 기둥이다', 또는 '여러 개의 기둥들이다' 라고 말할
수 없게 만드는 이상한 기둥! 이것도 저것도 아닌 수수께끼 같은
기둥! 하나이면서 여러 개인 기둥!

강렬한 호기심이 일었다. 기둥은 성모의 옷자락을 중심으로
위로는 한 개의 기둥으로, 아래로는 여러 개의 기둥, 즉 열주로
그려져 있었다. 다시 한번 기둥의 아랫부분을 유심히 살펴보았
다. 분명 기둥은 언뜻 보면 별 이상할 것도 없는 한 개의 기둥이
지만 기둥의 밑부분을 자세히 보면 여러 개의 기둥이 원근법에
의해 늘어서 있는 열주였다. 열주의 그림자들이 바닥에 드리워
져 있다. 성모의 푸른 옷자락은 그 기둥을 둘로 나누고 있다. 꼭
의도적으로 그려진 것 같았다. 참으로 이상한 기둥이었다. 2학
년 때 들은 강의가 기억났다.

—바사리의 기록에 의하면 파르미자니노는 이 그림을 그리다
가 흥미를 잃어 완성하지 않았다고 했습니다.

'그렇다면 구체적으로 그 부분은 바로 여기가 아닐까?'

생각이 꼬리에 꼬리를 물고 이어졌다. 분명 바사리의 기록이
맞다면 그림이 미완성으로 남겨졌다는 말은 이 기둥 부분을 놓
고 한 말일 것이다. 한 개이면서 동시에 열주인 기둥!

'파르미자니노가 기둥을 이렇게 그린 데에는 뭔가 숨겨진 의
도가 있을 것이다.'

그는 취직하려던 생각을 버리고 유학을 결정했다.

3

4월은 가장 잔인한 달,
죽은 땅에서 라일락을 꽃피우고
추억과 욕망을 섞어놓으며
활기 없는 뿌리를 봄비로 일깨우고
—T. S. 엘리엇, 「황무지」

파르미자니노, 〈성 제롬과 성모자〉, 1527년, 런던, 내셔널 갤러리

승호는 다시 벽에 비친 〈긴 목의 성모〉를 뜯어본다.

파르마.

이탈리아 북동부 지방인 로마냐 지방의 작은 도시 파르마는 그 이름만큼이나 신비스러운 도시이다. 잘 알려져 있지 않지만 오히려 그 점이 이 도시를 더욱 궁금하게 만든다.

파르미자니노는 파르마에서 1503년에 태어난다. '파르미자니노'는 '파르마 출신 사람'이라는 뜻이다. 파르마는 햄과 치즈로 유명하다. '파르마 햄'이라는 별도의 상품도 있다. 『적과 흑』으로 유명한 스탕달의 작품 중에 『파르마의 수도원』이라는 소설도 있다. 파르마는 알고 보면 중세와 르네상스 시기를 통틀어서 심심찮게 등장하는 도시 이름이다.

파르미자니노가 태어났을 당시 파르마는 로마냐 지방의 군주와 프랑스, 독일, 그리고 교황의 세력 사이에서 여기 속했다 저기 속했다 하는 불행한 상태에 있었다. 이탈리아 북동부를 주로 노렸던 프랑스의 프랑수아 1세의 손에 들어가 있던 적도 있다. 그러나 1527년 '로마의 약탈' 로 이탈리아의 통치권을 완전히 손아귀에 넣은 독일 황제 카를 5세의 손에 들어간 뒤부터는 그의 영토가 되었다.

파르마는 르네상스, 더 정확히는 매너리즘 시대에 들어오면서 그 이름을 알리기 시작한다. 파르마는 피렌체나 베네치아와는 달리 르네상스를 거치지 않고 곧바로 '신비의 시대' 인 매너리즘 시대를 거쳐 바로크로 넘어간 인상을 준다. 파르마 파(派)를 이룬 코레조와 파르미자니노의 그림들을 보면 점점 바로크적으로 변모하고 있는 분위기를 느낄 수 있다.

파르미자니노는 어렸을 때부터 그림 실력을 인정받아 다른 천재들처럼 일찍 두각을 나타내었다. 폰토르모와 브론치노가 미켈란젤로를 본받았던 것처럼 그는 라파엘을 본받았다. 라파엘의 우아한 성모는 파르미자니노의 날씬하고 매끄러운, 그리고 뭔가 신비스러운 성모로 이어진다.

런던 내셔널 갤러리에 있는 파르미자니노의 1527년 작 〈성 제롬과 성모자〉를 보면 현저한 라파엘의 영향을 볼 수 있다. 파르미자니노의 분위기 속에 라파엘의 유령이 살아 있는 것이다. 단, 파르미자니노의 작품은 신비스러운 도시 파르마처럼 약간 두렵고 떨리는, 뭔가 경외감에 찬 분위기가 깔려 있다는 게 차이점이다.

라파엘과 함께 그에게 큰 영향을 미쳤던 화가는 안토니오 코레조다. 코레조는 그가 태어난 고장 이름이기도 하다. 그곳은 파르마에서 멀지 않은 곳이다. 초기 작품을 제외하면 그의 그림은 바로크 시대와 가깝다.

파르미자니노는 그의 1527년 작 〈성 제롬과 성모자〉에서 성 제롬을 코레조의 〈주피터와 안티오페〉에서의 안티오페와 가깝게 그렸다. 안티오페는 사티로스로 변한 주피터의 사랑을 받은 여인이다. 이 둘 사이에서 암피온이라는 아들이 나온다. 몸을 Z자로 꼬며 평화롭게 자고 있는 안티오페를 지금 흉측스런 사티로스(牧羊神)의 몸을 하고 있는 주피터가 범하려는 장면을 담고 있다.

파르미자니노는 안티오페의 이 Z자형 자세에 반했는지, 그 자세를 자신의 그림 〈성 제롬과 성모자〉에서 짓궂게도 성 제롬에게 부여하고 있다. 찬란한 빛을 발하고 있는 성모자 아래에 이들을 오른손으로 가리키고 있는 세례자 요한이 있다. 마치 다 빈치의 1516년 작 〈세례자 요한〉과 같은 자세다. 긴 나무지팡이를 왼손에 들고 가죽옷을 걸친 채 성모자를 가리키고 있는 요한의 모습은 매우 드라마틱하다. 세례자 요한을 이처럼 멋있게 담아낸 그림은 아마 없을 것이다. 그는 이미 르네상스적이기보다는 바로크적인 역동적인 자세를 취하고 있다.

요한의 오른손 검지손가락은 정확히 아기 예수의 얼굴을 가리키고 그 둘을 잇는 선은 성모의 얼굴로 이어진다. 성모의 얼굴과 예수의 얼굴, 요한의 손가락이 일직선상에 놓이도록 배려한 것이다.

가장 재미있는 것은 역시 성 제롬의 Z자형 자세다. 파르미자니노는 왜 성 제롬을 코레조의 안티오페처럼 그려놨을까? 그는 파르미자니노의 다른 작품 〈성인들과 성모자〉에서처럼 십자가 예수의 형상이 붙은 긴 지팡이를 옆에 끼고 있다. 제롬은 피곤했는지 늘어지게 오수(午睡)를 즐기고 있다.

성 제롬은 세례자 요한처럼 광야에서 활동했다. 세례자 요한은 광야에서 광인으로 살면서 메시아가 곧 온다고 했고, 성 제롬은 사막에서 고행을 하며 성경을 번역했다. 그가 라틴어로 번역한 성경이 곧 불가타이다.

광야에서 활동했던 성 제롬과 세례자 요한! 이 두 사람이 같은 그림에 등장한다는 것은 매우 그럴듯하다.

〈긴 목의 성모〉와 함께 파르미자니노의 또다른 대표작으로 알려진 〈자화상〉이 오스트리아 빈의 미술사 박물관에 있다. 다른 자화상들과는 달리 볼록거울에 비친 모습인데, 바사리에 의하면 어느날 이발소에서 우연히 천장에 달린 볼록거울을 보다가 그 거울에 비친 자기 모습에 반하여 그린 그림이라고 한다. '볼록거울에 비친 자화상'은 당연히 모든 형상이 볼록하게 왜곡되어 있고 신비롭게 보인다. 그의 남다른 신비주의 경향은 아마 이때부터 시작되지 않았나 싶다.

그는 눈에 보이는 사물들에 만족하지 않고 그 사물들 속을 침투해 들어가 눈에 보이지 않는 세계를 알고 싶어했다. 마치 사물과 사물 사이의 세계에 대한 그림인 메타피지컬 metaphysical한 그림을 남겼던 데 키리코처럼! 그가 후에 연금술에 심취했던 것은 이런 경향을 볼 때 오히려 너무나 당연한 일이 아니었을까?

그는 짧은 볼로냐 시대(1527~1531년)를 거쳐 파르마에 정착한다. 1527년엔 그 유명한 '로마의 약탈'*도 경험했다. 그는 독일의 개신교 병사들이 로마의 예술품들을 무참히 파괴하는 걸 두 눈으로 똑똑히 목격했다. 격동의 시기인 그 4년간 로마와 볼로냐를 방황하면서 귀족들의 초상화를 그리거나 황제 카를 5세의 초상화를 그리며 지내던 그는 파르마에 정착하면서부터 그림에만 열중하게 된다.

〈긴 목의 성모〉는 모딜리아니의 인체를 닮았지만 그 숭고한 모습은 19세기 말 러시아 사실주의 화가들의 인체와 닮아 있다. 성모는 숭고함의 화신이다. 그녀의 인체는 만인이 우러러보도록 최대한 아름다우며 고상하고 숭고한 자태를 취하고 있다.

긴 목의 성모라지만 목이 그리 길어 보이진 않는다. 미국 포그 미술관에 있는 파르미자니노가 그린 어느 궁정부인의 데생은 〈긴 목의 성모〉처럼 목이 긴 원통형이다. 그래서 우아하게 보인다.

---

* 로마의 약탈 : 독일 황제 카를 5세와 프랑스 왕 프랑수아 1세에 의한 이탈리아 전쟁중 부르봉 공(公)이 이끄는 독일·스페인 군이 1527년 5월 로마 시를 급습해 약탈과 파괴를 자행한 사건. 이로 인해 르네상스 미술의 걸작들이 많이 소실되었으며, 이는 이탈리아 르네상스의 종말을 가져온 사건으로 기록되고 있다.

파르미자니노는 원통형의 목을 특히 사랑했던 것 같다. 매끄럽고 긴, 그리고 간결한 원통형은 그의 이상형이었을까? 그의 참을 수 없는, 폭발할 것 같은 리비도의 대상이었을까?

그러나 '긴 목의 성모'는 제목으로는 아무래도 맞지 않다. 〈긴 목의 성모〉에는 물론 파르미자니노의 특허라고도 할 수 있는 원통형의 길고 우아한 목도 그려져 있지만 그보다 중요한 다른 무엇인가가 숨겨져 있는 것 같다. 15세기 피렌체의 화가 루카 시뇨렐리의 〈성모자〉에 비하면 파르미자니노의 '긴 목'은 양반이다. 시뇨렐리의 부자연스런 원통형의 긴 목은 분명 그의 스승인 피에로 델라 프란체스카의 영향을 받은 것이다. 원근법과 기하학을 연구한 학자이기도 한 피에로 델라 프란체스카는 원근법에 관한 저서를 남겼다. 프란체스카에게 원통형의 목은 미의 기준이다.

왼쪽에 다섯 명의 목동 또는 천사들이 있다. 바사리는 천사라고 했지만 승호의 눈에는 목동으로 보인다. 그중 한 명이 암포라를 들고 있다. 바사리의 기록은 다음과 같다.

그중 한 명이 팔에 수정단지를 들고 있는데 거기선 십자가의 형상이 빛나고 있다.

십자가의 형상이 빛나고 있다? 암포라에는 그런 십자가의 형상이 보이지 않는다. 암포라에는 아무 형상도 무늬도 없다.

암포라는 파르미자니노의 친구이자 친척인 지롤라모 베돌리

마주올리가 그린 〈철학자의 초상화〉에도 등장한다. 이 초상화는 당시 지롤라모의 은사이기도 한 마르칸토니오 파세리라는 철학자의 초상화로 추정되는데 거기에도 이와 비슷한 암포라가 있다. 암포라에는 에케 호모ecce homo, 즉 '이 사람을 보라' 라는 상징적인 글귀와 함께 여러 사람이 새겨져 있다. 또 파세리의 메달에는 야누스의 알레고리가 새겨져 있다. 알레고리는 상징 속에 진의를 숨기고 있는 그림이다. 야누스는 두 얼굴을 가진 로마의 신이다. 당시 이탈리아 르네상스를 풍미했던 철학은 신비주의와 신플라톤주의였는데 파세리는 파르마에서 이 둘에 모두 박식한 학자였다. 야누스는 '반대의 일치', 즉 15세기 초반의 위대한 신플라톤주의 신학자 니콜라우스 쿠자누스N. Cusanus가 명명한 '코인키덴티아 오포지토룸coincidentia oppositorum' 을 형상화한 것이다.

야누스는 문턱을 지키는 신이다. 문은 바깥과 안을 연결해준다. 따라서 문은 중간지대다. 고대 로마인들은 문을 지키는 신을 야누스라고 생각했다. 두 개의 얼굴을 붙인 이두상(二頭像)인 야누스 신상은 사람들로 하여금 사물의 이면, 그 속뜻을 바로 알라는 의미를 전해준다.

목동들 옆, 화면의 중앙에 파르미자니노 특유의 성모가 있다. 성모는 의자에 앉아 있지만 파르미자니노가 신체를 왜곡시켰기 때문에 앉아 있는 건지 서 있는 건지 분간하기가 어렵다. 성모의 몸은 마치 미켈란젤로가 조각한 〈메디치의 성모〉를 연상시킨다.

<메디치의 성모>는 미켈란젤로의 매너리즘 시대의 작품이다. 성모의 몸체는 점점 꼬여간다. 그리고 탈형식화되어간다.

성모의 품에 아기 예수가 잠들어 있다. 그러나 아기 예수의 자세는 왠지 불안하고 얼굴은 평화롭지 못하다. 마치 죽어 있는 것 같다. 그 기괴함과 섬뜩함은 성모의 자애로운 얼굴과 대조되어 더욱 강렬한 효과를 만들어내고 있다. 아기 예수는 죽은 것처럼 핏기가 없고 곧 성모의 품에서 미끄러져 떨어질 것 같은데 성모는 마냥 즐거워하고 있다.

성모화에서 가장 중요하다 할 아기 예수가 이렇게 그려진 다음에야 이 그림이 인기 있었을 리 없다. 성질이 불 같은 시민이라면 당장 이 불경스러운 그림을 없애버려야 한다고 고함을 질렀을 것이다. 또 약간이라도 안목이 있는 시민이라면 이 성모화가 묘하게 에로틱한 감정을 유발시키고 있다는 것을 알아챘을 것이다.

그 감정은 성모의 에로틱한 얼굴 모습에서만 기인하지 않는다. 그 원인은 바로 성모가 딛고 있는 두 개의 방석에 있다. 방석은 르네상스인들에게 사랑의 즐거움, 육체의 쾌락, 여성의 관능미를 연상케 하는 소재다. 따라서 르네상스인은 성모화에 함부로 방석을 그리지 않았다. 그런데 파르미자니노는 이 성모화에 대담하게도 방석을 두 개나 그린 것이다. 푸른색과 붉은색의 방석과 함께 성모는 쾌락과 관능미로 충만한 불경스러운 여인이 되어버렸다.

　방석이 그려져서 '불경스럽게도' 에로틱해 보이는 대표적인 그림은 사르토의 그림이다. 그는 다른 화가들처럼 프랑수아 1세의 초청을 받아 프랑스에 머문 적이 있다. 폰토르모와 로소가 그의 밑에서 배웠으며 바사리도 얼마간 그에게서 배웠다. 그러나 바사리는 그의 인품에 대해서 별로 좋지 않게 기술했다. 바사리는 그 그림을 알고 있었을까?

　그 그림은 바로 사르토의 1529년 작 〈성가족〉이다. 정말 이상야릇하게 그려진 성모자화다. 아기 예수의 오른발 밑에 존재 이유를 모를 방석이 하나 놓여 있다. 그리고 아기 예수는 관람자 쪽을 향해 행복한 웃음을 짓고 있다. 얼핏 보면 왼쪽에서 십자가가 달린 보주(寶珠), 즉 세상의 권세를 뜻하는 보물을 쥐여주는 세례자 요한을 보고 짓는 웃음 같다. 그런데 자세히 보면 아기 예수의 약간 에로틱한 미소는 보주 때문만이 아님을 알 수 있다. 누구의 손인지 모를, 남자의 오른손이 어디선가 불쑥 튀어나와 아기 예수의 '가장 중요한 부분'을 잡고 있다. 손의 위치나 그 생김새가 영락없이 아기 예수의 '인체의 중요한 일부'를 잡고 장난을 치는 듯하다.

　누구의 손일까? 물론 아버지 요셉의 손일 것이다. 요한과 예수의 사이로 이들 뒤에 서 있는 아버지 요셉의 얼굴이 보인다. 요셉도 관람자 쪽을 보고 있다. 요셉과 그의 아들 아기 예수가 다같이 관람자 쪽을 보고 있는 것이다. 아기 예수의 '거기'를 잡고 불경스럽게 장난을 치고 있는 손은 분명 요셉의 손으로 보인다. 요셉은 왜 이런 장난을 치고 있는 것일까? 그리고 왜 무안하게 관람자를 보고 있는 것일까? 요셉의 의도는 무엇일까? 아니, 화가 사르토의 의도는 무엇일까?

사르토가 아기 예수의 발 밑에 집어넣은 방석은 분명 이런 요셉과 예수의 제스처와 무관하지 않아 보인다. 방석은 아기 예수의 에로틱한 미소를 주목하게 한다. 사르토는 왜 성스러워야 할 성모자화에 이런 장난을 친 것일까?

확실히 파르미자니노의 성모는 존경받아야 할 인류의 어머니라기보다는 완숙한 자신의 몸매를 뽐내는 섹시한 여인 같다. 그녀의 '젖은 옷', 즉 드레이퍼리 양식으로 처리된 몸은 여인의 육체적 향기를 더욱 강조하는 것 같다. 때문에 아기 예수의 몸은 더욱 초라해 보인다.

아기 예수의 모습에는 르네상스인의 풍요로운 사회의식도, 미에 대한 얄미울 정도의 아름다운 정신도 담겨 있지 않다. 아기 예수는 비척비척대고 있으며 지금 당장 떨어져 죽을 것만 같다. 이것이 매너리즘의 특징이다. 파르미자니노는 라파엘의 감미롭고 풍성한 아기 예수를 많이 공부했음에도 불구하고 매너리즘적인 기괴하고 섬뜩한 예수를 창조해내고 있다.

파르미자니노의, 좋게 말하면 실험정신이, 나쁘게 말하면 뭔가를 부서뜨리고 싶은 장난기라고 할 그 무엇이 발동해 그려진 예수. 그가 부서뜨리고 싶었던 것은 레오나르도나 라파엘 등 그의 선배들이 창조해낸 아름답고 안정적이며 고전적인 전성기 르네상스의 화풍이 아니었을까?

악동 파르미자니노!

그는 르네상스의 정신을 파괴한 죄로 하늘의 벌을 받아 37세의 젊은 나이에 지독한 설사병에 걸려 죽고 만다. 긴 목의 성모 오른편에, 그러나 논리적으로 보면 성모의 뒤편에 기둥이 서 있고 그 앞, 즉 성모의 발치에는 갑자기 왜소해져버린 늙은 사나이, '작은 예언자'가 서 있다. 이 사나이는 말년에 거의 폐인이 된 파르미자니노 자신을 나타낸 것은 아닐까. 사나이는 그림에 등장하는 다른 인물들의 비례와는 상관없이 독자적인 영역을 차지하고 있다. 이 사나이는 도대체 누굴까?

성모의 옷자락이 기둥을 두 부분으로 나누고 있고 성모의 왼편 뒤로 젖혀진 커튼의 붉은 자락이 있다. 사실 이런 구도는 초상화에서 흔히 보이는 구도다. 초상화의 인물 뒤로 커튼이 젖혀지면서 어떤 배경이 나타나는데 거기엔 먼 경치라든가 웅대한 기둥, 또는 고대 그리스의 암포라가 등장한다. 이러한 소품들은 초상화를 더욱 고상하게 만드는 기능을 한다.

자, 커튼을 젖히니 고대의 신전을 옮겨놓은 듯한 불가사의한 풍경이 전개된다. 그렇다! 문제는 기둥이다! 이 기둥은 반 다이크가 그린 〈찰스 1세의 초상화〉처럼(승호는 배경에 기둥이 그려져 있는 왕들의 초상화 중에서 이 작품을 제일 좋아했다. 그러나 찰스 1세는 그 위풍당당한 모습과는 반대로 비참한 죽음을 당했

다) 인물을 더 품격 있게 하거나 그림을 고상하게 만들지만은 않는다. 기둥은 불가사의한 엉뚱함을 보여준다. 파르미자니노의 이 기둥을 열주로 본 잰슨은 이렇게 쓰고 있다.

거대한, 그리고 분명 목적이 없는 열주가 조그마한 예언자의 모습 뒤로 섬뜩 다가온다.

사실 기둥은 그의 말대로 열주다. 성모의 옷자락을 중심으로 위로는 한 개의 기둥이지만, 아래는 여러 개의 기둥들이 원근법에 의해 뒤로 물러나면서 벌판에 그림자를 드리우고 있는 열주다. 잰슨은 그림 속의 작은 인물을 예언자로 보았다. 승호가 일찍이 〈긴 목의 성모〉를 주목한 건 바로 이 부분 때문이다. 〈긴 목의 성모〉에서 가장 알 수 없는 부분은 바로 열주 부분이고, 그 느낌은 데 키리코의 그림들과 어떤 연관성을 가진 것처럼 보인다. 데 키리코의 그림들, 또는 폴 델보의 그림들에서 볼 수 있는 광장과 열주의 느낌은 〈긴 목의 성모〉에서의 열주 부분과 일치한다. 데 키리코가 자신의 그림들을 형이상학적 회화라고 했지만, 이미 몇백 년 전에 파르미자니노가 형이상학적 회화를 그려냈던 것이다. 승호는 그렇게 확신하고 있었다. 〈긴 목의 성모〉에서의 열주 부분은 보티첼리의 〈성 제노비우스의 네 가지 기적〉 중 불길하고도 형이상학적인 도시 배경과 일치하고, 데 키리코와 폴 델보 등의 풍경화와도 그 느낌이 일치한다. 그것은 마치 카스파

다비드 프리드리히의 그림 〈고독한 나무〉를 안드레이 타르코프스키 감독의 〈희생〉의 한 장면에서 발견한 느낌이다.

보르헤스의 형이상학적 소설이 데 키리코의 그림과 많은 동질성을 가진다는 건, 데 키리코의 그림을 본 사람이라면 알 것이다. 보르헤스의 환상적이고 초현실적인 분위기는 데 키리코의 형이상학적 분위기와 매우 일치한다. 그것은 라틴 민족에게서 나오는 특유의 환상성이요 초현실성이다. 승호는 〈긴 목의 성모〉에서 그 열주 부분을 보는 순간 몇백 년이나 차이가 나는 데 키리코의 그림들에서 느꼈던 환상성을 보았다. 파르미자니노가 '기분이 나빠서' 그림을 포기했다면 아마도 이 부분이었으리라. 그는 성스러워야 할 성모화에 이런 불길한 풍경이 들어간다는 게 어딘지 꺼림칙했을 것이다.

데 키리코의 형이상학적 회화가 사물의 안 보이는 면, 그 '또 다른 진실'을 보여주고자 한 것처럼 파르미자니노의 〈긴 목의 성모〉도 사물의 배후, 가려진 세계를 드러내 보이고자 했던 것이다. '사물의 보이지 않는 세계를 드러내려 한다'는 점에서 두 사람의 유사성을 찾을 수 있다.

데 키리코의 형이상학적 세계가 몇백 년 전의 파르미자니노의 그림에서도 등장한다는 사실은 분명 놀랄 만한 일이다. 데 키리코와 파르미자니노, 그리고 보르헤스의 공통성은 분명 논문의 주제가 될 만했다. 성모의 뒤에는 또다른 세계가 펼쳐지고 있다!

기둥은 곰브리치가 말한 대로 '긴 신체의 미'를 좋아했던 파르미자니노의 성모를 강조하고 자신의 미를 대변해주는 좋은 소품으로도 볼 수 있다.

파르미자니노는 자기가 이렇게 비정상적으로 길게 늘여진 형태를 좋아하고 있음을 열심히 보여주려 했다. 이러한 효과를 강조하기 위해 그는 배경에 흔히 볼 수 없는 비례의 괴상하게 생긴 원기둥을 그려놓았다.

곰브리치의 설명은 명쾌했다. 과연 기둥은 성모의 기다란 신체를 눈여겨보라는 듯 서 있다. 그러나 곰브리치는 기둥을 하나로 보았다.

문제는 여기에 있다. 어떤 사람은 기둥을 하나로 보는 데 반해, 다른 사람은 열주로 보고 있다는 점이다. 관점에 따라서 해석도 달라진다. 기둥이 하나라면 귀족들의 초상화에 흔히 등장하는 배경으로서의 기둥일 수 있다. 그러나 여러 개의 기둥들, 즉 열주라면 이건 잰슨의 말대로 '그 목적을 알 수 없는' 이상한 공간이 되어버린다. 그건 해석자의 잘못이 아니다. 그림 자체가 그렇게 그려져 있다. 따라서 파르미자니노는 그림을 '그렇게' 의도했다고 볼 수 있다. 그는 기둥을 '하나이면서 여러 개인' 열주로 그리기 위해 성모의 옷자락을 교묘하게 그 중간에 배치했다. 그건 분명 의도적이었다.

파르미자니노는 수수께끼를 던지고 있다. 450여 년 전의 그가 지금 승호에게 묻고 있는 것이다.

'하나이면서 동시에 여러 개인 기둥은 무엇이냐?'

마치 오이디푸스 왕에게 낸 스핑크스의 질문처럼 파르미자니
노의 기둥은 수수께끼 같은 질문을 하고 있다. 바사리에 의하면
그는 그림을 그리는 중간에 기분이 나빠져 그림을 미완성으로
남겼다고 했다.

그는 이 그림을 미완성으로 남겼다. 이유는 그가 그림에서
별로 만족감을 느끼지 못했기 때문이다.

'미완성인 부분'은 바로 이 기둥이다. 만약 논리적인 그림이
라면, 그리고 완벽을 추구하는 화가라면 그는 기둥을 하나의 기
둥이든지 여러 개의 기둥들이든지 둘 중 하나로 완벽하게 끝맺
음을 했을 것이다. 아랫부분의 열주를 지우면 기둥은 하나가 될
것이고 윗부분을 여러 개의 기둥으로 몇 번의 붓질만 더했다면
기둥은 열주가 될 것이다. 또하나, '작은 예언자'가 서 있는 공간
은 '형이상학적 공간'이다. 그리고 그 공간은 보티첼리의 〈성 제
노비우스의 네 가지 기적〉에서 시작하여 20세기 초 데 키리코의
그림들에서 끝나는 '형이상학적 공간의 그림'들의 계열에서 중
간부분을 차지할 것이다. 이 불길하고 형이상학적인 공간이 그

를 괴롭힌 것이다.

기둥과 작은 예언자!

이 둘이 서로 연관되어 존재함을 눈치챌 수 있다. 파르미자니노는 불가사의한 기둥과 작은 예언자가 서로 같은 공간에 존재하고 그 둘이 떼려야 뗄 수 없는 어떤 필연적인 관계에 놓여 있음을 암시하고 있다. 그렇다면 이 둘의 관계는 무엇일까?

작은 예언자는 성모에 안긴 아기 예수를 자기가 들고 있는 두루마리로 가리키고 있다. 그 두루마리에는 어떤 예언이 적혀 있을 것이다. 즉 예언자는 지금 아기 예수의 장래 일을 말하고 있는 것이다. 그렇다면 예언자는 세례자 요한쯤 될 것이다. 작은 예언자의 허름한 옷차림은 세례자 요한의 옷차림과 비슷하다. 세례자 요한은 예수보다 먼저 와서 장차 구세주가 도래할 것임을 알려준 메신저이다. 그의 역할은 장차 올 구세주를 인간들에게 알려주는 것으로 끝난다. 이 작은 예언자를 세례자 요한으로 본다면, 그렇다면 기둥은 세례자 요한과 어떤 관계에 있을까?

기둥은 이 그림에서 어떤 예고의 역할을 한다. 기둥은 아기 예수를 안은 성모 뒤에 불길하게 서 있기 때문에 그 상징성은 아기 예수와 성모에게 일어날 앞으로의 어떤 일이 될 것이다. 그 불길함은 조르조네의 〈폭풍〉과 맞먹는다. 부러진 기둥! 그렇다면 기둥은 장차 예수가 못 박힐 십자가가 될 것인가? 기둥과 작은 예언자가 지금, 예언자 또는 메신저의 역할을 한다면 기둥에는 어떤 의미가 숨어 있을까?

파르미자니노는 기둥이 세워진 단에 자기 사인을 했다. 그럼 이 그림은 미완성이 아니라 완성작인 셈이다. 이 그림이 머레이가 지적한 대로 파르미자니노가 산타 마리아 데 세르비 교회를 위해 그린 그림이었는지도 의심스럽다.

산타 마리아 데 세르비 교회를 위해 그는 패널화를 그렸는데, 잠자고 있는 아기 예수를 팔에 안은 성모화이며 한쪽에는 몇 명의 천사들이 있다. 그중 한 명이 팔에 들고 있는 수정단지에는 십자가의 형상이 빛나고 있고 성모가 그걸 지그시 보고 있다. 그는 이 그림을 미완성으로 남겼다. 이유는 그가 그림에서 별로 만족감을 느끼지 못했기 때문이다. 그럼에도 불구하고 그 그림은 우아함과 아름다움으로 가득 차 있어서 많은 찬사를 받았다.

사실 바사리의 이 기록은 많은 면에서 〈긴 목의 성모〉에 대한 설명으로 보기가 어렵다. 지금까지 설명한 것 외에도 바사리는 기둥에 대한 지적을 빠뜨렸다. 기둥부분은 별로 중요한 게 아니라고 생각해서였는진 몰라도……

결국 이런 의문이 남는다. 파르미자니노가 그린 〈긴 목의 성모〉가 과연 산타 마리아 데 세르비 교회를 위해 그린 그림이었을까?

4

'문턱'은 성스러운 장소로 여겨지며 따라서 터부시된다.
—J. G. 프레이저,
『구약성서의 민속 : 종교·전설·율법의 비교학적 연구』 제3권

데 키리코, 〈출발의 불안〉, 1913~1914년, 버팔로, 올브라이트 녹스 화랑

1월 8일 수요일 오전 열시, 성 헤르메스 대학 대강당.

승호는 파르미자니노에 대한 자신의 간략한 논문을 1996년 논문 공모에 제출하여 또다시 1등 상인 '신비의 장미' 상을 탔다. 오늘은 논문 발표날.

대강당 문에는 안내문이 붙었다.

1월 8일 (수) 오전 10시

1996년도 논문 공모 당선자 기념발표회장

발　표　자 : 김승호(미술사학과 대학원 2학년)

논문 제목 : 파르미자니노와 이상한 기둥

발표회장 안에는 퍼 교수가 제일 앞자리에 앉아 있었다. 그리고 쿠퍼, 윈드 교수도. 퍼 교수는 승호를 보며 느긋한 웃음을 지

었다. 퍼 교수는 승호의 논문이 상을 받도록 열심히 지도해주었
다. 그런 퍼 교수를 승호는 매우 고맙게 생각했다. 그러나 퍼 교
수가 처음부터 승호의 논문 주제를 지원했던 건 아니었다. 그는
승호가 논문의 초점을 파르미자니노 쪽에 맞추고 싶다고 했을
때 그리 탐탁지 않게 여겼다. 이유는 말하지 않은 채.

승호는 파르미자니노의 전반적인 작품세계를 설명하면서 파
르미자니노의 많은 그림들을 보여주었다. 그리고 마지막으로 그
의 대표작이라 할 수 있으며 논문의 하이라이트라 할 수 있는
1535년 작 〈긴 목의 성모〉를 보여주었다. 승호는 잠시 기침을 하
고 나서 그림에 대한 설명에 들어갔다.

"우리는 이 그림을 그가 산타 마리아 데 세르비 교회를 위해
제작한 제단화라고 알고 있습니다. 그러나 어쩌면 이 그림은 산
타 마리아 교회를 위한 패널화가 아닐지도 모릅니다."

지금 그가 하는 애기는 그의 학위논문에 그대로 오를 것이며
어쩌면 영원히 미해결인 채로 남게 될지도 모른다. 승호는 자신
을 바라보고 있는 청중들의 시선이 갑자기 뜨거워짐을 느낄 수
있었다.

"바사리가 자신의 저서 『화가·조각가·건축가들의 생애』에서
기록한 것을 토대로 사람들은 이 그림이 제단화일 것이라고 여
기고 있습니다. 그러나 저는 여러 가지 점에서 이러한 설은 문제
가 있으며 바사리의 기록과도 일치하지 않는다고 생각합니다.

첫째, 바사리의 기록에는 그림의 주요 주제인 기능에 대한 설명
이 없습니다. 둘째, '십자가의 형상이 있는 수정단지'가 그림에
서는 여러분도 보시다시피 그저 암포라일 뿐입니다. 셋째, 성모
의 얼굴은 '단지를 보고 있는' 게 아니라 사실은 아기 예수를 바
라보고 있습니다. 그럼 바사리의 기록은 〈긴 목의 성모〉에 대한
것이 아니지 않을까요? 〈긴 목의 성모〉는 바사리가 몰랐던 또다
른 파르미자니노의 작품이 아닐까요?"

청중들에게 많은 질문을 해대는 것은 그가 대학 2학년 때 좋
아했던 여교수에게서 이어받은 버릇이었다.

"그림 오른쪽에 있는 기둥은 정확히 무슨 의미인지 아직 밝혀
지지 않았습니다."

승호는 붉은색 지시등으로 스크린에 비춰진 그림의 기둥 부분
을 가리키며 말했다. 마지막으로 보여주는 〈긴 목의 성모〉에 대
한 설명만 마치면 자신의 논문발표는 끝이 날 것이다. 그리고 이
그림은 가장 중요한, 논문의 핵심이자 하이라이트였다.

"기둥은 여러분이 보시다시피 한 개의 거대한 기둥입니다. 그
것은 곰브리치가 말한 대로 아무런 이유도 없이 거기 그렇게 서
있습니다. 기둥과 성모! 이 그림의 제목이 〈긴 목의 성모〉입니다
만, 어쩌면 이 그림의 제목은 〈기둥과 성모〉로 바뀌어야 될지도
모릅니다. 제가 은연중 그렇게 주장하고 있음을 제 논문을 보신
분들은 아실 것입니다. 왜냐하면 제가 보기엔 이 그림에서 중요
한 것은 '목이 긴' 성모보다도 '기둥'이라고 생각되기 때문입니

다. 그리고 사실 성모의 목은 그리 길어 보이지 않습니다. 그렇
죠?"

청중석에서 약간의 웃음소리가 들렸다.

"또 파르미자니노가 이 그림을 제단화로 바치기 위해 그렸다
면 별로 중요할 것도 없는 성모의 목에 주목하여 〈긴 목의 성모〉
라고 이름 붙였을 리도 없습니다. 이 그림은 성스러워야 할 제단
화이기 때문입니다. 그러니, 과연 제단화였을까요?"

승호는 잠시 쉬고 청중을 둘러보았다.

"여러분, 이 기둥을 자세히 주목해주십시오."

그는 지시등으로 기둥의 윗부분과 아랫부분을 번갈아가며 가
리켰다.

"언뜻 별로 중요해 보이지 않는 한 개의 기둥이 자세히 보면
이렇게, 한 개이면서 여러 개인 기둥으로 나타나고 있습니다. 위
와 아래가 전혀 다르게 그려져 있다는 얘기지요. 위의 기둥은 한
개이지만 아래의 기둥은 열주입니다. 잰슨은 이 부분을 '불길한
열주' 라고 말하고 있습니다. 과연 이 열주 부분은 데 키리코의
그림들처럼 불길한 광경입니다. 바사리에 의하면 이 그림은 미
완성작입니다. 그렇다면 그 미완성인 부분은 바로 이 기둥 부분
이란 것을 쉽게 알 수 있습니다. 그러나 기둥이 한 개이면서 여
러 개인 이중적인 의미의 기둥이란 걸 알아내기란 결코 쉽지 않
습니다. 그러면서도 파르미자니노는 자기 사인을 했습니다. '그
러면서도' 라는 말을 쓴 것은, 우리는 보통 사인은 완성작에 하는

것이라는 통념을 갖고 있기 때문입니다. 그럼 파르미자니노는 왜 이런 애매한 그림을 남겼을까요? 이 기둥의 정체는 무엇일까요? 기둥은 보통 초상화에 자주 등장합니다. 위대한 영웅이나 왕들의 초상화를 보면 왕의 기품을 위해서 웅장한 기둥을 그려 넣는 것을 흔히 볼 수 있습니다. 또한 우리는 기둥이 르네상스 시대에 영웅의 상징으로 쓰였다는 것을 알고 있습니다. 우리는 초상화의 대가 반 다이크가 그린 〈찰스 1세의 초상화〉를 기억합니다. 확실히 기둥은 인물의 고상한 품격이나 영웅성을 강조하는 기능을 갖고 있습니다. 그럼 이 그림의 기둥도 그런 것일까요? 성모의 위대성을 강조하는 기둥일까요? 확실히 성모는 위아래로 길게 늘여진 모습으로 그려져 있어 위대한 영웅처럼 보입니다. 성모는 기독교 세계에서 가장 추앙받는 인류의 어머니입니다. 그럼 이 기둥은 성모를 강조하는 것일까요? 성모는 이렇게 파르미자니노가 즐겨 그리던 방식대로 스틸레 세르펜티나타, 즉 뱀처럼 길고 꾸불꾸불한 양식으로 그려져 있습니다. 그리고 그 옆에 날렵한 원기둥이 있습니다. 따라서 이 기둥은 곰브리치가 말한 대로 성모의 기다란 자태를 강조하기 위한 기둥이라고 볼 수도 있습니다. 그렇다면 어쩌면 이 기둥은, 기다란 인체미를 좋아하는 파르미자니노의 하나의 대표적인 상징이라고 할 수도 있을 것입니다. 그러나……"

승호는 잠시 쉬고 청중을 한번 쭉 둘러보았다. 그리고 지시등으로 기둥의 아랫부분을 가리켰다.

"기둥은 이번엔 다시 열주, 즉 여러 개의 기둥으로 다시 우리의 눈을 혼란시킵니다. 파르미자니노가 바사리의 기록대로 '중간에 그림이 마음에 들지 않아 그만두었다'면 그건 아마도 이 미완성처럼 보이는 기둥 부분에서였을 것입니다. 그는 왜 그림에 흥미를 잃었을까요? 그림의 어느 부분이 그의 의욕을 꺾었을까요? 여러분이 보시기에 기둥은 단지 한 개로 보일 것입니다. 그러나 자세히 보면 기둥의 밑부분은 원근법적으로 그려진 열주이므로 파르미자니노는 자신이 그린 기둥이 한 개가 아닌 열주임을 암시하고 있습니다. 그림이 완성작이려면 우리는 무덤에 있는 파르미자니노를 불러일으켜 기둥을 완성하게 해야 합니다. 그럼 파르미자니노는 몇 번의 붓질을 더하여 기둥을 한 개면 한 개, 열주면 열주로 마저 그려야 할 겁니다. 그러나 불행하게도 그는 지금 다시는 못 올 하데스의 나라, 이탈리아의 라 폰타나 교회에 묻혀 있습니다."

잠시 청중들의 웃음소리.

"파르미자니노는 대체 왜 이렇게 애매하게 기둥을 남겼을까요? 기둥의 정체는 도대체 무엇일까요? 그는 왜 성스러운 제단화에 불가사의한 기둥을 남겼을까요? 그는 탁월한 매너리스트가 되고자 했을까요? 저는 단적으로 이 기둥은 미완성이 아니라 파르미자니노가 의도했던 완성작, 즉 한 개이면서 여러 개인 기둥이 엄연히 존재하는 그림일 거라는 가설을 내세우겠습니다."

승호는 '엄연히'라는 단어에 힘을 주었다.

"기둥은 한 개도 아니고 열주도 아닌, 동시에 한 개이면서도 여러 개인 기둥일 수 있습니다. 기둥은 우선 열주입니다. 그림을 자세히 보면 작은 예언자의 옆으로 긴 그림자가 늘어선 열주를 발견하게 됩니다. 한 개처럼 보이는 기둥은 사실 열주였던 것입니다. 성모의 옷자락이 의도적으로 기둥을 두 부분으로 나누고 있습니다. 저는 그가 의도적으로 이런 트릭을 부렸다고 확신합니다. 파르미자니노는 한 개이면서 열주인 기둥의 신비를 교묘하게 숨기기 위해, 또는 드러내 보이기 위해 성모의 옷자락을 필요 이상으로 늘려 기둥의 중간부분에 위치시켜놓고 있습니다. 하나이면서 여러 개인 기둥! 우리는 이 모호한 기둥에 대해서 하나라고도, 또 여러 개라고도 딱 잘라 말할 수 없습니다. 왜냐하면 이 기둥은 그 둘의 상태를 공존시키고 있기 때문입니다. 참으로 놀라운 파르미자니노의 속임수입니다. 저는 그렇게 생각합니다. 우리는 지금 스핑크스의 질문을 받고 있습니다."

승호는 문득 소포클레스의 희곡 『오이디푸스 왕』을 생각했다. 자신에게 부과된 운명을 피하려고 여기저기 도망 다니는 오이디푸스 왕은 결국 요나처럼 운명에 승복하게 된다. 요나는 선지자가 되라는 신의 명령을 피해 여기저기로 도망다니지만 결국 고래에게 잡아먹히는 고행을 겪은 뒤 신의 말씀대로 선지자가 된다. 인간이 신의 명령, 또는 주어진 운명을 피하기란 어렵다는 얘기다.

"파르미자니노에게서 '하나이면서 동시에 여러 개인 존재는 무엇이냐' 는 질문을 받게 됩니다. 그것은 어쩌면 '이 기둥은 사실 기둥이 아니다. 이것은 알레고리, 즉 어떤 진실에 대한 상징적인 대체물이다' 라고 생각할 수 있습니다. 그럼 그것이 무엇일까요? 어쩌면 이 기둥은 〈긴 목의 성모〉의 전체적인 의미를 알게 해주는 비밀의 열쇠일지도 모릅니다. 바사리가 이 그림을 몰랐다면, 또는 이 그림을 보고서도 기둥의 의미를 몰랐다면 그는 충분히 그림에 대한 설명에서 그런 언급을 빼먹었을 수도 있습니다."

승호는 기둥, 아니 열주의 의미는 아직 풀리지 않고 있다고 말하고 발표를 끝냈다. 승호는 많은 박수를 받았다. 승호는 잠깐 퍼 교수의 얼굴을 보았다. 그는 흐뭇한 듯 자신을 바라보고 있었다. 승호는 안도의 숨을 내쉬었다. '이젠 됐구나!' 하는 기분이 들었다. 사실 청중들의 박수는 중요하지 않다. 퍼 교수의 웃는 얼굴이 그에겐 더 중요한 것이다. 학위논문을 위한 첫 발걸음이 순조롭게 떼어졌음을 알 수 있었다.

자료를 정리하면서 강당을 바라보던 승호의 눈에 이상한 남자가 띄었다. 그는 맨 뒷자리에 앉아 있었는데, 언제 강의실에 들어왔는지 모를 일이었다. 사람들이 자리에서 일어나 나가는데도 그는 앉아서 계속 승호를 주시하고 있었다. 승호에게 용건이 있는 눈치였다. 그의 시선을 무시하며 승호가 강단에서 내려가려 할 때 그가 다가왔다. 구레나룻이 텁수룩하고 유난히 코가 커 보이는데다 눈빛이 예사롭지 않았다. 나이는 한 오십대 중반? 얼굴에서는 유난히 프랑스인 특유의 분위기가 났다. 남자는 쭉 승호의 논문발표를 들었다면서 할말이 있으니 잠시 시간을 내달라고 했다. 그의 목소리는 심각했다.

"파르미자니노에 대한 논문발표가 있다고 해서 왔는데 당신이 동양인이어서 놀랐소. 하기야 동양인이면 어떻고 백인이면 어떻소. 일본인이요? 아니면, 중국인?"

"한국인입니다."

"아, 코리안! 하기야 그건 상관없지만."

"무슨 일이죠?"

승호는 조심스럽게 물으며 그의 얼굴을 자세히 뜯어보았다. 세수는 대충 하다 만 듯, 전형적인 라틴계의 얼굴에 유난히 큰 매부리 코가 인상적이었다.

"당신의 논문을 다 듣고 난 소감은, 그러니까…… 한마디로 놀랍고도 엉터리라는 거요. 우선은 당신의 통찰력에 놀랐소. 그러나 그 논문은 들을 만한 게 하나도 없는 거요."

"그래요? 그런데 당신은 누구시죠?"

여유를 찾은 승호가 물었다. 모욕감을 느껴야 당연하지만 그보다는 이상한 흥미가 생겼다.

"그런 논문은 누구나 쓸 수 있는 거지. 물론 〈긴 목의 성모〉에 대한 부분은 유별났소. 보기 드문 탁견이지. 사실 그런 지적을 한 건 당신이 처음이오. 그래서 놀랐다는 거요. 여기에 온 보람이 있어. 지금까지 기다린 보람이 있었어."

무슨 말인지 알아들을 수가 없었다. 뭘 기다렸다는 것인가?

승호는 계속 그자의 눈을 바라보았다.

"열주의 의미, 과연 그게 무엇일까? 이것 한 가지만은 말해두고 싶군. 당신은 파르미자니노의 생애에 대해 자세히는 모르는 것 같아. 그의 고뇌를 아시오? 37세에 비참하게 죽어간 그의 인생을 말이오. 그걸 모르고서 어떻게 논문을 쓸 수가 있지? 당신의 논문은 핵심을 찌르는 게 없어. 찌르는가 싶으면 옆으로 빗나간단 말야. 진실을 알고 싶으면 용기가 필요해. 논문은 함부로 쓰는 게 아니야."

함부로 쓰는게 아니라구?

"그 그림은 당신이 말한 대로 산타 마리아 데 세르비 교회를 위해 그린 그림이 아니오. 그건 누구나 쉽게 발견할 수 있는 거지. 나는 잭이라고 하오. 당신이 만약 파르미자니노에 대해 더 자세히 알고 싶으면 돌아오는 '메르쿠리우스에게 바쳐진 날'에 나를 만나러 오시오. 당신의 논문은 다시 씌어져야 하오. 그날 나를 못 만나면 영원히 다시 못 만날 거요."

남자는 그렇게 말하고 뒤돌아서려다가 다시 말했다.

"참! 그날 나를 만나면 '세 번 위대한 헤르메스'에 대해서도 알려주지. 아마 당신은 잘 모를 거야. 그러나 그건 당신에게 참으로 값진 경험을 가져다줄 거요. 기억하시오, 세 번 위대한 헤르메스!"

세 번 위대한 헤르메스?

"이젠 정말 죽었으면 좋겠어, 지긋지긋해."

그는 내뱉듯이 말하고는 고개를 저으며 막무가내로 떠나버렸다. 약속 장소는 성 헤르메스 대학의 한 낡은 교회 건물. 그 건물의 역사는 무려 350여 년이나 되었다. 무척 낡은 건물이라 아무도 가고 싶어하지 않는 곳이었다. 그렇지만 그건 성 헤르메스 대학을 상징하는 중요한 건물이다.

남자가 남기고 간 말이 잊혀지지 않았다. 파르미자니노의 고뇌, 세 번 위대한 헤르메스. 그러나 무엇보다도 그를 아프게 한 말은 이것이었다.

"논문은 함부로 쓰는 게 아니야."

5

대지는 아직 대기 안에서 자신의 무게를 감당하지 못했고
암피트리테(바다의 여신)도 땅의 가장자리를 따라
자신의 손을 뻗치질 못했다. (……) 한 가지 질료 안에 있으면서도
추위는 더위와, 습한 것은 건조한 것과, 부드러움은 딱딱함과,
무거움은 가벼움과 싸우고 있었다.
—오비디우스, 『변신(變身)』

첼리니, 〈프랑수아 1세에게 바치는 소금그릇〉, 1544년경, 빈, 미술사 박물관

승호는 환등기를 켜둔 채 잠시 휴식을 취하고 있었다. 느긋하게 커피를 마시며 창 밖을 바라보았다. 로자 시의 황혼이 아름답게 펼쳐졌다.

로자 시는 지브롤터 해협을 사이에 두고 모로코와 인접해서 그런지 프랑스계 사람들이 많이 살고 있다. 어제 만난 잭도 그런 프랑스계의 이주민일 거라는 생각이 들었다. 승호가 살고 있는 산타 크립틱 가(街)는 평범한 거리였다. 오후의 황혼 녘이 되면 아름다운 오렌지빛 햇살이 거리를 붉게 물들이는 그런 곳이었다. 그는 삼촌의 오래된 집에 살고 있었다. 승호의 삼촌은 지금은 미국의 부유한 도시 롱 아일랜드에 거뜬히 집 한 채를 마련해서 살고 있는데, 이곳 지브롤터에도 작은 집이 하나 있다. 지금 이 집은 그가 성공해서 롱 아일랜드로 이사하기 전 살았던 낡은 집이다. 지브롤터로 유학 오게 된 승호에게 삼촌은 관리도 맡길

겸 이 집을 빌려주었다. 승호도 언젠가 롱 아일랜드의 삼촌 집에 가본 적이 있는데, 그곳은 정말 부자 동네였다. 부유한 유대인, 중국인들이 주로 사는, 웬만한 부자가 아니면 엄두도 못 낼 고급 주택들이 즐비한 그곳에 삼촌은 한국인으로서는 드물게 집을 갖고 있었다.

삼촌은 미국에서 사진관 비서부터 시작했다. 나중엔 독립하여 근사한 사진관을 하나 운영했다. 삼촌의 사진 실력은 일찌감치 인정을 받아 주문이 밀려들었고 삼촌은 얼마 안 돼 큰돈을 벌 수 있었다.

승호가 이런 삼촌을 둔 걸 다행으로 여기는 까닭은 유학에 있어서 가장 큰 문제인 주거 문제를 해결해주었기 때문이다. 삼촌은 승호가 유학기간 동안 자신의 옛날 집에서 기거하는 걸 흔쾌히 승낙했다.

이윽고 태양이 마지막 붉은 자취를 남기고 있었다. 온 세상이 붉은 황혼빛에 차츰차츰 물들어가고 있다. 그 풍경은 브람스의 조용하고 따뜻한 교향곡을 연상시켰다. 황혼은 아름답다. 이 세상에 이만큼 아름다운 것은 또 없을 거라는 생각이 들었다. 죽는다는 것은 이런 황혼을 못 본다는 것이다. 미네르바의 부엉이는 황혼이 깃들면 날아가기 시작한다. 거리는 조용하다. 이윽고 아이들이 나와 뛰놀기 시작했다.

고대 그리스의 신상(神像)들은 단순한 돌조각 이상이었다. 그건 뭔가 신령스러운 기를 발하고 있는 성스러운 돌이다. 그런데 현대의 인간들은 지금 그걸 보지 못한다. 고대 그리스인들은 신상과 사랑을 나누고 그들에게서 신탁을 들었다.

'신상과 어떻게 사랑을 나누었을까?'

문득 불경스러운 생각이 들었다. 펠로폰네소스 전쟁중 알키비아데스는 헤르메스 상을 훼손했다는 이유로 아테네인들로부터 비난을 받았다. 돌이 피지스physis라면 돌이 품고 있는 신성(神性)은 메타피지스metaphysis다.

'형이상학적 영역! 그것이다. 무덤덤한 돌덩이에서 고대 그리스인들이 뭔가를 느꼈다면 나는 그걸 알아내야 한다.'

〈긴 목의 성모〉.

어쩌면 이건 최초의 형이상학적 그림일 것이다. 20세기 초반 데키리코가 실현했던 형이상학적 그림을 이미 몇백 년 전 파르미자니노가 실현하고 있다. 형이상학적 영역, 그걸 찾아내야 한다.

승호는 대학 도서관에서 빌려온 페이퍼백으로 된 조그만 첼리니의 『자서전』을 펴들었다. 성 헤르메스 대학의 도서관은 고대 그리스 양식의 웅장한 대리석 건물이다. 현관으로 오르는 길에는 많은 계단이 있다. 그리고 그 계단 한가운데의 높은 대(臺) 위에 석상이 놓여 있다. 머리에는 조그만 날개가 달린 모자를 쓰고, 그리스 복장을 하고 발에는 모자에 붙은 것과 같은 날개 달린 샌들을 신은 미남 청년의 조각이다. 여자를 연상케 하는 아름다운 얼굴의 청년은 오른손에 기다란 지팡이를 들고서 계단을 오르는 학생들을 내려다보고 있다. 지팡이의 꼭대기에도 날개가 확 펼쳐져 있고 그 밑으로는 두 마리의 가느다란 뱀이 휘감겨올라가고 있다. 두 뱀은 마주 보고 있다.

카두세우스. 카두세우스를 든 헤르메스!

성 헤르메스 대학에는 헤르메스 상이 두 개 있다. 다른 하나는 도서관 현관 바로 위에 조각되어 있다. '성 헤르메스' 대학이라는 이름이 그 두 개의 석상 때문이 아닌가 생각한 적도 있었다. 이름으로 봐서는 가톨릭계 대학처럼 들리지만 사실 가톨릭 성인 중에 '헤르메스' 라는 이름을 가진 성인은 없다. 그리고 성 헤르메스 대학은 가톨릭과 아무런 관계도 없다. 그런데 왜 이런 이름이 붙여졌을까?

제우스의 전령인 헤르메스는 그리스 신화에 등장하는 신들 중에서 가장 알아보기 쉬운 신으로서 흔히 카두세우스라 불리는 지팡이를 가지고 있다. 바로 이 지팡이에 두 마리의 뱀이 서로 휘감겨올라가고 그 위에는 따오기의 확 펼쳐진 날개가 달려 있는 것이다. 의사와 상인들은 이 지팡이를 자기들의 상징으로 쓰고 있다. 승호는 언젠가 동물의 생태를 소개하는 TV 프로그램에서 두 마리의 암수 뱀들이 짝짓기를 하는 모습을 본 적이 있었다. 그 광경은 너무도 신기했다. 흉물스러운 동물로 알려진 뱀들이 서로 몸을 휘감으며 교미하는 모습은, 이 세상에 그토록 평화스러운 장면이 또 있을까 싶을 정도였다. 카두세우스에 매달려 있는 두 마리의 뱀은 이것을 본떠서 만든 것이다. 서로 휘감겨올라가는 한 쌍의 뱀은 평화를 상징한다. 헤르메스의 지팡이 카두세우스는 바로 평화를 상징한다. 따오기의 날개는, 헤르메스의 바람과 같이 이동할 수 있는 신속성과 초월성을 상징한다. 헤르메스는 아버지 제우스의 명령을 전달해야 하기 때문에 날개 달린 모자와 샌들을 신고 지팡이에도 날개를 단다. 날개는 초월을 상징한다. 인간은 날 수 없다. 날개는 인간의 이룰 수 없는 욕망을 상징한다. 파우스트 박사의 지식욕, 상인들의 재물욕, 예술가의 창조욕을 상징한다.

헤르메스는 카두세우스로 사람들을 잠들게 하기도 하고 저승으로 날아갔다 오기도 한다. 죽은 자를 인도하는 신도 바로 헤르메스이다. 도서관 앞에 서 있는 헤르메스 상이 승호에겐 신기하기만 했다. 그런 경우는 거의 본 적이 없었기 때문이다. 현관 위로 툭 튀어나온 헤르메스의 두상(頭像)은 마치 입장하는 사람들을 맞이하고 있는 듯 보였다. 날개 달린 모자를 쓴 그의 모습은 도서관이란 건물에 무척 잘 어울렸다.

'지식에 굶주린 자들아, 다 내게로 오라. 내가 우주의 비밀을 알려주리라.'

헤르메스는 그렇게 말하는 것 같았다. 두상 밑에는 다음과 같은 글귀가 적혀 있다.

Hermes the Shepherd
양들의 목자 헤르메스

그 아래에는 또 불어로 이런 글귀가 씌어 있다.

Ici tous les livres, vous pouvez lire.
여기 모든 책이 있나니, 그대는 읽을 수 있으리라.

헤르메스는 '도서관의 신'이기도 하다는 걸 친구를 통해 알게
되었다. 헤르메스를 단순히 그리스 신화에 등장하는 신의 이름
으로만 알고 있었던 그는, 이 날렵한 자태의 날개 달린 신이 제
우스의 아들이며 그의 전령 역할을 하는 신, 그리고 무엇보다도
도서관을 지키는 신이라는 것에 신선한 충격을 받았다. 친구의
말로는 헤르메스는 이집트에서 토트Toth, 즉 따오기의 머리를
한 서기관의 신이라는 것이다. 따라서 토트는 도서관의 신이기
도 한 것이다. 그렇기 때문에 헤르메스의 지팡이인 카두세우스
에는 따오기의 날개가 붙어 있는 것이다. 그러고 보니 조이스의
소설 『율리시스』에서 그런 부분을 읽은 것도 같다. '토트, 도서
관의 신.'

첼리니의 아버지는 첼리니가 음악가가 되기를 바랐다. 그의
직업인 금세공사보다는 플루트의 명인이 되기를 바랐다. 그러나
첼리니는 음악이 체질에 맞지 않는다는 걸 깨닫고 있었다. 자신
의 소질은 음악보다는 미술, 특히 디자인에 있다는 것을 일찍부

터 깨우쳤던 것 같다. 그러나 그는 아버지에 대한 효심으로 억지로 음악을 좋아하는 척하곤 했다. 그런 그가 다섯 살 때 신기한 경험을 하게 된다.

내가 다섯 살 무렵에 아버지는 지하실에 계셨다. 그곳은 사람들이 씻거나 하는 장소였고 항상 좋은 장작불이 타고 있는 곳이기도 했다. 아버지는 손에 실험용 작은 유리용기를 들고서 불 곁에서 혼자 노래를 부르고 계셨다. 날씨는 추웠다. 불을 지켜보고 있던 아버지는 활활 타는 불꽃 속에서 도마뱀 같은 생물을 보았다. 그것은 난로 속에서 힘차게 움직이고 있었다. 그게 무엇인지를 재빨리 알아챈 아버지는 나와 나의 여동생을 불러 그걸 보게 하고는 나의 뺨을 세게 때렸다. 나는 그만 크게 소리를 지르며 울음을 터뜨리고 말았다. 아버지는 그런 나를 진정케 하고는 이렇게 말했다. "내 사랑스러운 아들아, 나는 네가 뭘 잘못해서 때린 게 아니란다. 단지 저 불 속에서 노니는 도마뱀이 살라맨더라는 걸 네가 영원히 기억하게 하기 위해서였단다. 저놈은 이전에 그 어느 누구에게도 보인 적이 없는 놈이란다. 단지 놈에 대한 전설만 있었지." 그러고 나서 아버지는 내게 키스를 하고 몇 푼의 돈을 쥐여주었다.

살라맨더. 불 속에 사는 도마뱀. 승호는 강렬한 호기심을 느꼈다. 살라맨더가 뭘까? 첼리니는 르네상스 시대 예술가 중에서 유일하게 자서전을 남긴 사람이다. 그는 분명히 살라맨더라는 도마뱀을 보았다고 적고 있다.

승호는 잠시 창 밖으로 눈을 돌렸다. 아이들이 어느새 많아졌다. 구슬치기를 하는 아이들, 스케이트보드를 타는 아이들, 아이를 산보시키는 유모…… 몇몇 여자아이들은 한쪽에서 예쁘고 귀여운 돌을 찾기에 열심이었다. 그들에게는 조그맣고 귀여운 돌이 갖고 놀기에 안성맞춤이며 또 한편으로는 보물이었다. 승호는 잠시 어렸을 적 퍽이나 귀중하게 간직했던 구슬들을 기억해내곤 동심에 잠겼다.

승호는 다시 책으로 눈을 돌렸다. 살라맨더. 불 속에서 살아 꿈틀거리는 도마뱀. 그 모습은 성(聖) 조지가 죽였다던 괴물이 아닐까? 아니면 그리핀? 놈이 지금 입을 쩍 벌리고 첼리니를 응시한다. 그리고는 곧 불 속에서 뛰쳐나와 첼리니를 덮칠 것 같다.

벤베누토 첼리니는 피렌체 태생의 매너리스트였다. 그는 프랑수아 1세의 초청을 받아 프랑스로 건너가 퐁텐블로 성에 거주하면서 프랑스의 르네상스를 꽃피웠다. 그와 같이 프랑스로 건너간 화가로는 프리마티치오 등이 있다. 첼리니가 활동할 때쯤이면 이미 레오나르도 다 빈치나 안드레아 델 사르토, 로소 등은 죽고 없을 때였다. 레오나르도는 1516년에 프랑수아 1세를 따라 건너왔다. 그는 1519년에 앙부아즈의 클루 성에서 죽을 때까지 프랑스의 예술가들을 도왔다. 그는 프랑수아 1세에게 신비의 〈모나리자〉를 바친다.

첼리니와 프리마티치오는 전성기 르네상스보다는 매너리즘에 가까운 화가들이다. 그래서 프랑스의 르네상스 미술도 매너리즘 경향이 강했다. 한껏 기교와 미모를 뽐낸 매너리즘의 미술이 프랑스의 르네상스를 꽃피운다. 첼리니는 그 유명한 〈페르세우스〉를 조각했고, 프랑수아 1세에겐 〈소금그릇〉을 제작해 바쳤다.

승호는 로자 시의 한 벼룩시장에서 산 〈소금그릇〉 복제품을 바라보았다. 비교적 첼리니의 원작을 따르려고 노력한 흔적이 보이고 금도금도 꽤 잘 처리된 장식물이었다. 바다의 신 포세이돈과 그의 아내 암피트리테가 서로 마주 보고 앉아 있다. 첼리니는 자서전에서 이 여인이 누구인지 밝히지 않았지만 암피트리테로 추정된다. 포세이돈은 소금이 담겨 있었을 둥근 그릇을, 암피트리테는 후추가 담겨 있던 작은 모형 신전을 옆에 두고 있다. 포세이돈은 바다를, 암피트리테는 육지를 상징한다. 그 둘이 서로의 다리를 교차시키며 에로틱하게 앉아 있나. 둘의 모습은 매우 평화스럽다. 작고 매우 정교한 작품이다. 항상 자신의 솜씨를 뽐내던 첼리니가 이것을 만들고 나서 얼마나 프랑수아 1세에게 얼마나 자랑했을지 안 봐도 뻔하다.

암피트리테는 바다가 아닌 육지를 상징한다. 바다를 대표하는 포세이돈과 육지를 대표하는 암피트리테는 서로 반대되는 어떤 것들을 말해주고 있는 것 같다. 그런데 왜 암피트리테는 바다의 신 포세이돈의 아내이면서 바다가 아닌 육지를 상징하고 있을까? 첼리니는 혹시 뭔가 혼동하고 있는 게 아닐까? 아니면 여기에 어떤 의도가 있을까?

당시의 화가들은 보통 전대(前代)로부터 내려오는 어떤 규범을 충실히 따랐다. 예를 들어 성모자화에서의 전체적인 구도와 성모와 예수의 자세, 수태고지화에서의 구도와 천사의 자세 등은 화가에 따라서 약간의 차이는 있지만 거의 같다. 그러나 첼리니의 이 〈소금그릇〉과 비슷한 작품은 없다. 두 명의 남녀가 서로 마주 보고 앉아 있는 이런 형태는 첼리니만의 독특한 것이다. 첼리니는 어떻게 이런 형상을 만들어냈을까?

물론 포세이돈과 암피트리테가 사이좋게 어깨동무를 하고 있는 그림은 있다. 북구의 화가 마부제의 1516년 작 〈넵튠과 암피트리테〉가 그렇다. 그러나 서로 마주 보고 앉아 있는 형상은 첼리니만의 것이다.

첼리니의 〈소금그릇〉을 보고 어느 정도 힌트를 얻었을 작품이 있기는 하다. 그것은 바로 바로크의 거장 루벤스의 〈4대륙〉이란 그림이다. 1615년에 그린 그의 〈4대륙〉은 어느 정도 첼리니와 비슷한 주제로, 바다와 4대륙을 의인화한 인물들이 모여 있다. 그러나 전체적인 구도는 바다와 육지의 대립이다. 첼리니의 주제와 거의 동일한 것이다. 게다가 첼리니가 〈소금그릇〉에 조각한 미켈란젤로의 인물들이 루벤스의 작품에서도 등장한다. 첼리니는 소금그릇에 그가 평생토록 존경해 마지않았던 미켈란젤로의 인물들, 즉 메디치가의 두 영웅, 줄리아노 데 메디치와 로렌초 데 메디치의 무덤이 있는 성 로렌초 성당 묘지의 조각상들을 새겨넣었다. 〈새벽〉과 〈황혼〉과 〈낮〉도 첼리니의 〈소금그릇〉에서 볼 수 있다. 〈새벽〉은 작은 신전 위에서 그 우아한 포즈를 취하고 있고, 〈낮〉과 〈황혼〉은 사계절을 상징하는 그릇 하단부에 조각되어 있다.

첼리니의 〈소금그릇〉은 프랑수아 1세 이후 샤를 9세 때까지 프랑스에 있다가 후에 오스트리아로 넘어가게 된다. 아마도 오스트리아의 페르디난트 대공의 딸인 샤를 9세의 아내가 〈소금그릇〉에 반해서 자신의 모국 오스트리아로 가져갔을 것이다. 첼리니는 도대체 이 그릇에 어떤 의미를 담았을까? 그는 이 조각으로 무엇을 말하려 했을까?

미켈란젤로의 인물들은 루벤스의 〈4대륙〉에도 있다. 〈4대륙〉 전경의 두 남자 인물은 미켈란젤로의 〈황혼〉과 〈낮〉을 닮았다. 그런가 하면 왼쪽의 나체의 여인은 〈새벽〉을 닮았다. 루벤스도 미켈란젤로에게 경의를 표하고 있는 것이다. 루벤스는 첼리니의 〈소금그릇〉을 보았을까?

첼리니의 육지와 바다, 루벤스의 4대륙. 서로 비슷한 주제에 등장하는 미켈란젤로의 네 가지 알레고리들, 여기엔 무슨 관계가 있을까?

프랑수아 1세에 대한 승호의 지식은 매우 짧았다. 프랑수아 1세는 독일의 카를 5세와 신성로마제국의 황제 자리를 놓고 다투었지만 실패했으며, 로마 침공 당시 로마 미술에 감동하여 그의 선배 샤를 8세가 그랬던 것처럼 많은 이탈리아 미술가들을 초청해 프랑스의 미술을 부흥시키는 데 아낌없는 공을 들였다. 그는 천성적으로 예술가들의 후원자였다. 레오나르도, 안드레아 델 사르토, 로소 등이 맨 먼저 온 사람들이었고 그뒤를 이어 첼리니, 프리마티치오 등이 왔다. 이들은 퐁텐블로 성에 기거하면서 프랑스 르네상스 미술의 발흥에 큰 공을 세웠다. 그래서 그들과, 그들을 따르던 프랑스의 화가들을 '퐁텐블로 화파(畵派)' 라고 부른다.

승호는 팔목에 찬 롤렉스 금시계를 내려다보았다. 롤렉스 첼리니. 삼촌이 사준 고급시계였다.

Inspired by sixteenth century Florence
Created in twentieth century Geneva.
16세기 피렌체의 기술에 영감을 받아
20세기 제네바에서 창조되었다.

롤렉스 첼리니의 이름은 바로 첼리니의 이름에서 따온 것이다. 금세공사로서 이름을 날렸던 첼리니는 롤렉스 시계 속에 영원히 살아 있다. 승호의 시계는 첼리니의 솜씨만큼 날렵한 몸매를 자랑하고 있다. 한참 생각에 잠겨 있는 승호에게 하영의 전화가 걸려왔다. 하영은 언제나 이때쯤 전화를 한다. 오후 한나절 또는 황혼 무렵에. 아침에는 전화를 하지도 않고 받지도 않는다. 아침에는 자신의 기분이 발동하지 않는단다. 그녀는 오후나 되어서야 뇌가 활발히 활동한다고 했다. 점심 전까지 그녀의 뇌는 죽어 있다.

"뭐 했어?"

"응, 잡지에 보낼 원고를 손질중이야. 로렌초 로토의 〈죽음의 승리〉."

"죽음의 승리?"

"응. 르네상스 시대 화가인데, 푸토putto라고 불리는 어린아이가 방석 위에 놓인 해골에 승리의 월계관을 씌워주는 그림이야."

"그래? 무슨 뜻이야? 재미있는 그림 같은데?"

"재미있지만은 않아. 이런 그림은 심각한 그림이니까. 나는 이 그림을 당시 유행했던 일련의 '죽음의 무도(舞蹈)' 그림들과 연관지어서 설명하려고 해. 학자들은 이 그림을 '사랑'과 '죽음'의 동시 대비적 그림이라고 했지만 내 생각엔 아무래도 이 그림은 죽음의 무도와 관계 있는 것 같아. 학자들은 이 푸토를 아모르, 즉 사랑의 신인 에로스라고 하지."

"죽음의 무도? 죽음의 무도가 뭔데?"

"당시 사람들의 죽음에 대한 생각을 그린 그림이야. 한마디로 모든 사람은 죽는다는 거지. 왕도, 귀족도, 교황도, 추기경도 모두. 죽음을 이길 자는 아무도 없는 거야. 대표적인 그림으로 브뤼겔의 1562년 작 〈죽음의 승리〉가 있어. 파리의 한 박물관에 있지. 당시 이런 그림들은 꽤 크게 유행했어. 특히 유럽의 수도원에 이런 벽화들이 많이 있었지. 죽음의 무도를 그린 당시 목판화

에도 이런 어린아이와 해골이 등장하는 그림들이 있어. 난 이 목
판화와 연계지어 설명하고 있는 중이야. 원고를 빨리 보내야 돼.
많이 늦어졌거든."

하영은 마드리드 대학 화학과 대학원에 재학중이었다. 둘은
같이 유학을 와서 하영은 마드리드 대학원에, 승호는 성 헤르메
스 대학원에 진학했다. 그녀는 방학을 맞아 승호의 집과 가까운
친척집에 놀러와 있었던 것이다. 하영은 화학사(化學史)를 전공
하고 있었다.

"참! 테트리스4 알어? 나 지금 그거 하고 있는데 새로 나온 게
임이야. 무척 재밌어. 막 부수고 들어가는 거야. 빌딩을 세우는
데 중간에 빈 곳이 있으면 기다란 막대기 있지? 그걸로 부수고
들어가 채우는 거야. 무적이지. 그런데 많이는 못 써. 게임당 세
번이야. 이 게임 복사해줄까?"

하영은 테트리스를 '빌딩 세우기'라고 했다.

"날 만나자는 사람이 있었어. 어제 발표 끝나고 말야……"

"참! 발표는 잘했니? 지난주 수요일이었지?"

"빨리도 물어보는군. 대충."

"잘했겠지 뭐."

"그런데 그 발표장에 이상한 사람이 하나 왔어. 내 발표를 쭉
들었대. 난 그 사람이 내 발표장에 와 있는지도 몰랐어. 워낙 정
신이 없었으니까. 그런데 그 사람이 발표가 끝나자마자 나한테
와서는…… 그런데 그게 말야, 참 이상해. 그가 한 말이 아리송

하거든. 내 논문이 잘됐다는 건지 엉망이라는 건지 확실히 분간
이 안 가."

"뭐라고 했는데?"

"처음엔 내 통찰력이 기가 막히다고 해놓구선 다음에는 또 엉
망이래. 결론적으로 논문은 함부로 쓰는 게 아니라고 그랬어."

"그래?"

"나이는 한 오십대 중반? 프랑스 사람 같아 보였어."

"그 사람 되게 웃기는 사람이구나. 교수니?"

"아냐, 그런 것 같지는 않아. 옷차림이 워낙 허름했으니까. 냄
새도 났어. 구역질 나는 냄새."

"걸인인가?"

"비슷해."

"논문은 함부로 쓰는 게 아니라구?"

"그래."

"왜 그런 말을 했을까?"

"파르미자니노에 대한 좋은 자료를 알려주려나봐. 이런 경우
는 처음 봐. 메르쿠리우스에게 바쳐진 날에 만나자는데 그게 무
슨 뜻일까?"

"그런 일이 있었으면 당장 나한테 알렸어야지. 메르큐리우
스?"

하영은 약간 섭섭해하는 눈치였다. 그녀의 비상한 호기심이
발동한 것이다. 그녀는 무엇이든지 자기가 모르는 것은 꼭 알아

내고야 마는 성격이었다. 승호는 이미 하영에게 걸려든 것이다.

"응, 그런 수수께끼 같은 말을 남겼어. 그날이 대체 무슨 날이지?"

"메르쿠리우스에게 바쳐진 날…… 그건 수요일이잖아!"

"수요일?"

"그래, 이 바보야. 메르쿠리우스에게 바쳐진 날이니까, 당연히 메르크르디, 수요일이지. 불어로 수요일을 뜻하는 메르크르디는 그리스 열두 신 중 메르쿠리우스 신에게 바쳐진 날이라는 뜻이야."

"맞아! 그렇구나."

"그럼 내일이잖아?"

승호는 달력을 보며 말했다. 어느새 한 주가 지나고 있었다. 잭이 말한 다음번 수요일은 바로 내일이었다. 1월 15일.

"하마터면 잊고 지나갈 뻔했잖아."

"거봐. 내가 전화한 것이 얼마나 다행이니? 내 말을 잘 들으면 자다가도 떡이 생긴다니까."

하영은 은근히 잘난체를 했다.

"같이 가줄까?"

"마음대로. 사실 거긴 좀 을씨년스러운 곳이거든. 혼자 가기는 무서워. 더군다나 밤 약속인데."

"밤? 언제?"

"밤 아홉시. 우리 대학에 있는 낡은 교회 건물 있지? 내가 언

젠가 말했을 텐데. 우리 대학에 몇백 년 전 세워진 낡은 교회가
있다고."

"음 그래, 기억나."

"바로 거기야. 그 교회 2층 회랑에서 만나기로 했어."

승호는 다시 언젠가 멀리서 보았던 교회 2층 회랑의 열주를
떠올렸다. 돌아오는 메르쿠리우스에게 바쳐진 날 밤, 2층 회랑
에서 그 이상한 남자를 만나는 장면을 상상해보았다. 그리 기분
좋은 일은 아니다. 그러나 가장 중요한, 파르미자니노에 대한 정
보를 주겠다고 하지 않는가? 승호로서는 약간의 두려움을 무릅
쓰고라도 꼭 가서 그자를 만나볼 이유가 있었다. 하영이 같이 가
주겠다고 한 말이 고맙게 느껴졌다.

"알았어."

하영이 대답했다.

"참, 그자가 또 뭐라고 그랬는데…… 너 혹시 세 번 위대한 헤
르메스라고 아니?"

"뭐?"

"세 번 위대한 헤르메스, 잭이 그랬어. 그 사람 이름이 잭이야.
내일 자기를 만나면 내가 진귀한 경험을 하게 될 거래."

"세 번 위대한 헤르메스? 헤르메스는 로마 신화에 등장하는
신이고…… 세 번 위대하다?"

"정확히 말하면 그리스 신화야. 로마 신화에선 메르쿠리우스라
고 하지. 그런데 세 번 위대하다니, 그게 무슨 말인지 모르겠어."

"글쎄, 나도 잘 모르겠는걸. 사람 이름인가? 아니면 물건?"
"하여튼 그게 뭔지 좀 알아봐야겠어."
승호와의 전화를 끊은 하영은 테트리스를 그만두고 인터넷으로 들어갔다.

6

정확한 기법에도 불구하고 데 키리코는 불확실함과 불안으로
가득찬 정물과 풍경화들을 그렸다. 그 그림들은 마치
데 키리코가 1차대전 전(前) 시기에 품었던 부정적이고
파괴적인 감정들을 반영이라도 하듯 공허하고 우유부단하며
위협적이기까지 한 것들이었다.
―R. 램버트, 『20세기 미술사』

밤의 싸늘한 보름달에 비추어진 아케이드가 끝없이 작아지는
황량한 광장에는 낭만파의 몽환적 시정이 넘쳐 있다.
그러나 그것은 또한 묘하게 불길한 분위기이다.
―H. W. 잰슨, 『미술의 역사』

이탈리아 도시의 광장, 탑, 그리고 그 밖의 다른 물체들은
마치 진공상태에 있는 듯이
아주 날카로운 원근법으로 그려져 있고……
―A. 야페, 『시각예술에 나타난 상징성』

데 키리코, 〈거리의 신비와 우수〉, 1914년, 미국, 개인 소장

1월 15일, 1월 중 세번째 메르쿠리우스에게 바쳐진 날, 밤 아홉시, 긴 분침은 막 15분을 지나고 있었다. 승호는 약간 흥분된 마음으로 낡은 교회 건물로 올라갔다.

'혹시 잭을 못 만나면 어쩌지? 괜히 미친 사람 말 듣고 허탕치는 것 아냐?'

승호는 두려우면서도 걱정이 되었다. 일 주일 전 대강당에서 만난 잭의 옷차림은 그가 하는 말의 신뢰성을 의심케 할 만큼 남루했으니까.

메르쿠리우스에게 바쳐진 날, 사람들을 기분 좋게 하는 수요일이 메르쿠리우스에게 바쳐진 날이라니. 사실 그렇게 생각해보니 유독 프랑스인들이 수요일에 관심을 두는 이유를 알 것도 같았다. 프랑스는 옛날엔 '갈리아'로 알려진 땅이다. 케사르는 『갈리아 전기』에서, 갈리아에서는 게르마니아와는 달리 드루이드교라는 종교가 발달했고 신들 중에서도 특히 메르쿠리우스 신을 숭배했다고 전한다. 프랑스 특유의 만화 주인공 아스테릭스가 메르쿠리우스처럼 날개 달린 모자를 쓰고 있는 것도 그런 연유인 것 같다. 프랑스인이 수요일에, 그리고 메르쿠리우스 신에게 애착을 갖는 것은 어쩌면 그들의 선조로부터 내려오는 전통이 아닐까?

낡은 교회 건물은 성 헤르메스 대학에서도 비교적 높은 곳에 있었고 주요 대학건물들과도 많이 떨어져 있었다. 때문에 낮에도 학생들이 얼씬거리기를 꺼리는 곳이었다. 용감한 커플들이 간혹 그곳을 밀회장소로 사용하곤 했지만 밤이면 아무도 가까이 다가가지 않는다. 이곳 대학원에 들어와서 처음으로 그곳에 가보게 되는 승호는 '왜 하필……' 하고 중얼거리면서도 떨리는 마음을 가다듬었다.

언덕을 오르면서 승호는 오늘 아침 퍼 교수와 만난 일을 떠올렸다.

—자네, 그때 말야.

—예?

—파르미자니노를 발표하던 지난 수요일, 혹시 이상한 친구를 만나지 않았나?

—……

—발표 끝나고 어떤 허름한 옷차림의 사내를 만나는 것 같던데.

—아! 보셨습니까?

—음, 강당을 나오다 자네하고 그 사나이를 보았지. 무슨 얘기를 나누는 것 같던데? 어떤 사람이지?

승호는 얼굴을 붉히며 말했다.

—아, 아무것도 아니에요. 저도 잘 모르는 사람이에요. 갑자기 저에게 다가오더니 제 논문에 대해서 말하더라구요. 이것저것. 그리고 오늘 자기와 만나면 파르미자니노에 대한 더 좋은 자료를 알려주겠다구요……

—그래? 오늘…… 만날 건가?

퍼 교수는 평소의 그답지 않게 이것저것 꼬치꼬치 물었다.

—글쎄요, 뭐, 아직……

—어디서 만나기로 했지? 아, 이건 그냥 궁금해서 물어보는 거야.

—저, 대학 북쪽의 낡은 교회 건물 있죠? 거기서요.

—음, 그런가.

교회가 가까울수록 잭과 만나기로 한 2층 회랑에 사람의 인기척이 느껴졌다. 잭이 약속을 지킨 것 같았다. 승호는 묘하게도 안도감과 불안감을 동시에 느끼고 있었다. 시계를 보았다. 아홉 시 이십분. 약속시간에서 이십 분이 늦었다. 미안한 생각이 들었다. 첼리니의 자서전이 너무 재미있었던 탓이다. 교회 문을 열고 서둘러 2층 회랑으로 올라간 승호는 멀리 회랑 중간에 서 있는 사람의 실루엣을 보았다. 그는 승호 쪽을 바라보고 있었다. 잭이라는 생각이 들었다. 그런데 그는 자기를 바라보고 있는 게 아니라 기둥에 널브러진 또 한 사람의 목에 거대한 낫으로 보이는 흉기를 들이대고 있었다. 그는 겨냥을 하고 있었던 것이다. 그 남자는 낫을 다시 치켜들다가 다가오는 승호를 보았다. 승호를 본 남자는 낫을 든 채로 건물 외벽의 계단을 통해 달아났다. 2층 회랑으로 오르는 길은 교회 내부의 계단 외에도 외벽에 붙어 있는 계단이 또하나 있었다. 승호는 기둥에 기대어앉아 있는, 지금 막 목이 달아날 뻔한 사람에게 달려갔다. 거의 다 다가갔다고 생각했을 때 그자의 목이 푹 꺾였다. 달아난 사람을 쫓을 사이가 없었다. 승호는 자기 앞에 고개를 푹 숙이고 앉아 있는 사람의 얼굴을 확인해야 했다. 그리고 목숨이 붙어 있는지도. 거대한 낫! 그것은 중세 유럽의 농부들이 들판에서 농작물을 거두어들일 때 쓰던 낫 같기도 하고 시간의 신 크로노스가 들고 있는 낫 같아 보이기도 했다. 제우스의 아버지인 크로노스는 모든 것을 먹어치움으로써 시간의 힘을 과시한다. 모래시계와 거대한 낫이 그의 상징물이다.

"이봐요!"

승호는 쓰러져 있는 자의 푹 꺾인 고개를 들어올리고 다급히 물어보았다. 잭이었다.

"잭! 괜찮아요?"

기색으로 보아 잭은 이미 죽은 것 같았다.

"젠장!"

죽은 사람을 이렇게 가까이서 보기는 처음이다. 그러면서도 의외로 심정이 가라앉는 자신이 신기하게 느껴졌다. 승호는 손가락을 잭의 코에 대고 숨을 쉬는지 확인했다. 숨결이 느껴지지 않았다. 승호는 일어나서 주위를 둘러보았다. 그제야 바닥에 홍건히 고인 피가 눈에 들어왔다. 피는 잭의 몸에서 계속 흘러나오고 있었다. 승호는 이윽고 뭔가 이상하다는 걸 느꼈다. 잭의 손과 발이 보이지 않았다. 승호는 소스라치게 놀라며 뒤로 물러섰다. 손과 발 들이 잭의 주위에 흩어져 있었다. 그것들이 붙어 있었던 자리에선 계속 피가 철철 흘러나오고 있었다. 피가 나오는 곳은 또 있었다. 잭의 가슴이었다. 총상을 입은 듯했다. 구원을 요청해야겠는데 주위엔 아무도 없다. 한시라도 빨리 경찰에 연락을 해야 하는데, 오겠다고 했던 하영도 좀처럼 나타날 줄 모른다.

그때 죽은 줄로만 알았던 잭이 컥, 하며 숨을 들이켜더니 고개를 들고 가까이 있는 승호를 보며 말했다.

"동양인! 파르미자니노… 미셸…… 현자의 돌…… 성배…… 헤르메스, 세 번 위대한 헤르……!"

띄엄띄엄 힘겹게 몇 마디 알 수 없는 말들을 뱉어내던 잭은 이내 고개를 떨궜다. 이젠 정말 죽은 것 같았다.

"승호야!"

계단을 올라오며 승호를 부르는 하영의 목소리가 들렸다.

2장 │ SOLUTIO

7

위의 것은 아래의 것과 같고
아래의 것은 위의 것과 같다.
— 헤르메스 트리스메기스투스, 『에메랄드 판』

절대적인 곧음과 최소한의 굽음은
무한에 가까울 때 일치한다.
— 쿠자누스, 『무지한 자의 지혜』

이성적인 것은 현실적인 것이요
현실적인 것은 이성적인 것이다.
— 헤겔, 『법철학』 서문

코레조, 〈낮 : 성 제롬과 함께 있는 마돈나〉, 1527~1528년, 파르마, 국립미술관

승호가 마음속으로 존경하고 있었던 퍼 교수를 처음 만난 건 그가 성 헤르메스 대학 미술사학과 대학원 과정에 입학한 첫날, 교수들과의 면접 때였다.

—승호라고? 한국의 대학에서는 그래 어떤 과목들을 들었지?

—예, 서양미술사 과정으로는 세 가지 과목 정도 수강했었습니다.

승호는 떨리는 마음으로 대답했다. 그러나 그의 눈은 퍼 교수의 얼굴을 자세히 훑고 있었다. 빛나는 금발머리에 다부진 코, 얇은 입술, 굳건한 몸매는 뭔가 꽉 찬 인상을 주기에 충분했다. 그때도 퍼는 그가 즐겨 신는 신발인 다갈색 세미구두를 신고 있었다. 무엇보다 인상적인 것은 그의 날카로우면서도 그윽한 눈이었다. 그의 눈은 승호의 마음속 구석구석을 후벼파내기라도 할 듯 승호를 긴장시켰다.

퍼 교수는 승호의 학부성적을 훑어보고는 말했다.

—성적은 보통이었군. 그래 누구에게 관심이 있지?

목소리는 약간 투박한 인상을 주었지만 오히려 그것이 매력적으로 들렸다.

퍼 교수는 성 헤르메스 대학으로 온 지 얼마 안 된 사람이었다. 그전에는 런던의 봐르부르그 연구소에서 미술사를 연구하고 있었으며 곰브리치 교수와도 친분이 있었다. 그 연구소는 봐르부르그 학파를 탄생시킨 중심무대였으며 도상학(圖像學) 연구에서 걸출한 업적을 낳고 있었다. 곰브리치와 윈드, 퍼 교수 등은 이 봐르부르그 학파의 중심인물들이었다.

곰브리치의 『예술과 환영』은 이 학파의 주요 저서다. 승호는 그 책을 읽고 미술사가 얼마나 재미없는 연구로 전락할 수 있는지를 느꼈다. 미학자 크로체가 '재미없는 미술사'라고 혹평한 바로 그 학파였다. 예술은 고대로부터 지금까지, 예술가에서 예술가로 그 아이디어가 전수되어 내려온다는 게, 그리고 미술가는 학습을 통해 '전통을 계승한다'는 게 이 학파의 주요 주장이었다.

퍼 교수의 주요 연구서로는 매너리즘 시대의 이탈리아 미술과 프랑스의 르네상스 미술에 관한 것이 있고, 특히 파르미자니노에 대한 연구는 승호의 마음을 매혹시켰다. 퍼 교수는 이탈리아의 현대시운동 중의 하나인 에르메티스모Ermetismo 운동에 대한 논문도 썼다. 에르메티스모는 상징주의 시운동이었다.

─파르미자니노입니다. 전 교수님 밑에서 파르미자니노를 비
롯한 매너리즘 시대의 미술을 연구하고 싶습니다.

승호는 오래도록, 이곳 지브롤터의 한 조그만 대학으로 오기
까지 마음속에 담아두었던 말을 또박또박 발음했다. 언제나 머
릿속에서 주어와 술어를 뒤바꾸고, '파르미자니노'란 단어를 어
디에 집어넣을까, 고심했던 문장을 내뱉어버리자 가슴속이 후련
했다.

─파르미자니노라고? 왜 하필 그 작가지?

퍼 교수는 유난히 목소리의 톤에 신경을 쓰는 눈치를 보이며
물었다.

─그건 그에게 특별한 관심이 있기 때문입니다. 전 〈긴 목의
성모〉에 특별한 애정을 품어왔었습니다.

─애정이라……

세 교수는 모두 웃음을 지었다.

이번 문장도 매우 명확하게 발음했다. 승호는 만속했다.

─특별한 관심? 긴 목의 성모? 그게 무슨 작품이더라……

퍼는 잠시 생각을 더듬는 듯했다.

─우피치 미술관에 있는……

─아, 그래. 그 작품이 그렇게 좋았단 말이지?

─예, 그렇습니다.

─물론 학위논문은 그걸로 쓰고 싶겠군.

─예.

승호는 대화가 어느 정도 궤도에 올랐다 싶어 안심이 되었다.

―그럼 그 그림에 대한 자네 의견을 간단히 들어볼까?

―그 그림엔 뭔가 특별한 의미가 있습니다. 그 그림엔 기둥이 하나 등장합니다. 그런데 그 기둥은 자세히 보면 여러 개의 기둥, 즉 열주입니다.

―그렇지, 그렇게도 보이지.

―제 생각엔 그 기둥이 이 그림에 대한 해석에 실마리를 제공한다고 생각합니다. 그게 무엇인지는 아직 모르지만요.

―자네 얘기는……

―곧 한 개이면서 여러 개인 이상한 기둥이라는 말이죠.

―그래, 자네 생각을 알겠네. 그런데 내 생각엔 말야, 그 기둥은 다른 회화에서도 보이듯이 예수의 수난, 즉 예수가 십자가에 못 박히기 전 빌라도 앞에서 묶여 채찍질을 당했던 그 기둥을 말하는 것 같은데 말야. 미켈란젤로의 〈최후의 심판〉에도 이 기둥이 있지.

예수는 기둥에 묶여 빌라도 앞에서 병사들로부터 삼십여 번인가 채찍질을 당한다. 기둥은 십자가와 함께 예수의 고난의 상징이다. 기독교 성화(聖畵)에는 이런 기둥이 종종 등장한다. 그것은 바로 예수의 수난을 말한다. 미켈란젤로의 〈최후의 심판〉에는 재림한 예수 위로 두 무리의 천사들이 등장하는데 한 무리는 십자가를, 한 무리는 기둥을 들고 등장한다. 그것 역시 예수의 수난의 상징이다.

─물론 그렇습니다. 그러나 그 기둥은 단지 예수의 수난을 상징하는 기둥만은 아닌 것 같습니다.

─열주라서 그렇지?

퍼 교수는 승호의 마음속을 훤히 들여다보는 것처럼 얘기했다. 승호는 순간 당황했다.

─그렇습니다. 저는 코레조의 〈낮〉이란 작품이 파르미자니노의 〈긴 목의 성모〉에 영향을 주었을 것이라는 교수님의 논문을 잘 읽었습니다. 그 두 작품은 정말 어느 한 작품에 거울을 대면 다른 작품이 비쳐 보이는 것처럼 대칭적이죠.

코레조는 파르미자니노와 같이 파르마에서 활동했던 선배 화가였다. 그의 환상적이고 역동적인 작품은 바로크 시대를 열었다는 평가를 받고 있다. 파르미자니노는 그에게서 많은 영향을 받았다. 그의 작품 〈낮〉은 파르마 국립미술관에 있는 것으로 성모자와 성 제롬이 등장하는 그림이다. 원래의 제목은 〈성 제롬과 함께 있는 마돈나〉이지만, 〈밤〉이라 불리는 1530년 작 〈예수의 탄생〉과 함께 대비되어 통칭 〈낮〉이라 불린다. 그 그림 왼쪽에 두루마리를 든 성 제롬이 크게 그려져 있으며 관람자를 마주 보는 사자가 그 옆에 앉아 있다. 사자는 성 제롬의 상징이다. 그는 사막에서 고행할 때 사자를 살려주었던 적이 있다. 그래서 사자는 성 제롬을 상징하는 동물이 되었다. 수많은 성인화에서 성 제롬은 사자 또는 책을 들고 등장하기도 하고, 돌을 들고 등장하기도 한다. 책은 그가 사막에서 고생하며 번역한 불가타 성경을 뜻하고, 돌은 온갖 육체적 유혹을 쫓기 위해서 그가 몸에 상처를 낼 때 사용한 도구를 상징한다. 그림 오른쪽으로 성모자와 천사들이 있다. 그중 오른쪽 끝에서 관람자를 바라보고 있는 천사는 〈긴 목의 성모〉에서처럼 물병을 들고 있다. 그러나 그 물병은 작다. 성모 왼쪽의 천사 뒤에 배경으로 여러 개의 기둥들로 이루어진 신전이 보이는데, 그건 〈긴 목의 성모〉의 기둥들을 연상케 한다. 만약 퍼 교수가 말한 대로 파르미자니노가 이 〈낮〉을 보고 〈긴 목의 성모〉를 구상했다면 파르미자니노의 이상한 기둥들은 〈낮〉의 신전에서 따온 것일까?

약간의 차이점과 인물들의 비율을 제외한다면 〈낮〉과 〈긴 목의 성모〉는 서로 대칭인 그림처럼 보인다. 퍼 교수는 이를 근거로 〈긴 목의 성모〉에 등장하는 '작은 예언자'는 성 제롬일 거라는, 그리고 이 작품은 〈낮〉에서 그 주요 모티프를 따왔을 거라는 글을 썼다. 재미있는 건 〈긴 목의 성모〉에서 유난히 작은 성 제롬은 〈낮〉에선 유난히 커져 있다는 것이다. 그러나 기둥에 대한 부분은 역시 미궁으로 남는다.

퍼 교수가 '작은 인물'을 성 제롬으로 보는 데는 또다른 근거가 있었다. 그건 바로 로소의 1518년 작 〈성모자와 성인들〉이라는 작품이다. 로소 역시 매너리즘 시대에 속하는 화가다. 그 역시 퐁텐블로 화파의 일원으로서 퐁텐블로 궁에서 프랑수아 1세를 위해 일하다가 첼리니가 건너오기 전인 1540년에 죽었다. 〈성모자와 성인들〉 역시 우피치 미술관에 있다.

언젠가 봐르부르그 학회지에 퍼 교수의 이런 글이 실렸다.

미술사가 린다 머레이의 표현대로라면 마치 버마재비처럼 앙상한 성 제롬이 로소의 〈성모자와 성인들〉에 있다 로소와 파르미자니노는 성 제롬을 이렇게 앙상하게 뼈만 남은 노인으로 묘사하자고 짜기라도 했단 말인가?

로소와 파르미자니노가 서로 만났다는 공식적인 기록은 없다. 그러나 파르미자니노가 로소의 성 제롬을 보고 자신의 그림에 옮겼을 가능성은 있다. 아마 파르미자니노는 로소의 이 그림을 보았을 것이다. 성 제롬은 지금 앙상하게 뼈만 남은 몸으로 한 손에 책을 들고 성모자를 바라보고 있다. 성모자의 왼편, 즉 성 제롬의 반대편엔 세례자 요한이 있다.

성 제롬의 모습은 영락없이 파르미자니노의 '작은 예언자'와 닮았다. 로소의 성 제롬이 책을 들고 있는 것처럼 파르미자니노의 '작은 예언자'는 두루마리를 들고 있다. 따라서 우리는 파르미자니노의 작은 예언자가 단순히 작은 예언자가 아닌 성 제롬임을 알 수 있다.

로소와 파르미자니노는 둘 다 '로마의 약탈'을 현장에서 목격한 화가들이다. 둘의 그림에서 거의 같은 모습으로 그려진 성 제롬을 발견하는 것은 흥미로운 일이다.

─그러나 저는 〈긴 목의 성모〉에서 가장 중요한 점은 〈낮〉에

는 없는 바로 그 기둥이라고 생각합니다. 이상하게 그려진 그 기둥은 어쩌면 〈긴 목의 성모〉 전체를 설명해주는 중요한 단서일 수 있습니다. '작은 예언자'는 교수님 말씀대로 성 제롬일 수 있지만 사자가 있어야 할 자리에 왜 기둥이 있는지를 밝혀내야 한다고 생각합니다.

　—기둥이 그렇게 중요할까?

　—예. 저는 그렇게 생각합니다. 나아가서 거기엔 파르미자니노의 숨겨진 의도가 있다는 생각도 듭니다. 그게 뭔지는 모르지만요.

　—새로운 기둥의 도상학이 생겨나겠군.

　도상학이란 간단히 말해서 회화나 조각에 등장하는 모든 사물들의, 그들 나름대로의 '전통적'이고 '특별한' 의미를 밝혀내는 작업이다. 예컨대 기둥이 영웅 또는 예수의 수난의 상징이라는 것, 사자와 함께 있는 성인이 성 제롬이라는 것을 밝히는 작업이 도상학이다. 퍼는 양 옆에 있는 교수들을 번갈아 보고 웃으며 말했다. 그때 양 옆에는 쿠퍼 교수와 윈드 교수가 있었다. 쿠퍼는 중세미술을, 윈드는 퍼 교수와 같이 르네상스 미술을 강의하고 있다. 승호는 그 교수들이 나중에 자신의 학위논문을 심사할 거라고 예상했다. 그리고 그 예상은 맞았다. 퍼 교수의 웃는 옆모습은 그러나 왠지 매우 섬뜩하게 느껴졌다.

　—한 개이면서 여러 개인 기둥이라…… 좋은 의견이야. 하지만 너무 파르미자니노에게만 집착해서는 안 될 것 같군.

─예?

─내 말은 매너리즘 시대의 모든 예술가들에 대해 애정을 가지란 얘길세. 물론 자네가 파르미자니노에 대해서, 그리고 새로운 기둥의 도상학에 대해서 계속 고집하겠다면 나도 말리지는 않겠지만, 별로 권장하고 싶지는 않군. 지엽적인 문제에 대해서 신경을 쓰는 동안 자네의 아까운 시간은 계속 흘러갈 테니까 말이야.

퍼 교수는 그 이후로도 몇 번 논문 주제를 바꾸길 권했지만 승호의 고집을 꺾을 수는 없었다. 논문 주제의 선택은 승호의 승리였다.

8

남자와 여자로부터 원을 만들어라.
그리고 그 가운데에서 정사각형을 만들고 다시 삼각형을 만든다.
다시 원을 만들면 당신은 '현자의 돌'을
획득할 수 있을 것이다.
— 저자 미상, 『현자의 로사리오』 제2권

브랑쿠시, 〈키스〉, 1909년, 파리, 몽파르나스 묘지

"목격자는 승호라는 청년 하나뿐입니다."

밤늦게 사건현장을 조사하고 돌아온 캘러핸 경감과 폴은 의자에 털썩 주저앉았다. 잭의 시체는 로자 시 병원에 임시 안치되었고 승호와 하영은 간단한 조사를 마친 후 다음날 다시 만나기로 하고 돌려보냈다. 폴은 승호와 얘기한 것을 캘러핸에게 간략하게 보고했다.

"아니, 목격자라고도 할 수 없겠군요. 승호는 기둥에 기대어 있는 잭의 시체밖에 못 보았으니까요. 범인의 얼굴은 보지 못했답니다. 세상에! 가슴에 총알 네 방을 박아놓고 그것도 모자라 손과 발을 베어버리다니! 승호의 말로는 범인은 거대한 낫으로 그랬답니다. 확실히 그 자국은 칼이 아니라 낫으로 벤 자국이었습니다. 먼저 총을 쏜 다음 낫으로 손과 발을 베어버린 것 같습니다. 주변이 온통 피투성이인 걸 보면 범인은 피가 뚝뚝 떨어지는 낫을 들고 도망갔나봅니다."

"왜 하필 낫이었지? 그럴 이유가 있었을까?"

"글쎄요."

캘러핸은 아직도 그 진저리나는 사건현장을 생각하고 있었다. 그런 살인현장은 그가 경찰에 입문하고 나서 처음 보는 것이었다. 왜 손과 발을 베어버렸을까? 그리고 왜 머리까지 베려고 했을까?

"놈은 아무 흔적도 남기지 않았습니다. 지문 같은 것도 없었구요. 잭의 시체에서도 놈의 흔적은 찾아내지 못했습니다. 발자국은 교회 뒤 숲으로 이어져 있었습니다. 피도 그쪽으로 이어져 있구요. 발자국에서 석고를 떴으니 놈이 신고 있던 신발이 어떤 것이었는지는 곧 알게 될 겁니다. 교회 바닥에 찍힌 발자국들에서도 놈의 것을 채취해 조사하고 있습니다."

"그렇지만 발자국이 끊어져 있지 않나? 놈이 어디로 갔다는 얘기지?"

"글쎄 그게 저도 좀 이상합니다. 하늘로 솟은 것도 아니고. 어떻게 도망갔을까요? 그 큰 낫을 들고. 승호라는 청년은 한국에서 온 유학생입니다. 성 헤르메스 대학에 다니고 있죠. 그런데 이 청년이, 이번 잭의 사건을 푸는 데 매우 중요한 인물 같아요. 승호가 잭을 만나기로 되어 있었다는군요."

"그래?"

캘러핸은 시가를 하나 꺼내물었다. 그리고 인상을 약간 찡그리며 불을 붙였다. 그는 시가를 즐겼다. 로자 시에서만도 십여 년 가까이 강력반을 이끌어오고 있다.

"승호는 알고 보니 제 동생의 친구의 친구예요. 제 동생 메리 아시죠? 그애가 마드리드 대학원에 재학중인데 그애의 친구 중에 하영이라는 한국 출신의 여학생이 있죠. 바로 승호와 같이 있었던 여학생입니다. 그 여학생은 아홉시 삼십분쯤에 사건현장에 도착했다는군요. 둘은 친구지간입니다. 승호는 그 자리에서 정각 아홉시에 잭을 만나기로 되어 있었죠. 그런데 승호가 이십 분 정도 늦었습니다. 미리 와 있던 범인이 그 동안 일을 해치운 거죠."

"승호와 잭이 만나기로 한 이유는 뭐지?"

캘러핸은 시가를 깊게 한 모금 빨아들이고는 첫 재를 재떨이에 털었다. 구수한 시가의 향내가 강력반장의 방 안을 가득 메우고 있었다.

"승호는 성 헤르메스 대학의 미술사학과 대학원생입니다. 일주일 전, 그러니까 8일 수요일, 승호의 논문발표 날이었는데, 그때 잭을 만났다는군요. 승호는 파르미쟈…… 발음도 잘 안 되는군요. 파, 르, 미, 쟈, 니, 노에 대한 논문을 준비중이었습니다. 그는 이탈리아의 르네상스 시대 화가라고 하더군요."

"화가?"

"예, 잭은 자기를 만나면 파르미쟈니노에 대한 자세한 얘기를 해주겠다고 했답니다. 그리고 죽기 전 이상한 말을 남겼대요. 현자의 돌, 세 번 위대한 헤르메스 그리고……"

“세 번 위대한 뭐?”

“헤르메스요. 승호와 하영은 둘 다 그게 무슨 소린지 모르겠다고 했습니다.”

“세 번 위대한 헤르메스, 현자의 돌? 현자의 돌은 또 뭐야?”

“그것도 모르겠습니다. 승호와 하영도 마찬가지구요. 그리고 미셸이라는 말도 했구요. 미셸은 사람 이름인 것 같습니다.”

“미셸……? 헤르메스라면 그리스 신화에 나오는 이름 아닌가?”

“예, 맞습니다. 그리스 신화를 잘 읽으셨군요. 그런데 세 번 위대한 헤르메스란 말입니다.”

“이것 참! 골치 아프군.”

쉽게 해결될 것 같지 않은 사건이다. 잭의 시체가 떠올랐다. 두 손이 잘려나간 양팔, 그리고 두 발이 잘려나간 다리. 캘러핸의 뇌리에 불현듯 스쳐 지나가는 영화가 있었다. 얼마 전 비디오로 본 〈나쁜 녀석들〉이었다.

“폴, 〈나쁜 녀석들〉이란 영화 봤어?”

“아, 그 두 흑인 친구 나오는 거요? 물론 봤죠. 정말 재미있고 신나는 영화였죠. 특히 거기 나오는 여자가 죽이죠.”

“근데 말야, 참 묘하군. 영화 첫 부분에 이런 게 나오잖아. 범인들이 어떤 시원찮은 화학자를 죽여놓고는 테이블 위에 칼과 가위로 양손을 박아놓았어.”

“예, 그랬죠.”

"근데, 그 테이블 위에 놓여 있던 조각상 말야. 그게 바로 헤르메스였던 것 같은데. 날개 달린 지팡이, 날아오를 듯한 자세, 날개 달린 신발."

"자세히도 보셨군요."

"자세히 본 건 아니야. 근데 확실히 그 테이블에는 그게 있었어. 폴 자네도 보면 알 거야, 꽤 알려진 조각이니까."

"미술에도 조예가 깊으시군요."

"그런 게 아니라니까. 워낙 유명한 조각이라서 알아본 것뿐이야. 참 묘하군. 죽은 화학자, 양손에 박힌 칼과 가위, 헤르메스상, 양손이 잘린 채 죽어 있던 잭, 세 번 위대한 헤르메스……"

"〈나쁜 녀석들〉하고 이번 사건하고 무슨 상관이죠? 그럼 모방살인이라는 건가요? 영화를 모방한……"

"모르지. 근데 왠지 그런 공통점들이 중요한 것처럼 느껴져."

다음날 나올 『머큐리』지에는 잭의 사건이 대서특필될 게 뻔했다. 조용한 도시에, 그것도 역사를 자랑하는 성 헤르메스 대학의 낡은 교회에서 살인사건이 벌어졌다는 건 특별한 일임에 틀림없다. 『머큐리』는 캘러핸이 말한 헤르메스의 지팡이가 상징인 신문이었다. 그리스 신화 속에서 헤르메스가 바람과 같이 빠르게 날아가 아버지 제우스의 소식을 전해주는 걸 보면 신문 이름으로는 안성맞춤이었다. 그러고 보니 런던에는 '머큐리'라는 이름의 공중전화도 있다는 얘길 어디서 읽은 적이 있는 것 같았다.

"현자의 돌……?"

"예, 그것도 알아봐야겠어요."
"……"

캘러핸은 마지막으로 시가를 깊이 한 모금 마신 다음 재떨이
에 신경질적으로 비벼껐다. 1997년을 시작하는 날들이 벌써 기
묘한 사건으로 채색되기 시작했다. 캘러핸은 그것이 기분 나쁜
것이다.

9

살라맨더는 암수의 구별이 없다.
—J. C. 쿠퍼, 『도해(圖解) 상징 사전』

카를 5세 :
"오 놀라운 사람, 유명한 마술사,
'세 번 박식한' 파우스트,
내 궁정에 오신 걸 환영하오."
—크리스토퍼 말로, 『파우스트 박사』

파우스트 : 들어와요!
메피스토펠레스 : 세 번 말씀해주셔야 합니다.
파우스트 : 들어오라니까!
메피스토펠레스 : 그러니 마음에 드는군요.
—괴테, 『파우스트』, 제1부

〈살라맨더〉, 미하엘 마이어의 『화학의 재검토』, 1687년

유하영의 아버지는 언어학 교수였다. 그녀는 방학 때면 아버지를 따라 외국에 갔다. 프랑스, 오스트리아, 이탈리아 등 유럽에 있을 때 그녀는 미술관 찾기를 좋아했다. 루브르 박물관은 일주일을 꼬박 드나들면서 세세히 살폈고, 빈에서는 미술사 박물관과 자연사 박물관을 주로 찾았다. 특히 빈의 미술사 박물관의 고풍스러운 건물은 언제나 하영을 매료시켰다. 히틀러가 빈에서 가난한 청년 시절을 보내던 무렵 그 건물을 자주 찾았다는 사실을 안 것은 꽤 오랜 후였다. 마리아 테레지아의 동상과 많은 인물들, 그리고 웅장한 쌍둥이 건물. 무엇보다도 그녀의 기억에 남는 것은 첼리니의 〈소금그릇〉이었다. 그 금제(金製)그릇은 첼리니가 프랑스의 프랑수아 1세를 위해 만들었다지만, 왠지 그 그릇에선 이상한 영기(靈氣)가 퍼져나오는 듯했다. 서로 마주 보고 비스듬히 누운 포세이돈과 암피트리테는 약간은 에로틱하고,

약간은 신비스런 분위기를 풍기면서, 보면 볼수록 왠지 사람을 긴장시키는 맛이 있었다.

승호는 휴학기간 동안 아르바이트로 일했던 박물관에서 하영을 만났다. 하영은 화학과를 졸업하고 박물관의 보존과학실에서 일하고 있었다. 승호에게는 간단한 사무업무와 유물카드를 정리하는 일이 주어졌다. 하얀 가운을 입은 아담한 키의 예쁜 여자, 그것이 하영의 첫인상이었다. 첫 냄새는 물론 독한 아세톤 향. 보존과학실에선 흔한 약품이었다. 둘은 잠깐 눈이 마주쳤고 서로 머쓱하게 지나쳤지만 날이 갈수록 서로 눈웃음을 교환하게 되었다. 승호는 하영을 사귀게 된 것이 퍽 자랑스러웠다. 그녀가 매우 아름다웠기 때문이다.

그녀가 좋아하는 것 중에는 에르메스라는 스카프가 있었다. 그건 파리에서 아버지가 선물한 것이었다. 그녀는 이것을 매우 귀중하게 여겼다. 보라색 바탕에 고상한 무늬가 새겨진 그 스카프는 하영에게 썩 잘 어울렸다. 에르메스Hermés는 프랑스 파리에 본점을 두고 있는 유명 브랜드인데 샤넬, 기 라 로슈, 랑뱅, 이브 생 로랑, 찰스 주르당 등 유명 메이커들이 밀집해 있는 생 오노레 가에 있다.

—보라색이 잘 어울리는군.

—보라색이 어울리는 게 진짜 미인이래.

하영은 웃으며 그렇게 말했다.

—그건 왜 그럴까?

승호가 그렇게 물어본 적이 있었으나 둘 다 정확한 이유를 찾지 못했다. 보라색이 화려하고 뭔가 신비로운 느낌을 풍기기 때문일거라는 것이 두 사람의 공통된 생각이었다.

— 보라색이 신비로운 건 왜 그럴까?

— 그건…… 파란색과 빨간색, 그 두 강렬한 원색들이 섞인 중간색이라서 그렇지 않을까?

하영의 말은 그럴듯해 보였다. 파랑과 빨강, 두 강렬한 원색들이 섞인 중간색 보라! 보라의 미인. 승호는 하영에게 속으로 이런 이름을 붙여주었다.

사람의 무의식은 무서운 것이다. 문득 생겨난 인상은 서로 상관없는 단어들을 연결시키고 그것을 사람의 의식 깊숙한 곳에서 본인도 모르는 사이에 자라게 하여 마침내 언젠가는 우리의 생각 전면에 자신을 표출시키기 때문이다.

하영이 아버지에게 스카프를 선물받던 날, 아버지는 하영을 데리고 생 오노레 가를 쇼핑하고 있었다. 그리고 저녁 여섯시가 가까워오자 아버지는 하영을 데리고 급히 에르메스 매장 안으로 들어갔다. 파리의 상점들은 일찍 문을 닫기 때문이다. 하영은 에르메스를 그때 처음 보았다. 유명 메이커라는데도 이름이 생소했다.

— 다른 부티크에 비해 그다지 화려하진 않지만 지적이고 우아한 걸 좋아하는 여성들이 많이 찾는단다. 영국의 엘리자베스

여왕도 에르메스 고객이지.

아버지는 그렇게 말하며 스카프 하나를 골라주었다. 네 귀퉁이에 로톤도rotondo(원형 그림)가 있고 고상하고 품위 있는 문양의 우아한 스카프는 하영의 마음에 쏙 들었다.

─이건 꼭 로마 시대 귀족의 별장 바닥에 그려진 그림 같구나.

로마 시대의 귀족들은 나폴리에 많은 별장들을 가지고 있었는데 오늘날 남아 있는 유적을 보면 장방형의 별장 바닥도 많은 신화적인 그림들로 장식됐음을 알 수 있다. 아버지는 스카프 한 귀퉁이의 로톤도 안에 그려진 인물을 가리키며 말했다.

─이게 헤르메스야. 불어로는 에르메스라고 한단다. 하영이도 로마 신화에 나오는 메르쿠리우스 알지?

하영은 끄덕거렸다. 하영은 로톤도 안에 그려진 신을 보았다. 어디서 많이 본 듯한 지팡이를 들고 있고 머리에는 날개 달린 모자, 발에는 날개 달린 로마식 샌들을 신은 젊은 남자였다. 그 옆에는 새의 날개가 달린 사자 모양의 괴수가 있었다.

─이건 그리핀이라는 상상 속의 동물이지. 독수리의 날개가 달린 사자. 헤르메스는 아주 젊고 매력 있는 신이란다. 아버지는 제우스, 어머니는 아틀라스의 일곱 딸 중 맏딸인 마이아. 제우스가 마이아에게 반해서 아틀라스 몰래 마이아와 결혼했지. 그리고 헤르메스를 낳았어. 헤르메스는 빠르고 기동력이 있어서 아버지 제우스의 전령 노릇을 했지. 날개 달린 신발을 신고 그 어느 신보다도 빠르게 날 수 있었어. 그는 나그네와 여행자의 신이

기도 하지.

　아버지가 한참을 설명했지만 하영은 잘 알아들을 수 없었고 관심도 없었다. 다만 헤르메스가 무척 잘생긴 그리스의 신이라는 기억은 남았다. 그뒤로도 하영은 몇 개의 에르메스 제품을 더 샀고 그것들을 소중히 간직하고 있다. 그녀가 에르메스를 두르는 날은 뭔가 심경에 좋은 변화가 있다는 뜻이기도 했다. 에르메스는 그만큼 그녀에겐 특별한 물건이었다. 오목조목 예쁜 건 아니지만 기품 있는 얼굴의 하영에게 평범한 듯하면서도 고상한 멋을 풍기는 에르메스는 잘 어울렸다.

　하영은 미술에 관심이 많았다. 그래서 승호와도 미술에 대한 비교적 전문적인 얘기도 어렵지 않게 나눌 수 있었다. 승호가 학부를 마칠 무렵 그들은 스페인 유학을 결정했다.

　고등학교 때 유난히 화학과목을 좋아한 하영은 대학도 화학과로 진학했다. 그녀의 유일한 관심은 원소번호 79인 금과 80인 수은 간의 관계였다. 우연히 원소주기율표를 보던 하영은 엉뚱한 생각에 잠겼다. 금과 수은은 원소주기율표에서 쌍둥이처럼 나란히 붙어 있다. '혹시 둘은 서로 바뀔 수 없을까?' 왠지 그런 생각이 들었다. 언젠가 대학도서관에서 본 돌턴의 화학책에서 금과 수은을 나타내는 그림기호가 매우 비슷하다는 걸 알고 신기해했던 적도 있다. 돌턴이 직접 만든 1803년의 '원소들의 무게표'에 등장하는 금과 수은의 원소기호는 모두 태양을 상징하는 원, 즉 원의 내부에 구름 모양의 굴곡 무늬가 연속되어 있었다.

차이가 있다면, 금은 그 안에 영문자 G가 씌어져 있을 뿐이다. 물론 G는 골드의 이니셜이다.

금과 수은.

둘 간에는 어떤 관계가 있을까? 분명 얼마 전까지만 해도, 즉 19세기까지만 해도 금과 수은은 거의 같은 기호로 쓰였다. 금과 수은의 어느 성질이 같게 보였기에 화학자들은 비슷한 기호를 쓴 걸까? 하영에게 금과 수은은 마치 남자와 여자처럼 보였다. 왜 그런지는 모르지만 한번 그런 생각이 든 후로는 그 인상은 지워지지 않았다. 하영은 자기만 그런 생각을 갖고 있는지 궁금해서 몇몇 친구들에게 물어보았다. 그랬더니 그들도 모두 그런 생각을 하고 있었다.

— 금은 마치 남자, 수은은 어쩐지 여자처럼 보여.

멘델레예프가 1835년 원소주기율표를 만들었을 때 그의 성과는 이미 고대로부터 내려오는 화학 연구의 누적된 결과였다.

수은은 영어로 머큐리 또는 퀵실버다. 말 그대로 '빠른 은' '가볍고 톡톡 튀는 귀여운 은'이다. 수은은 또 수성, 물, 휘발성, 달, 여성으로 상징되는 물질이었다. 뉴턴의 시대까지만 해도 사람들은 이 모두를 같은 성질의 개념으로 이해했다. 수은은 달의 정기를 받은 물질로 변덕이 심하며 쉽게 날아가버린다. 따라서 수은은 여자의 변덕스러운 성질을 나타낸다.

그리스 신화에서 헤르메스는 전령신이다. 날개 달린 모자와 날개 달린 샌들을 신은 미남 청년의 모습을 지닌 헤르메스의 활

약상은 대단하다. 그는 목양신 판Pan의 하나인 마르시아스에게
신비의 피리를 주고 아폴론에게 대들게 하여 결국은 살갗이 벗
겨지는 죽음을 당하게 한다. 거인신 아르고스의 목을 베어 죽이
고 페르세우스가 메두사와 대결할 때 자신의 날개 달린 모자와
샌들, 칼을 빌려주었다. 헤르메스는 아프로디테와 결혼하여 에
로스와 헤르마프로디투스를 낳았는데, 용모가 유난히 아름다웠
던 헤르마프로디투스는 요정 살마키스와 강제 합체되어 최초의
자웅동체의 인간이 된다.

프락시텔레스의 헤르메스 상(像)은 고대 그리스의 조각으로
유명한데, 그리스의 올림피아 박물관에 있다. 그 헤르메스 조각
은 어린 디오니소스를 데리고 있다. 제우스와 세멜레 사이에서
태어난 아들인 디오니소스는 죽음 직전에 제우스의 허벅지 속으
로 들어가 9개월을 마저 채우고 세상에 나왔다. 헤르메스는 자
기 아버지의 또다른 아들인 디오니소스를 맡아 기른다. 하영은
이 헤르메스 상을 제일 좋아했다.

하영이 파르미자니노의 그림을 본 것은 승호가 성 헤르메스
대학 박물관의 미술자료실로 데려간 날이었다. 승호는 꼭 보여
줄 게 있다면서 하영을 그곳으로 데려갔다.

자료실에는 수많은 미술 관련 서적들이 있었다. 좋은 화집(畵
集)도 많았다. 누구나 관심 있는 사람이라면 와서 볼 수 있게끔
비치되어 있지만, 그곳의 책들은 다른 도서관들의 책들처럼 책
장이 찢겨나가거나 하는 불상사는 없었다. 사서의 눈을 좀처럼

피할 수 없는 작은 공간이었기 때문이다.

자료실에는 수많은 책들 외에 슬라이드 자료도 있었다. 그래서 누구나 다섯 대의 환등기로 미술사의 명작들을 볼 수 있었다. 슬라이드는 세계의 유명 박물관들이 화가별로 제작한 것들이었다. 승호는 파르미자니노의 슬라이드에서 〈긴 목의 성모〉를 꺼내어 환등기에 꽂아넣었다.

—잘 보라구. 이상한 게 있을 거야.

새하얀 스크린에서 〈긴 목의 성모〉가 그 우아한 자태를 뽐내고 있었다.

그 박물관에서 승호는 하영과 첫 키스를 나누었다. 우습게도 박물관은 연인들의 밀회장소로는 안성맞춤이었다. 하영은 빈 자연사박물관에서 보았던 오스트리아 연인들의 밀회를 아직도 기억하고 있었다. 박물관은 엄청나게 큰 규모라 평소엔 어느 전시실에나 사람이 거의 없었다. 박물관 현장교육을 나온 고등학생들은 선생들의 눈을 피해 박제된 동물들이 지켜보는 앞에서 사랑을 나누었다.

성 헤르메스 대학 박물관도 예외는 아니었다. 전시실과 복도는 텅텅 비기 때문에 남녀가 곳곳에서 껴안고 있는 장면을 어렵지 않게 볼 수 있었다. 그곳은 고대 그리스의 암포라와 조각상이 있는 '그리스 관'이었다. 복제품이긴 했지만, 하영이 제일 좋아하는, 디오니소스를 안고 있는 헤르메스 상도 있었다. 아무도 없었다. 주위는 고요했다. 데 키리코라면 이런 곳에서 충분히 신상들과 무언의 대화를 나눌 만한 곳이었다. 승호는 하영을 다짜고짜 껴안았다. 그리고 입을 맞추었다. 황홀한 시간들이 지나갔다.

하영은 승호의 어깨 너머로 헤르메스 상을 볼 수 있었다. 그리고 원기둥 위에 놓인 신상도 볼 수 있었다. 그 신상의 눈은 정확히 하영을 바라보고 있었다. 그게 무슨 신상인지는 몰랐다. 문득 파르미자니노의 이상한 원기둥이 떠올랐다. 왠지 그 원기둥과 이 원기둥이 같다는 생각이 들었다.

승호는 지금 이 순간 모든 것이 멈췄으면 좋겠다고 생각했다. 약간의 이상한 기분만 제외하면 그 기분은 괜찮은 것이었다. 그게 뭔지는 모르지만.

수요일. 메르쿠리우스에게 바쳐진 날. 프랑스인이나 이탈리아인은 모두 수요일을 '메르쿠리우스에게 바친 날'이라고 했다. 수요일은 대부분의 사람들이 좋아하는 날이었다. 수요일에는 뭔가 사람의 마음을 기분 좋게 하는 아우라 같은 것이 있었다. 수요일은 화요일과 금요일 사이에 있다. 화요일은 전쟁의 신, 그리고 남성을 뜻하는 마르스에게 바쳐진 날이고 금요일은 미의 여신이며, 여성을 상징하는 비너스에게 바쳐진 날이다. 이 둘 사이에 헤르메스에게 바쳐진 수요일이 존재한다. 헤르메스는 이 마르스와 비너스를 중간에서 연결시켜주는 역할을 하는 것 같다. 서양인들은 왜 하필 헤르메스에게 바쳐진 날을 일 주일의 중간에 놓았을까?

사건이 일어난 다음날 오전, 하영은 그런 생각을 하며 지냈다. 승호가 말한 살라맨더를 생각했다. 그리고 세 번 위대한 헤르메스도.

살라맨더! 하영이 그놈을 처음 본 건 샹보르 성에서였다. 파리에서 살던 무렵 하영은 아버지를 따라 자주 루아르 강변을 거닐곤 했다. 루아르 강. 그 강을 따라 많은 성들이 있었다. 앙제, 아제 르리도, 샹보르, 앙부아즈, 쉬농소, 쉬농, 블루아, 쇼몽 등. 아버지는 그 성을 하영과 함께 돌아다니며 하영에게 많은 이야기를 해주었다. 앙리 2세의 애첩이면서 카트린 드 메디시스를 질투심에 불타게 했던 디안느 드 푸아티에, 그녀가 살았던 쉬농소, 나중에 디안느를 내쫓은 카트린이 이곳에서 하늘을 보며 자신과 자식들의 운세를 점치곤 했다는 이야기……

프랑수아 1세가 어린 시절을 보냈고 그가 초청한 레오나르도 다 빈치가 살다가 묻힌 곳, 앙부아즈. 앙부아즈 성에선 1534년에 프랑수아 1세를 분노케 한 신교도들의 난입사건이 있었고 1560년엔 가톨릭 교도의 기수 앙리 드 기즈 공이 신교도 학살을 벌이기도 했다. 신교도 학살은 1572년에 재현된다. 이 두 사건을 모두 기획한 앙리 2세의 비(妃) 카트린 드 메디시스는 하영에게 무서운 여자로 기억되고 있었다.

그러나 무엇보다도 하영을 사로잡은 성은 바로 샹보르 성이었다. 이 성은 매우 신비스러운 성이다. 프랑수아 1세의 치세기간 내내 건설된 성인데, 무슨 이유에서인지 설계자는 비밀에 묻혀 있다. 일설에는 레오나르도가 설계에 참여했고 이탈리아의 건축가와 프랑스인들이 함께 만들었다고 한다. 영국의 성들이 우람한 체격을 자랑하는 건장한 남자이고 독일의 성들이 라인 강변을 따라 빼곡빼곡 숨어 있는 귀족이라면 루아르 강변을 따라 서 있는 프랑스의 성들은 아기자기한 공주 같다. 그중에서도 샹보르 성은 하영의 마음에 쏙 들었다. 샹보르 성은 숲을 빠져나오면 마치 웅장한 신기루처럼 다가오는, 꿈속에서나 등장할 듯한 분위기를 가지고 있었다. 날씨가 쾌청한 날엔 더 멋있어 보였다. 샹보르 성에는 프랑수아 1세의 문장(紋章)이 곳곳에 새겨져 있다. 영문자 F와 또하나, 바로 살라맨더!

프랑수아 1세는 왜 살라맨더를 자신의 상징으로 삼았을까? 아버지는, 입에서 불을 뿜고 있는 그놈은 불 속에서만 산다는 도마뱀이며 4대 원소 중 하나인 불을 상징한다고 했다. 물론 그런 놈은 실제로 존재하지 않지만 오히려 그 점이 프랑수아 1세의 마음을 사로잡았는지 모른다. 그런데 승호가 말한 첼리니라는 조각가는 그것을 실제로 보았다고 했다. 살라맨더. 당시 프랑스는 가톨릭 국가였고 프랑수아 1세는 가톨릭 교도였는데 왜 이교도적인 상징을 썼을까? 살라맨더는 분명 기독교에선 금기시하는 이교도적인 동물이었을 것이다. 불 속에서 살면서 입으로 불을 내뿜는 도마뱀이라니. 프랑수아 1세와 살라맨더, 그리고 F.

—이놈은 퐁텐블로 성에도 있단다.

그때 아버지는 그렇게 말씀하셨다.

퐁텐블로 성은 1527년에 역시 프랑수아 1세가 개축한 르네상
스식으로 화려하게 장식된 성으로 주변의 숲과 함께 장관을 이
룬다. 이곳에서 프랑수아 1세는 루브르 궁전으로 옮기기 전까지
머물렀다. 퐁텐블로 성은 나중에 나폴레옹이 집무실로 쓴 걸로
더 유명하다.

하영은 생각난 김에 한국에 있는 아버지에게 전화를 했다. 간
단한 안부인사를 나누고 정말 궁금한 질문을 했다.

"아버지, 세 번 위대한 헤르메스가 뭐죠?"

"뭐라고?"

"세 번 위대한 헤르메스요."

"뭐?"

"아버지, 잘 안 들리세요? 세 번 위대한 헤르메스요!"

하영은 아버지가 자신의 목소리를 잘 들을 수 있게 더 똑똑히,
그리고 크게 말했다. 전화 상태가 나쁜 것도 아닌데 아버지는 재
차 물었다.

"한 번만 더 말해줄래?"

"아버지, 지금 장난하시는 거예요? 세 번 위대한 헤르메스
요!"

하영은 좀 짜증스러워졌다.

"미안하구나, 얘야. 이렇게 해야 네가 그 말의 의미를 확실히
알 수 있을 것 같아서 못 알아들은 척한 거란다. 넌 괴테의 『파우

스트』를 안 읽은 모양이구나. 아니면 건성으로 읽었거나. 거기서도 그러지 않니. 메피스토펠레스는 파우스트 박사가 세 번 '들어오라' 는 말을 하고 나서야 비로소 문을 열고 파우스트 박사의 방으로 들어갔단다. 세 번 위대하다! 그건 고대 이집트의 어법이야. 이집트 사람들은 최상급을 말할 때 그렇게 말하지. 세 번 행복하다, 세 번 크다, 세 번 멋있다 등.『파우스트』를 다시 읽어 보렴."

아하, 하영은 절로 고개가 끄덕여졌다.

"고마워요, 아버지."

전화를 끊고 하영은 곰곰이 생각했다. '세 번 위대하다' 가 고대 이집트의 어법? 그렇다면 세 번 위대한 헤르메스는 이집트의……?

10

이 유명한 헤르메스 상은 남풍(南風)을 나타내는
가면 위에 서 있다.
―곰브리치,『미술의 역사』

아불 카심이 '불'을 '위대한 남풍'이라고 할 때 그는
헤르메스가 바람의 신이라는 고대 그리스의 의견을
받아들이고 있는 것이다.
―C. G. 융,『심리학과 연금술』, 제3부

악의 베갯머리에서 멋대로인 우리의 풍요로운 정신을 살살 흔들어
딜래주는 것은 세 번 위대한 '사탄-헤르메스'.
그러면 우리 의지의 풍부한 금속들도
이 해박한 연금술사에 의해서 모두 사라진다.
―보들레르,『독자에게』

지오반니 다 볼로냐, 〈머큐리〉, 1567년, 피렌체, 바르젤로 미술관

그날 밤 하영은 마이클을 찾아갔다. 성 헤르메스 대학과 가까운 마이클의 집은 여전히 밝은 조명으로 반짝거리고 있었다. 마이클은, 하영이 방학 동안 이곳에서 사귀게 된 점술가이다. 방학을 맞아 이모집에 놀러온 그녀는 우연히 마이클의 점술집을 발견하게 되었다. 마이클은 원래 심리학 박사였으나 그 일을 때려치우고 남의 앞날을 점쳐주는 사이킥psychic으로 변했다. 우연히 마이클의 집 유리창에 씌어진 글귀를 보고 들어간 게 그와 사귄 계기가 되었다. 마이클의 유리창에는 현란한 글씨로 호로스코프(별점), 타로(카드점), 드림 리딩(꿈해석), 이리돌로지 등 여러 글자가 적혀 있었으나 하영의 마음을 끈 것은 이런 문구였다.

WHAT DO YOU THINK IS RUINING YOUR LIFE?
무엇이 당신의 인생을 망치고 있다고 생각하십니까?

뭔가에 불만을 품고 하루하루를 살아가는 사람들에게는 정곡을 찌르는 말처럼 여겨질 만했다. 이런 말을 지어낼 줄 아는 점술가는 어떤 사람일까, 하는 호기심이 일었다. 그즈음 하영은 마드리드에서 공부를 계속할 것인가, 아니면 그만두고 귀국할 것인가를 두고 고민에 싸여 있었다. 왠지 공부를 계속할 자신이 점점 없어졌다. 유학 초기, 외국생활에 잘 적응할 수 있다는 자신감은 어디론가 사라지고 점점 자신의 미래가 암담하게만 느껴졌다. 미래에 대해 그때처럼 자신 없던 적은 처음이었다.

마이클은 한마디로 프랑스 태생의 매우 매력적인 중년 남자였다. 오십대 중반의 나이에 높은 코, 갈색 톤의 말총머리는 프랑스인 특유의 신경질적인 눈매를 아름답게 보완하고 있었다. 그러나 마이클의 눈은 신경질적이라기보다는 지적인 느낌에 가깝다. 그의 집엔 많은 조각들과 그림, 유대인들이 밀교 의식에 쓰는 골렘이라는 작은 인형들, 그리고 이름 모를 약초들이 담긴 병과 책들이 즐비했다. 그는 자격증을 가진 심리치료 전문가이기도 했다.

그의 치료방법은 약간 색달랐다. 그는 환자들로 하여금 그들을 괴롭히는 망상을 오히려 즐기게끔 도와주었다. 그에 따르면 지금까지의 심리치료는 모두 잘못된 것이다. 환자의 망상이나 편집증은 오히려 에너지의 뭉침이다. 그건 그들이 남들과는 다른 엄청난 양의 에너지를 소유하고 있다는 증거다. 에너지는 잘 이용하기만 하면 무한한 힘을 발휘한다. 지금까지 의사들은 환자들이 그런 망상을 억제하도록 노력해왔으나 그건 오히려 인간의 창조적인 에너지를 죽이는 무익한 방법이다. 따라서 그는 그를 찾아오는 환자를 무의식의 거대한 혼돈 속으로 기꺼이 들어가게 한다. 자신의 무의식과 환상 속에서 환자로 하여금 자신 안에 감추어진, 그래서 자신의 이성을 괴롭히는 거대한 힘을 느끼게 하고, 그것을 즐기게 하는 것이다. 이것이 마이클의 치료방법이다. 언젠가 그는 아드리안 드 브리스의 〈머큐리와 프시케〉란 조각을 가리키며 이렇게 말했다.

―나는 이처럼 사이코 팜프psycho-pomp, 즉 영혼을 인도하는 사람이야. 이렇게 '정신'을 안고 하늘을 나는 헤르메스지.

아드리안 드 브리스는 16세기 말의 프랑스 조각가이다. 〈머큐리와 프시케〉는 그의 대표작이다. 조그만 물병을 든 프시케를 안고 머큐리는 막 하늘을 날아오르려 하고 있다. 제우스의 명을 받아 그녀를 하늘의 별자리가 되게 하려는 것이다. 아드리안 드 브리스의 이 유명한 조각은 지금 루브르 박물관에 있다. 마이클은 헤르메스의 조각상을 유난히 많이 갖고 있었다.

―나는 이 조각을 참 좋아해. 이처럼 헤르메스의 역할을 잘 나타내주는 조각은 없을 거야. 헤르메스는 지금 프시케, 곧 정신이나 영혼을 안고 여행하고 있어. 우리의 영혼을 인도해주고 치유해주는 신, 죽은 자의 영혼을 저승까지 안전하게 인도해주는 신이거든. 나는 환자들에게 그런 역할을 하지. 나는 환자가 자신

의 무의식을 즐기게끔 도와줘. 그건 하나의 즐거움이야. 환자는 남다른 에너지를 자신의 육체 속에 감추어두고 있어. 그래서 나는 그들이 그걸 알게끔 도와줘. 그럼 치료는 자연히 되지. 나는 일종의 버질이요, 메피스토야. 단테를 이끌고 천국과 지옥을 왔다갔다하는 버질이나, 닥터 파우스트의 여행을 도와주는 메피스토처럼, 환자가 자신의 무의식 속으로의 여행을 즐기게끔 도와주지. 그럼 환자는 웃으며 집으로 돌아가게 돼.

마이클의 사무실에는 눈에 익은 서양의 명화 복제품들과 조각들도 많았다. 그는 그림을 무척 좋아했다. 르네상스 시대부터 현대의 그림에 이르기까지 복제품들이 그의 벽을 장식하고 있었다. 조르조네의 〈폭풍〉, 루벤스의 〈파리스의 심판〉, 보티첼리의 〈봄〉, 벨리니의 이름 모를 작품들, 뭉크의 〈절규〉, 데 키리코의 〈형이상학자〉 〈몽파르나스 기차역〉, 폴 델보의 〈메아리〉 등.

─이건 뒤러의 〈멜랑콜리아〉야. 멜랑콜리아! 이 상태는 지식의 '전(前)상태' 나 다름없어. 혼돈에서 질서가 창조되는 거거든. 그래서 멜랑콜리아는 창조적 지혜의 근원이지. 아리스토텔레스는 우울증은 천재의 특징이라고 했지. 심리학자 융에 의하면 우울상태는, 즉 멜랑콜리아는 연금술에 있어서 프리마 마테리아 prima materia, 즉 원초적 물질과 같은 거야. 멜랑콜리아는 연금술에서 제1단계인 니그레도Nigredo, 즉 금속들을 죽이는 단계, 곧 검은 단계지. 이 검은색 단계는 토성의 지배를 받는 납으로 상징되기도 해. 〈멜랑콜리아〉는 당시 독일의 황제인 막시밀리안

1세에게 바쳐진 그림이야. 막시밀리안 황제는 카를 5세의 할아버지이기도 하지. 카를 5세가 그뒤를 이어 독일의 황제가 되었던 거야. 막시밀리안 1세는 우울증이 있었어. 우울증은 토성의 영향 때문에 생긴다고 하지. 토성을 지배하는 신은 크로노스야. 그는 제우스에 의해 죽임을 당해. 따라서 천사의 뒤에 보이는 마방진(魔方陣)은 제우스의 마방진이야. 뒤러는 황제의 우울증 치료를 위해 이런 그림을 그렸던 거야.

마방진은 가로, 세로, 대각선상의 숫자들 중, 아무거나 그 수들을 다 더하면 항상 같은 수가 나오는 신비의 부적이다. 제우스의 마방진은 제우스의 신성한 수인 34가 나온다. 뒤러가 그린 마방진은 가로, 세로, 대각선의 숫자를 다 합하면 어느 거나 제우스의 수인 34가 된다. 제우스는 목성을 지배하는 신이다. 제우스가 크로노스를 죽인 것처럼 목성은 토성을 지배한다.

— 프리마 마테리아는 곧 제5의 원질인 쿠인타 에센티아 Quinta essentia지.

— 쿠인타 에센티아? 영어로 '본질'을 뜻하는 퀸트에센스는 그 말에서 나온 거군요.

— 그렇지, 옛날 학자들은 만물을 네 가지 원소로 분리했어. 물, 불, 공기, 흙. 그건 물론 아리스토텔레스의 소산이자 더 올라가면 엠페도클레스의 소산이지만. 생각해봐, 얼마나 웃겨? 세상의 근본이 물, 불, 공기, 흙이라니. 물만 해도 수소와 산소로 이루어져 있는데. 어쨌든 옛날 사람들은 그렇게 믿었어. 프리스틀

리와 라부아지에가 산소를 발견하기 전까지만 해도 말야. 그게 아마 18세기지? 물, 불, 공기, 흙의 역사가 산소의 역사보다 훨씬 오래된 셈이지. 학자들은 이 네 가지 원소 외에 이들 모두를 총괄하는 다섯번째 물질을 가정했어. 그리고 그게 있다고 믿었지. 그걸 제5의 물질이자 본질이라 생각하고 쿠인타 에센티아라고 이름 붙였지. 그러니 이 말의 원래 뜻은 제5의 본질이란 말이야. 연금술사들은 이걸 물질의 본질, 생명의 물, 현자의 돌 등으로 불렀어. 천문학자들은 달 너머 저 세상에는, 즉 행성들의 세계에는 제5의 물질인 에테르로 꽉 찬 또다른 세계가 펼쳐졌다고 생각했어. 제5의 물질은 미지의 세계의 물질이면서 물질의 정수(精髓)라고 알려져 있던 거야.

마이클의 사무실 안에는 또 유난히 큰 헤르메스 상이 있었는데 그건 지오반니 다 볼로냐의 〈머큐리〉를 본뜬 작품이었다.

—이건 이탈리아의 조각가 지오반니 다 볼로냐의 〈머큐리〉 상이야. 헤르메스의 성격을 가장 잘 나타낸 조각이지. 바람의 신이면서 신의 전령. 그는 곧 공중으로 솟아오를 것처럼 발끝으로 서 있어. 그의 발끝에는 바람의 신의 얼굴이 있어. 그는 바람의 신이 뿜어내는 바람을 타고 공중에 서 있는 거야.

마이클의 서재에는 수많은 책들과 조각상, 벽난로가 있어 고풍스런 느낌을 주었다. 벽난로 위에는 유난히 큰 거울이 있었는데 마이클은 이 거울을 통해 과거와 미래의 세계를 본다고 했다.

"어서 와. 웬일이지, 이 시간에?"

마이클은 목요일이고 늦은 시간임에도 불구하고 하영을 반갑게 맞았다.

"꺄악― 꺄악―!"

마이클의 어깨에선 여느 때처럼 토트가 하영을 보고 반가워 소리를 질렀다. 토트는 금세 마이클의 어깨에서 뛰어내려 하영의 어깨로 올라갔다. 그러고는 하영을 보며 웃기도 하고 하영의 볼을 핥기도 했다. 토트는 마이클이 기르는 원숭이였다. 마이클은 그에게 토트라는 이름을 붙여주었다. 토트Toth는 고대 이집트에서 섬기는 신이었는데, 이집트 사람들은 원숭이를 토트라고 믿었다. 마이클은 자기의 사랑하는 원숭이에게 토트라는 이름을 붙여준 것이다. 그러나 그 이름엔 심각한 죽음의 냄새가 있다. 토트와 비슷한 독일어 '토트Tod'는 '죽음'이다.

"잘 있었어요?"

"그래, 너도? 토트가 무척 반가워하는 것 같은데? 나보다 너를 더 좋아하는 것 같아."

"동양인을 신기하게 생각하나보죠."

"원숭이도 동양인, 서양인을 구분할 줄 알까?"

"글쎄요, 저는 구분할 수 있다고 보는데요?"

하영은 웃으며 말했다.

"승호라고 알죠? 내 친구."

"그래 맞어! 오늘 신문 봤어. 그 친구가 승호지. 너도 그 사건에 끼여 있더군. 충격이 컸겠어."

마이클은 걱정스러운 듯 하영을 쳐다보며 말했다.

"정말 끔찍했어요. 살인사건에 휘말린 건 처음이라구요. 내게도 이런 일이 일어나다니…… 승호가 걱정이에요."

"신문을 보면 그 잭이라는 사람이 승호를 만나기로 했다던데……"

"사실은 이래요……"

하영은 그날의 일을 마이클에게 말해주었다.

"그랬군."

마이클은 뭔가를 깊이 생각하는 눈치였다.

"왜 범인은 총을 쏘고 나서, 손발까지 잘랐을까요?"

"글쎄……"

"잭은 이미 범인이 쏜 총알에 숨이 거의 멎어가는 상태였다던데, 굳이 죽어가는 사람에게 그런 짓을 할 이유가 있었을까요? 더군다나 승호의 말을 들어보면 범인은 잭의 목까지 노렸다고 하던데."

"범인이 그런 짓을 한 데에는 뭔가 특별한 이유가 있겠지."

마이클이 하영의 얼굴을 쳐다보며 말했다.

"단순한 살인사건이 아닌 것 같아요."

마이클은 대답은 하지 않고 하영의 얼굴만 빤히 쳐다보았다.

"잭의 죽음에는 분명 뭔가가 있어요. 어쨌든 끔찍해요. 지금도 그 생각만 하면 몸서리가 쳐져요. 죽은 사람을 그렇게 가까이서 보기는 처음이었거든요."

하영은 그 말을 하면서 자꾸만 몸을 떨었다. 아직도 그 충격이 생생하게 살아나는 눈치였다.

"가엾은 우리 하영!"

"나보다 승호가 더 걱정이에요. 그애는 어쨌든 이번 사건에 싫든 좋든 관여가 되었으니까. 여행을 갈 수나 있을지 모르겠어요."

"여행?"

"자기를 지도하는 퍼 교수란 사람과 함께 여행을 간다고 했거든요. 아마 이번 사건 때문에 그 여행도 못 할 거예요."

"승호가 미술사학을 전공한다고 했지?"

"예."

"파르미자니노를 전공한다고?"

"예."

하영은 마이클과 얘기를 나누면서, 승호에게는 자기가 마이클 같은 점술가를 만나고 있다는 얘기를 하지 않은 걸 생각해냈다. 이야기를 해야 할 것인가…… 그러나 승호가 알기 전에는 점술 가랑 사귄다는 얘기는 하고 싶지 않았다.

"참, 마이클! 이 말 혹시 아세요? 세 번 위대한 헤르메스."

"세 번 위대한 헤르메스? 헤르메스 트리스메기스투스. 그 말을 어디서 들었지?"

마이클은 갑자기 정색하며 물었다.

"잭이 그랬대요. 잭이 승호를 만났던 날 승호에게 그렇게 말했대요. 자기를 만나면 그 세 번 위대한 헤르메스에 대해서 알려주 겠다고."

"그래?"

마이클의 얼굴이 또다시 굳어졌다.

"그는 전설적인 인물이지. 물론 실제로 존재했어. 세 번이나 위대하다는 말은 그 이상 더 위대한 인물은 없다는 말이야."

아버지의 말이 맞았다.

"그런데 그 사람이 누구죠? 그리고 잭은 왜 그 말을 했을까요?"

"그는 고대 이집트인이야. 그러나 그가 정확히 언제 사람인지 는 아무도 몰라. 그에 대한 기록이 최초로 등장하는 것은 기원전 2세기경인 이집트의 마지막 왕조 프톨레마이오스 시대야. 프톨 레마이오스 왕조는 그 어느 때보다도 학문을 장려했는데 알렉산 드리아에 박물관과 도서관이 생긴 것은 그때 일이지. 그걸 '무세 이온'이라고 불러. 그 도서관은 79년 카이사르의 정벌 때 파괴 되었어. 수십만 권의 책이 불타버렸지. 아마 헤르메스 트리스메 기스투스에 대한 책도 그때 많이 없어졌을 거야. 얼마나 대단한 저술가였는지 자그마치 3만6천여 권의 책을 썼대. 거의 연금술 과 신비주의에 대한 책이야."

"연금술?"

"그래, 설명하자면 길어. 오늘 하루론 모자랄 만큼. 하영은 연 금술에 대해 어느 정도나 알고 있지?"

"글쎄요, 그건 중세 시대의 마술 아닌가요? 금을 만들어내는."

"대부분의 사람들은 그렇게들 생각하지. 그러나 그건 그렇게 간단하게 생각할 문제가 아니야. 어쨌든 다시 아까 얘기로 돌아가면 프톨레마이오스 왕조 때의 신관(神官)들이 최초로 헤르메스 트리스메기스투스에 대해 얘기하지. 그는 모세, 또는 에녹으로 알려진 인물이야. 아랍인들은 그를 에녹이라고 부르지. 에녹은 살아 생전에 신을 만난 구약성서의 위인이야. 헤르메스 트리스메기스투스가 꼭 모세라는 증거는 없지만 어쨌든 모세와 동시대의 인물일 가능성은 있어. 즉 그는 람세스 2세 때의 인물이지. 연금술이 이집트에서 시작됐다는 건 하영도 알 거야. 헤르메스는 바로 연금술사들에게서 최대의 존경을 받고 있는 신이지."

하영은 열심히 듣고 있었다.

"이리 와봐."

마이클은 하영을 서가로 데려갔다.

"여기에 있는 책들 대부분이 연금술에 관한 거야. 네가 마음을 열고 이 책들을 대한다면 얻는 게 많을 거야. 미치광이들의 소리라고 치부하지 않는다면 말야. 여기 이 책, 미하엘 마이어의 『아틀란타 푸가』는 연금술의 고전이고 당시 황제였던 루돌프 2세에게 바쳐진 거지. 아그리파 데 네테샤임의 『신비 철학』은 16세기의 모든 학자들이 충격을 받았던 유명한 책이고, 밀리우스의 『개정된 철학』은 그림이 많아서 읽기에 편한 책이야."

마이클은 서가에 잔뜩 꽂혀 있는 책들을 하나하나 짚어가며 진지한 표정으로 설명해주었다.

"센디보기우스의 『유황에 관한 논문』엔 그의 선배 연금술사인 세턴의 알려지지 않은 글이 있을 텐데, 아마 나중에 이야기할 기회가 있을 거야. 루돌프 2세에 대해서도 말야. 그리고 이쪽을 봐. 현대로 와선 융의 『심리학과 연금술』을 읽으면 더욱 도움이 될 거야. 이 책 『푸른 사자를 찾아서』는 저자는 알 수 없는데 어떤 연금술사가 쓴 거야. 정말 재미있는 책이지. 사자는 연금술에서 가장 중요하게 쓰이는 상징적인 동물이야. 어때, 관심 있으면 읽어도 돼. 빌려줄 수는 없어. 워낙 귀한 책이니까. 대신 여기서 읽어."

"알았어요. 근데 연금술에도 꽤 관심이 많은가봐요?"

"응, 조금……"

하영은 서가에서 이상한 제목의 책을 꺼냈다. 그건 『골렘』이었다.

"골렘……?"

"그건 독일인 신비학자 메이링크의 저서야. 그는 연금술에 희망을 걸었던 20세기 사람들 중 하나지. 그는 연금술이 어느 정도 성공할 수 있다고 믿었어."

"그래요? 성공했나요?"

"아마 못 했을 거야."

"경찰들 말로는 잭도 그런 신비주의자들의 학회에 참가한 적이 있대요."

"연금술사들이 바라던 바가 오늘날 어떤 면에선 실행되고 있다고도 할 수 있지. 오늘날 유전공학이나 최첨단 핵과학은 그 옛날 연금술사들이 바라던 인공적인 금이나 호문쿨루스를 가능하게 했으니까."

"한참 읽어야겠네요."

"그래, 연금술을 하루아침에 이해하기란 불가능하지. 천천히 읽는 거야."

마이클은 하영의 어깨를 다독거려주었다.

"그리고 또하나 질문할 게 있어요. 살라맨더가 뭐죠? 저도 그걸 어렸을 때 프랑스의 한 성에서 본 적이 있어요. 아버지는 그게 당시 왕이었던 프랑수아 1세의 문장이라던데요. 살라맨더와 프랑수아 1세 사이에는 어떤 관계가 있죠? 첼리니라는 조각가는 실제로 그걸 보았다고 하던데."

"첼리니는 엄밀히 말하자면 금세공사였지. 살라맨더는 하영 아버지의 말씀대로 프랑수아 1세의 상징이야. 그는 그 살라맨더를 매우 자랑스럽게 생각했지. 살라맨더는 불 속에서 산다는 전설 속의 용, 또는 도마뱀이야. 살라맨더는 암수의 구별이 없는 자웅동체의 동물이지. 그러니 자체 생식하는 동물이야. 마치 자신의 꼬리를 물고 뱅뱅 돌아가며 스스로 번식하는 뱀 우로보로스Ouroboros처럼."

"우로보로스요?"

"그래, 그 뱀은 자신의 꼬리를 물고 있어. 곧 처음과 끝이 같다는 거지. 그것은 시간의 원리이며 우주창생의 원리를 설명해주는 상징이기도 해."

"그런 뱀을 본 사람이 있어요?"

"글쎄, 모르지. 살라맨더는 또, 불 속에서 산다고 하니 어떠한 역경도 이겨낼 수 있는 강한 인간을 상징하기도 해. 프랑수아 1세가 살라맨더를 자신의 문장으로 삼은 것도 그 때문이지."

"아는 것도 많군요."

"그런가? 아무튼 프랑수아 1세는 이탈리아의 많은 화가들을 데려다가 퐁텐블로 성에 머물게 하면서 자국의 화가들로 키웠어. 첼리니도 4년 동안 프랑수아 1세 밑에서 일했지. 뛰어난 금세공사였지. 퐁텐블로 화파는 알지?"

"그건 알아요. 레오나르도 다 빈치는 앙부아즈 성에 있었죠."

"그래, 그러나 사실 그는 프랑스의 예술발전에 그렇게 크게 공헌하지는 못했어. 그가 앙부아즈 성에 있었던 기간은 죽기 전 삼 년이었는데 별로 작품활동을 안 했지. 프랑스가 얻은 큰 수확은 그가 프랑수아 1세에게 바친 〈모나리자〉야."

"〈모나리자〉가 프랑수아 1세 거였군요?"

"그래, 모르고 있었어? 1503년부터 계속 작업해오던 〈모나리자〉를 마침내 프랑수아 1세에게 바친 거야."

"그런데 첼리니는 살라맨더를 정말 보았을까요?"

"첼리니의 아버지는 연금술사였어. 살라맨더는 연금술에서 가장 중요한 상징이야. 연금술에 성공하는 사람들은 모두 살라맨더를 보게 되어 있어. 그놈은 연금술로(爐). 이걸 아타노르

athanor라고 하는데, 아타노르에서 활활 타오르는 불길 속에서도 능히 견디어낸다는 놈이야. 연금술사였던 첼리니의 아버지는 그놈을 발견하고 좋아했던 거지. 불 속에서 산다는 건 사실 서로 대립되는 두 개의 성질이 한 곳에 공존한다는 거야. 연금술은 궁극적으로 서로 대립되는 성질의 물질들을 결합시키는 기술이라고 할 수 있어."

"서로 대립되는 성질의 물질들을 결합시키는 기술이 연금술이라구요?"

"그렇지. 연금술은 어떻게 보면 이런 불합리하고 불가능한 이론의 실제화라고 할 수 있어. 인간이 자신이 생각해낸 고도의 이론을 실제의 세계에 적용시키려 했다는 거야. 태양과 달, 남성과 여성, 위와 아래, 죽음과 부활, 유황과 수은, 차가움과 뜨거움, 물과 불, 공기와 흙, 딱딱한 것과 부드러운 것, 고체와 액체 등 이렇게 서로 일치할 수 없는 모순의 성질들을 일치시키려 한 게 바로 연금술이지."

"그런데 그게 살라맨더하고 무슨 상관이 있죠?"

"살라맨더는 차가움과 뜨거움의 일치를 보여주는 거야. 사실 뜨거운 불 속에서 살아남을 수 있는 생물은 없어. 그런데도 연금술사들은 불 속에서도 살아남는, 곧 불 속에서도 타거나 죽지 않고 능히 불을 이겨내는 그런 동물이 실재하리라고 믿었어. 그렇지 않으면 자신들의 이론이 붕괴되거든. 이건 마치 불이 붙는 물, 즉 알코올과도 같은 거야. 연금술사들은 불과 물이 서로 공존하는 것도 가능하다고 생각했어. 그리고 실험에 실험을 거듭했지. 마침내 그들은 불을 붙이면 불과 함께 공존하는 이 신비의 물, 알코올을 발견했어. 그들은 자신들의 이론을 실험으로 증명했던 거야."

"대단했겠군요."

"화학을 공부한다면서 그런 건 모르는가보군."

"연금술에 대해서는 안 가르쳐주니까요. 근데 참, 아까 유황과 수은이라고 했나요?"

"그래, 유황과 수은. 이것도 서로 반대되는 성질의 물질이야. 유황은 남성의 원리를, 수은은 여성의 원리를 나타내지."

하영은 고등학교 때의 몽상을 생각했다. 금과 수은, 원소기호가 서로 비슷했던 금과 수은의 관계. 유황은 남자를, 수은은 여자를 상징한다.

"연금술사들은 금이 수은의 다른 형태라고 생각했어. 곧 수은에 적당한 화학처리를 하면 그것이 금으로 변한다고 믿었지."

"수은과 금이 같다구요?"

"응."

"그럼 수은하고 금 사이엔 오랜 역사가 있었겠군요."

"참으로 오랜 역사가 있었지. 수은은 만물의 어머니, 금속 전체의 어머니라고 여겨졌으니까."

11

⚜

페스티나 렌테festina lente! 천천히 서둘러라!
　　　　—아우구스투스

연금술사들은 언제나 낙천적이었다.
　　　　—E. J. 홀름야드, 『연금술』, 제5장

〈조화의 창조자로서의 공기의 신〉, 13세기, 렝스, 국립도서관

"반장님, 잭에 대해서 몇 가지 조사를 해봤는데요, 이상한 건 그자의 인적사항이 전혀 잡히지 않는다는 거예요. 도대체가 어디서 태어났는지, 또 몇 년생인지, 아무도 모른다는 거죠."

"무슨 소리야?"

하영이 마이클의 집에서 대화를 나누고 있을 때 폴은 캘러핸에게 보고중이었다. 캘러핸은 정색을 하며 폴에게 말했다.

"그러니까 그 사람이 어디서 태어났는지 또 어디서 자랐는지 모른다는 거야? 뭐 하는 사람인지도?"

"뭐 하는 사람인지는 알 수 있습니다. 그러나……"

"혹시 밀입국자 아니야?"

"그건 아니에요. 반장님, 연금술이라고 아세요?"

"뭐?"

"제가 조사한 바로는 잭은 연금술을 연구하는 단체인 '세계연금술학회'의 회원이었어요."

"세계연금술학회?"

"예. 연금술이라고, 이를테면 금을 만들어내는 기술이죠."

"무슨 소리를 하고 있는 거야?"

캘러핸은 좀 짜증이 났다. 금을 만들어내다니 무슨 뚱딴지 같은 소린가. 그럼 이번 사건은 금에 얽힌 사건이란 말인가.

"헤르메스 트리스메기스투스라는 이름에 대해서도 알아냈어요. 그 이름은 연금술에서 매우 중요하게 통용되는 이름이더군요. 고대 이집트 사람인데, 연금술의 창시자 정도 되나봐요."

"근데 잭이 왜 그걸 승호에게 말하려고 했지?"

"연금술이란 보통 중세 시대에 가난한 수도사들이나 금 기술자들이 연구했다고 하는 학문인데, 납이나 수은 등을 써서 금으로 변화시키는 기술이죠."

"아차차! 맞아, 연금술사!"

캘러핸은 뭔가 생각난 것 같았다.

"나도 알아. 언젠가 그런 영화를 본 적이 있어. 집 근처의 싸구려 영화관이었지. 제목이 바로 〈연금술사〉였어. 정말 재미없는 공포영화더군. 무척 지저분하고 구성도 엉망이었어."

"원래 그런 데서 하는 영화가 다 그렇죠 뭐."

"어떤 마법사가 신비의 액체를 만들어서 다 죽은 놈을 살려내는 거야. 그러고는 지옥을 왔다갔다하는 내용이지. 흉측한 괴물도 나오고. 맞아! 거기서 한 놈이 그러더군. '난 연금술사다. 납

을 금으로 바꾸기도 하고 사람을 죽지 않게도 한다.' 이제 생각
나는군. 그거 마법사 얘기 아니야? 지저분한 전설 얘기."

"근데, 그게 아니더라구요. 반장님이 보신 영화는 아마 연금술
의 내용을 정확히 전달한 게 아닌 것 같군요. 물론 사람들은 연
금술을 중세에나 유행한 일종의 마술이라고 생각하겠지만 제가
좀 알아본 바로는 상당한 과학이었어요. 사람들은 납이나 수은
등에 일종의 열을 충분히 가하면 금을 만들어낼 수 있다고 믿었
으니까요."

"납이나 수은으로 금을 만들어? 그게 무슨 엉뚱한 소리야? 도
대체 그런 걸 믿는 사람이 있어?"

"반장님이나 저야 물론 안 믿죠. 그렇지만 그런 걸 믿는 사람
이 전세계적으로 수만 명에 이른답니다. 이건 물론 그들, 연금술
학회 사람들이 하는 얘기지만 말이죠. 잭이 소속됐던 세계연금
술학회는 전세계에 약 육천 명 정도의 회원이 있답니다."

"그거 불법단체 아니야?"

캘러핸은 이번 기회에 그 단체를 파헤쳐볼까 하는 생각도 들
었다.

"그건 아닙니다. 이들은 각자 자신의 연구실에서 실험을 한 뒤
그 결과를 서로 알려줍니다. 그들은 자신들의 고유한 회원번호
를 갖고 있어요."

"나 이것 참, 도대체 그들을 상대해야 된다는 거야, 뭐야?"

"그들은 분명히 어떤 특수한 기술을 사용하면 보통의 금속을

금으로 변화시킬 수 있다고 믿고 있어요. 그리고 영원히 죽지 않고 살 수 있는 약도 개발할 수 있다고 생각하죠."

"21세기를 바라보는 지금 이 시대에?"

"그럼요, 로케트를 타고 달에도 갔다 오는 세상인데 사람들은 여전히 점쟁이들을 찾잖아요. 전세계의 유명 정치인들은 선거 때만 되면 유명한 점술가를 찾아 난리들이라는데, 뭐 그런 거나 마찬가지죠."

"그런데…… 그게 과학적으로 가능한 얘기야?"

"물론 불가능하죠. 제가 고등학교 때 화학을 좋아해서 좀 아는데 라부아지에라는 유명한 화학자가 '원소들끼리는 서로 변화할 수 없다'고 선언한 이후 그게 정설로 되어 있죠."

"내 생각에도 그래. 모든 게 금으로 변한다면, 아니 양식장에서 물고기를 기르듯 그렇게 금을 양식할 수 있다면 도대체 금이란 게 무슨 소용이 있어?"

"화학에서도 연금술은 별로 다루지 않고 있어요. 연금술은 이미 중세에 죽은 학문으로 되어 있죠. 연금술사들은 마녀처럼 취급당하기 일쑤였고 그래서 종종 박해를 받았죠. 중세의 얘기예요."

"그래, 그건 중세의 얘기야. 그런데 아직까지 그런 얼토당토 않은 얘기를 믿고 있는 사람들이 있다니……"

캘러핸은 혀를 끌끌 찼다.

"연금술은 마치 일종의 낭만적인 꿈과 같은 거예요. 그건 이루어질 수 없는 것을 향한 인간의 욕구와 같은 거죠. 이를테면 그건 수많은 발명가와 과학자들이 꿈꾸었던 영구기관(永久器官)과 마찬가지예요."

"영구기관?"

"예, 한번 움직이기 시작하면 절대로 그치지 않는 이상적인 운동기구 말예요. 많은 과학자들이 거기에 도전했지만 실패했어요. 그건 사실 불가능한 거죠. 마치 금속을 금으로 변화시키는 것처럼 말이죠."

"하지만 영구기관은 실제로 존재하잖아. 바로 이 지구지. 지구는 태초에 그 누군가가 손으로 튕긴 이후 지금까지 끊임없이 태양 주위를 돌고 있으니까. 그것도 무서운 속도로 말야. 우리가 피부로 느끼지는 못하지만."

"말 되는군요. 어쨌든 알고 보니, 연금술은 인류사에 꽤 놀라운 공헌을 했더라구요. 반장님께서 즐겨 드시는 '프랑수아 1세'란 위스키 있죠?"

"그래, 그건 정말 일품이지."

'프랑수아 1세'는 캘러핸이 좋아하는 위스키이다. 르네상스 시대의 프랑스 화가 장 클루에가 그린, 프랑수아 1세의 초상화 중에서 가장 잘 알려진 그림과 '영원불멸의 술'이라는 선전문구가 눈에 띄는.

당신은 영원불멸의 술을 마신다.

16세기, 프랑수아 1세는 불멸을 실천했다.

이것이 병에 씌어진 로고였다. 캘러핸은 그 선전문구가 마음
에 들어 프랑수아 1세를 마시기 시작했다. 위스키는 독특한 장
미향을 뿜어냈다. '프랑수아 1세'는 다른 위스키와는 달리 장미
잎을 증류과정에 재료로 넣는다고 알려져 있다. 나온 지는 얼마
안 되는 술이었다.

"장미향이 일품이지. 정말 좋은 위스키야."

"위스키는 원래 연금술사들의 작품이었어요. 스코틀랜드의
위스키가 유명한 건 최초로 위스키를 발명해낸 사람들이 스코틀
랜드인이었기 때문이죠. 그들은 아직도 위스키의 원액을 생산하
고 있죠. 아마 그들은 연금술사들이거나 연금술 실험에 열중하
던 수도승들이었을 거예요. 연금술사들은 금을 만들어낼 수 있
는 '현자의 돌'이라는 물질뿐만 아니라 불로불사의 약을 발명하
려고 했어요. 그 약을 아쿠아 비타이aqua vitae, 즉 '생명의 물'
이라고 불렀죠. 그런데 진짜 어느 날 불이 붙는 물을 발명해낸
거예요."

"불이 붙는 물이라니?"

"타는 물! 뭐겠어요? 물론 알코올이죠. 생각해보세요. 마시면
정신이 몽롱해지고 활기가 생기면서 상처에 바르면 시원하게 소
독되는 물. 더군다나 당시 사람들이 신비하게 생각했던, 불과 물
이 동시에 공존하는 물질이 생겼으니 얼마나 놀랐겠어요. 결국

사람들은 연금술사들이 말하는 그 신비의 물질 '생명의 물'을 발견했다고 생각한 거죠. 그게 바로 위스키였어요. 놀라운 건 19세기까지만 해도 연금술이, 아니 20세기 초반만 해도 유럽에서는 연금술이 은연중 시행되고 있었다는 거예요. 물론 그들 말에 의하면……"

"아무튼 그럼 잭의 죽음하고 그 단체하고 무슨 연관성이라도 있나?"

"아뇨."

"그 단체에서 혹시 잭을 죽였을 가능성도 없어?"

"예, 현재로는. 그곳에선 아예 잭을 미친놈 취급하고 있었대요."

"미친놈들이 자기네들보다 더 미친놈이라고 욕했다는 거야?"

캘러핸은 웃으며 말했다.

"그들은 진지했어요. 자기네들의 학문은 결코 소용없는 게 아니라고……"

"그 쓸데없는 얘기는 그만두고 잭 얘기나 해봐."

"잭은 그 단체에 가입하고부터는 자신이 생 제르맹이라고 했다나봐요."

"뭐? 생 제르맹?"

"예, 생 제르맹은 프랑스인으로 전설 속의 인물이죠. 대표적인 마술사이자 연금술사인데 영원히 죽지 않는다는 거예요. 그래서 얼마 전까지만 해도 프랑스에 나타나 옛날 루이 14세나 프랑수아 1세를 만나고 왔다는 소리를 했다는 거죠."

"이런 젠장, 생 제르맹이라…… 그거 꼭 〈하이랜더〉하고 비슷하군."

"맞아요. 〈하이랜더〉와 비슷하죠."

"그 영화 정말 재미있었어."

"목만 잘리지 않으면 결코 어떤 상처를 입어도 죽지 않는 영웅 하이랜더는 생 제르맹의 전설하고 너무 닮았어요. 생 제르맹은 이를테면 프랑스의 하이랜더죠. 하이랜더의 전설에도 야금술사가 나오죠. 야금술이나 연금술이나 거기서 거기지만, 약간 달라요. 어쨌든 잭은 자기가 바로 그 생 제르맹이라고 떠벌리고 다녔다는 거예요."

"확실히 미친놈이군."

"가만! 그러고 보니 참 닮았어요."

"뭐가?"

"살인수법 말이에요. 잭도 목만 안 잘렸지 손과 발이 잘려나갔거든요. 승호의 말로는 놈은 잭의 목까지 날려버리려고 했다잖아요."

"그러고 보니 그렇기도 하군."

"역시 모방살인 같아요. 영화를 보고 따라 하는……"

"글쎄……"

"잭의 말 그대로 불로불사의 영웅이라면 죽은 게 아니겠군, 훗훗."

캘러핸이 웃으며 말했다.

"뿐만 아니라 때로는 자신이 프랑수아 1세라고 그랬다는 거예요."

"프랑수아 1세? 지가 위스키란 말야?"

"아니, 위스키가 아니고 왕 말예요. 제가 알아본 바로는 프랑수아 1세는 16세기에 살다간 프랑스의 왕이에요."

"그럼 내 위스키 병에 그려진 왕이 바로 저란 말이야?"

캘러핸은 어처구니가 없다는 표정으로 고개를 저었다.

"물론 아니죠."

불멸의 존재, 프랑수아 1세, 잭.

"어쨌든 놈은 그들 사이에서도 미친놈 취급을 받았죠."

"좀 불쌍하구먼."

"그런데 왜 죽었을까요? 누가 죽였을까요?"

"글쎄, 그걸 알아내야지 엉뚱한 소리만 하지 말고."

한심하다는 듯이 바라보는 캘러핸을 무시하고 폴은 더욱 진지한 표정으로 말했다.

"더욱 중요한 건 말이죠, 파르미자니노 있죠? 승호가 연구한다는."

"그래 맞아, 그 화가."

"그도 연금술사였어요."

12

서로 반대되는 것들, 즉 높고 날카로운 것과 깊고 둔중한 것은
어떤 비례에 의해 조절되고, 그들 사이에서 믿을 수
없을 만큼 놀라운 조화가 탄생한다.
―플루타르크, 『도덕』

〈비법 전수자로서의 헤르메스〉, 아킬레 보치의 『문제적인 상징들』, 1574년

1월 17일 금요일, 하영은 성 헤르메스 대학 도서관을 뒤져 프랑수아 1세에 대한 몇 가지 사실을 알아냈다. 고등학교 세계사 시간에도 별로 접할 수 없었던 이 왕의 이름은 프랑스 역사에서는 매우 중요한 이름이었다. 필립 오귀스트나 생 루이, 필립 4세 등이 중세 프랑스의 가장 유명한 왕들이었다면 프랑수아 1세는 르네상스 시대의 인기 있는 왕이었다. 그는 다른 르네상스 시대의 왕들처럼 호색한이었다. 여자를 좋아해서 많은 궁녀들을 자기 것으로 만들었고 심지어는 귀족들의 아내까지 탐을 냈다. 그러나 이것 역시 그에게만 해당되는 사항이 아니었다. 당시 유럽의 군주들은 누구나 자신의 특권을 이용해 많은 여자들과 즐길 수 있었으니까.

화가 장 클루에가 그린 프랑수아 1세의 초상화를 보면 비교적 높은 코에 약간 장난기가 섞여 있는 얼굴이다. 홀바인이 그린 영국의 헨리 8세의 근엄한 얼굴이나 티치아노가 그린 독일 카를 5세의 무표정한 얼굴에 비하면 매우 매력적인 얼굴이다. 티치아노가 그린 프랑수아 1세의 옆얼굴을 보면 호색한다운 응큼한 면이 두드러진다. 당시 유럽의 세 군주였던 헨리 8세와 카를 5세, 그리고 프랑수아 1세는 모두 자국에서 큰 인기를 누렸다. 특히 프랑수아 1세는 프랑스 국민들에게서 전폭적인 지지를 받았다. 아내를 빼앗긴 몇몇 귀족들에게서는 미움을 받았겠지만. 그가 파비아 전투의 패배로 스페인의 마드리드에 갇혔을 때는 프랑스의 온 국민이 슬퍼했다고 전해진다. 그는 당시 유럽을 들끓게 했던 종교개혁의 물결 속에서도 개신교도들에게 매우 관대했다. 개신교도들을 은밀히 지원했던 그의 누이 마르그리트 때문이었다. 그러나 왕은 언제나 확고한 가톨릭 교도였다.

1532년에 일어난 '앙부아즈 성 사건' 이후 프랑수아 1세는 강력한 개신교 탄압정책으로 돌아섰다. 앙부아즈 성은 프랑수아가 태어나서 어린 시절을 보냈고 화가 레오나르도 다 빈치가 왕의 품에 안겨 세상을 떠난 곳이기도 하다. 그 성에 왕이 잠시 기거했을 때 개신교도들이 침실까지 침입해 왕을 놀라게 한 일이 있었다. 크게 분노한 왕은 개신교도들을 탄압하기 시작했다.

그의 외교정책은 '르네상스적'이었다. 스스로는 진실한 기독교 신자를 자처하면서 나라의 이익을 위해서 이교도국인 터키와 동맹을 맺는 것도 서슴지 않았다. 황제 카를 5세의 영토인 스페인과 독일 사이에 낀 그로서는 어쩔 수 없는 정책이었다. 무엇보다도 그가 프랑스의 역사에서 중요한 건 르네상스의 왕답게 학문과 예술을 장려했다는 점이다. 많은 이탈리아의 화가들을 불러들여 예술을 꽃피웠으며 많은 성들을 르네상스식으로 개축하거나 증축했다. 학자들과 문인들을 자신의 궁정으로 끌어들여 토론하기를 즐겼고 많은 재능 있는 자들을 가까이 대했다. 『프랑스사』를 쓴 앙드레 모루아에 의하면, 프랑수아 1세의 어머니 루이즈 드 사부아는 그처럼 학문과 예술을 좋아하는 아들을 '내 아들, 내 황제'라며 사랑했다.

황제!

이것은 프랑스에 있어서 매우 중요한 단어이다. 프랑스 역사상 신성로마제국의 황제 자리에 도전한 왕은 프랑수아 1세가 처음이자 마지막이었고 자신을 황제의 위치로, 프랑스를 제국의 위치로 끌어올리려 했던 왕도 그뿐이었다. 그래서 그는 신하들에게 자신을 '폐하'라고 부르게 했으며 독일의 카를 5세에게 이탈리아를 절대로 양보하지 않았다. 이탈리아의 영토는 프랑스가 제국의 면모를 갖추는 데 없어서는 안 될 땅이었다. 샤를 8세 때부터 프랑스의 왕들은 이탈리아 북부의 땅을 차지하려고 노력했으며 한때는 남부의 나폴리까지 자신의 영토로 삼기도 했다. 이탈리아에 대한 이런 욕심은 프랑수아 1세에게까지 이어진다. 이탈리아의 영토를 놓고 그는 카를 5세와 잦은 싸움을 벌였다. 그러나 1527년의 결정적인 싸움 이후 이탈리아 땅은 독일 카를 5세의 수중으로 들어가게 된다.

제국을 꿈꾸는 프랑수아 1세에게 있어서 가장 상징적인 사건
은 감히 신성로마제국의 황제 자리에 도전한 일이었다. 신성로
마제국의 황제는 전통적으로 독일 왕의 차지였다. 그런데 이 자
리에 프랑수아 1세가 당당히 도전했던 것이다. 당시 그의 상대
는 독일의 왕이며 스페인의 왕이기도 했던 카를이었다. 애초부
터 상대가 되지 않았던 이 싸움에서 프랑수아는 패했지만, 이 사
건은 그 자체로 큰 상징적 의미를 갖는다. 프랑스의 제국에의 욕
심이 마침내 겉으로 드러난 사건이었으며 이후 프랑스의 왕가
대(對) 독일의 왕가 사이의 싸움이 시작되는 사건이기도 했다.
1547년 프랑수아 1세는 사망하고 생 드니 수도원에 묻힌다. 프
랑수아 1세의 황제의 꿈은 훗날 나폴레옹이 대신 이루어준다.

영화 〈토탈 이클립스〉에서 랭보 역으로 분한 레오나르도 디카
프리오는 시인들의 모임에서 이렇게 외쳤다.

—프랑수아 1세 시절, 현명한 자들의 할 일은 재능 없는 자에
게 오줌을 갈기는 것이었다.

왕은 그만큼 재능 있는 자들을 사랑했다.

하영은 그날 밤도 마이클의 집을 찾았다. 그러면서 새삼 알게
된 것은 마이클은 정말 오래된 책을 많이 갖고 있다는 것이었다.
희귀본과 고서를 수집하는 취미가 있는 그의 서가에는 없는 게
없었다. 파우사니아스의 『아르카디아 지(誌)』로부터 16세기의
희귀한 약초에 대한 책, 그리고 이단으로 몰려 화형을 당한 세르

베투스의 『삼위일체의 오류』, 단행본으로 출간된 막스 베버의 1924년 논문 『고대 문명 몰락의 사회적 원인』에 이르기까지. 그의 주요 수집본은 주로 15세기와 16세기의 책들에 집중되어 있었다.

"파우사니아스의 책은 승호가 읽으면 꽤 좋아하겠는데요?"

"그렇겠지, 파우사니아스의 『아르카디아 지』는 꽤 도움이 될 거야. 오늘날 헤르메스 상이라고 알려진 그 유명한 상은 바로 파우사니아스가 이름 붙인 거니까. 아르카디아는 오늘날 펠로폰네소스 반도의 내륙지대를 말하는데 고대의 도시국가였어. 그 땅은 고대로부터 헤르메스의 나라라고 불렸지. 『아르카디아 지』는 아르카디아 여행기라고 할 수 있어. 아기 디오니소스를 들고 있는 건장한 청년상을 발견한 파우사니아스는 그 상이 아르카디아 지방에서 출토되었기 때문에 헤르메스라고 이름 붙인 거야."

"아르카디아는 도원경 아닌가요?"

"그래 맞아. 우리 서양인들이 생각하는 이상향이지."

하영은 마이클의 수많은 책들 중에서 청갈색의 두꺼운 표지로 된 책을 하나 꺼냈다. 분량이 꽤 되는 책이었다. 표지의 상태와 종이의 질로 봐서 몇백 년은 족히 되어 보이는 책이다. 먼지와 오래된 책의 고약한 냄새가 하영의 코를 찔렀다.

La chronique de Michel

미셸의 연대기

"미셸은 프랑수아 1세 시대의 사람이지. 재미있는 책이야. 그러나 미완성이지. 책을 보면 뒤의 몇 장은 아무것도 씌어 있지 않은 백지일 거야."

"그렇군요. 미셸이라는 사람이 혼자 써내려간 책이겠군요."

책의 뒷부분을 훑어보던 하영이 말했다.

우연인지 미셸이라는 이름은 잭이 죽기 전 승호에게 했다는 '미셸'이란 이름과 같았다.

"그는 프랑수아 1세의 궁정비서 겸 콜레주 드 프랑스의 교수였어."

"궁정비서요? 대단한 사람이었군요. 그럼 프랑수아 1세에 대해선 자세히 나와 있겠네요."

프랑수아 1세에 대한 책을 몇 권 독파했던 하영으로서는 반가운 말이었다. 어쩌면 프랑수아 1세에 대한 새로운 사실을 알 수도 있다. 하영은 마이클의 말대로 책의 뒷장들을 살피며 말했다. 과연 책 뒤의 몇 장은 비어 있었다.

"굉장해요, 그럼 이 책은 엄청난 가치가 있겠는데요. 몇백 년이나 된 책인데다가 이 세상에서 하나밖에 없는 책이잖아요?"

"그렇지, 돈으로 환산할 수 없는 가치가 있지. 거기다 그 내용을 살펴보면 더욱 그렇거든."

"내용은 어떤 거죠?"

하영은 책을 여기저기 살피며 말했.

"당연히 프랑수아 1세 시대의 궁정 얘기를 주로 담고 있지. 흥미있다면 읽어도 좋아."

"정말요?"

"단 여기서 읽어야 해. 놀러 올 때마다 읽어. 빌려줄 순 없으니까."

"그럼요! 얼마나 귀한 책인데."

하영은 기뻐하면서 다시 책의 표지를 보았다. 자세히 보니 희미한 금빛 선으로 몇 개의 그림이 그려져 있었다. 유대인의 의식 때 사용하는 메노라menora라는 일곱 가지 촛대를 든 젊은 청년. 날개 달린 머리와 날개 달린 신발, 두 마리의 뱀이 서로 휘감겨올라간 지팡이, 가벼운 로마식 옷, 그는 바로 헤르메스였다.

"그건 내가 가장 사랑하는 책이야. 그 책에는 내 손때가 묻어 있어. 파리의 고서점 거리에서 어렵게, 정말 어렵게 구했지."

마이클이 말했다.

"라틴어가 아닌 불어로 되어 있네요."

당시 공용어는 라틴어였다. 불어는 다른 유럽어와 마찬가지로 통속어로 천대받고 있었다. 그런데 『미셸의 연대기』는 불어로 씌어 있었다. 이런 책은 거의 예가 없는 드문 경우였다.

"그래, 신기하지? 그래서 그 책이 더욱 가치가 있는 거야."

책은 긴긴 세월이 지난 지금까지도 보존이 잘 되어 있었다. 책은 이렇게 시작하고 있었다.

영명한 황제 프랑수아 1세께 이 책을 바친다.

마이클이 생각났다는 듯이 하영에게 물었다.

"참, 승호가 파르미자니노를 연구한다고 했지?"

"예. 그 화가를 아세요?"

"파르미자니노는 화가가 아닌 다른 것으로도 유명한 사람이야."

마이클은 파르미자니노에 대해서 잘 안다는 듯 말했다.

"승호는 논문 공모에서도 당선한 경력이 있는 똑똑한 애죠. 성 헤르메스 대학에서 주최하는 학부생 논문 공모에서 1등 상을 두 번이나 탔으니까요."

"그래? 대단하군."

"첫번째는 데 키리코에 대한 논문이었어요. 데 키리코의 그림을 독특하게 해석한 거지요."

"데 키리코를 연구했다면 파르미자니노에 대해서도 웬만한 건 알 수 있을 텐데."

"그래요?"

"두번째 논문은 파르미자니노에 대한 것이었겠군. 그 논문발표 현장에서 잭을 만났다니까."

"예. 승호는 그걸 학위논문으로 발전시키려고 해요."

"좋은 논문, 흥미있는 논문이 나올 거야. 잭이 승호에게 말하려고 했던 파르미자니노에 대한 얘기는 뭐였을까?"

"그는 대단한 화가였나요?"

"대단한 사람이었지."

"어떻게요?"

하영은 점점 궁금해졌다.

"차차 알게 될 거야. 그건 그렇고 그 승호라는 친구를 한번 데
려와봐."

"왜요?"

"그애한테 내가 좀 도움이 될 것 같애."

3장 | SEPARATIO

13

‘내 아들, 내 황제……’
—앙드레 모루아, 『프랑스사』

헤르메스가 누구던가요?
권모술수의 발명가, 갈림길을 지키는 나그네의 수호신,
도둑들의 수호신이기도 하오.
글쓰기를 가르침으로써 교묘한 구실을 끌어다붙이기와
위장하기를 가르친 신,
항해술을 가르침으로써 인간을, 지평선과 수평선의 끝,
이 세상의 만물이 혼연일체로 녹아 있는 경계의 한계까지
데려다놓는 신이기도 하오.
—U. 에코, 『푸코의 진자』(강조— 인용자)

〈헤르마프로디투스〉, 『독일 연금술 문집』, 뮌헨, 바이에른 주립도서관

파비아 전투(1525년)는 대단했다. 밀라노 공국 제2의 도시 파비아, 그 평원에서 맞붙은 프랑스군과 독일 황제군 사이의 전투는 예상 밖의 결과를 초래했다. 숫자상으로는 프랑스군이 앞섰으나 독일은 잘 훈련된 화승총 부대가 있었다. 프랑스군은 독일 황제의 란츠크네히트(개신교 병사)들에게 완패를 당하였다. 밀라노는 프랑스가 항상 노렸던 나라였다. 그 나라에서 패배를 당한 왕은 어떤 심정이었을까?

파비아는 한니발이 로마군을 상대로 벌였던 제2차 포에니 전쟁에서 제일 먼저 로마군을 무찌른 곳으로도 유명하다. 알프스를 넘은 한니발은 파비아에서 로마의 기병들을 무찔렀다.

왕의 패배가 가슴 아팠던 것은 그것 때문만은 아니었다. 황제군의 총지휘관은 같은 프랑스인인 샤를 드 부르봉이었다. 프랑스 왕이 같은 프랑스인에게 잡힌 것이다. 자기 아내의 유

산 문제로 왕과 결별하고 황제 편으로 넘어간 샤를 드 부르봉
은 파비아 전투에서 통쾌하게 왕에게 복수를 하고 만 것이다.
그는 왕을 붙잡아 마드리드로 압송했다. 어쩌면 샤를 드 부르
봉은 왕의 기질을 잘 알고 있었기 때문에 전투를 승리로 이끌
었을지도 모른다. 프랑수아 1세는 언제나 자신만만했고 전투
를 낭만적으로 생각하는 경향이 있었다. 샤를은 아마도 왕이
황제군의 화승총 부대를 별로 대단치 않게 생각하리라는 것을
짐작했을 것이다.

샤를 드 부르봉!

이 인물은 나중에 매우 무서운 일을 저지르게 된다. 1527년
'로마의 약탈'을 이끌었던 황제군의 총지휘관이 바로 이 사람
이었던 것이다. 나중 일이지만 마드리드에서 풀려난 프랑수아
1세는 곧바로 유럽의 여러 나라들과 교황을 설득하여 '코냐크
동맹'을 결성한다. 물론 상대는 카를 5세. 그러나 이 동맹은
실패로 돌아가고 황제군은 내친 김에 로마로 진격하는데 바로
이 진격을 주도했던 총사령관이 샤를이었다. 그는 비록 로마
가 함락되기 직전 전사하지만, 이미 로마로 들어간 독일군들
이 그 사악한 일을 저질렀으니 모든 책임은 샤를에게 있지 않
을까? 샤를이 만약 로마로 진격하지 않고 군사를 후퇴시켰다
면 교황의 도시 로마가 약탈당하는 일은 없었을 것이다. 로저
베이컨의 '그리스의 화약'(화승총)은 이제 앞으로의 싸움에서
승패를 좌우할 것이다. 터키의 이교도들을 향해 장전되었던

총은 이제 유럽 안에서 서로에게 겨누어질 것이다.

왕은 패했으면서도 결코 나약한 모습을 보이지 않았다. 황제군은 왕을 스페인의 마드리드로 압송했다. 나는 내가 사랑했던 보에티우스가 처형당한 파비아에 있었으므로 그 누구보다도 전황(戰況)을 잘 알 수 있었다. 당시 내 손엔 갓 인쇄된 보에티우스의 『철학의 위안』이 들려 있었다. 나의 방랑기질은 나를 이곳 파비아까지 오게 만들었다. 나는 보에티우스가 처형당한 곳을 직접 보고 싶은 마음이 들었다. 그곳에서 뜻하지 않게 왕의 군대와 황제군의 전투를 보게 되었고 왕이 사로잡히는 치욕도 이 눈으로 직접 보게 되었다. 카를 황제는 왕을 죽일 마음이 없었다. 황제로서의 위엄을 지키려 한 것이다. 어쩌면 왕을 사로잡고 있는 편이 프랑스를 다루는 데 더 이득이 되리라고 생각했을지도 모른다. 왕은 죽음 앞에서도 결코 왕으로서의, 아니, 그보다는 한 남자로서의 체통과 위엄을 잃지 않았다. 아마도 이런 것이 프랑스 국민을 사로잡은 왕의 모습이리라. 그는 언제 죽임을 당할지 모르는 상황에서 여전히 불굴의 용기를 간직하고 있었다.

나는 왕이 사로잡힌 마드리드까지 따라갔다. 나는 그를 보고 싶었다. 그가 감옥에 있다면 매일 가서 책을 읽어드리고 말벗이 되어주고 싶었다. 나에게는 파리대학 강의 일정이 잡혀 있었지만 그것도 포기할 수밖에 없었다……

미셸이 마드리드의 지하감옥에 있는 왕을 면회하기까지는 얼마간의 시일이 필요했다. 왜냐하면 면회는 카를 황제의 특별한 허락이 있어야 했고 그 기간 동안은 아쉽지만 참아야 했기 때문이다. 황제의 허락은 쉽게 나지 않았다. 그는 카를 황제의 궁정 비서 겸 주치의로 있었던 대학자 아그리파 데 네테샤임에게 편지를 썼다. 그는 아그리파의 우정에 호소했다. 황제는 결국 미셸의 면회를 허락했다.

마드리드의 지하감옥, 그 춥고 으슥한 곳에서 왕은 고생하고 있었다. 더구나 때는 겨울. 프랑스의 왕에게는 비참한 대우였다. 전쟁에 패한 군주의 슬픈 광경이었다. 프랑수아 1세는 이 감옥에서 언제 죽을지 모르는 날들을 하루하루 보내고 있었다. 미셸은 스페인 감시병의 뒤를 따라 지하감옥으로 이어진 계단을 내려갔다. 육중한 철문이 열리자, 횃불에 비친 왕의 여윈 모습이 드러났다.

"면회는 오래 할 수 없소. 곧 끝내주시오."

스페인 병사가 말했다.

미셸은 어두침침한 감옥 안으로 들어갔다. 왕은 침대에 앉아 있었다. 포로 신세임에도 불구하고 그의 얼굴은 밝아 보였다. 오히려 이런 상태를 즐기기라도 하듯 그의 얼굴은 여전히 장난기 어린 미소를 품고 있었다.

"누군가?"

"예, 전하. 전하의 국민이옵니다."

"보아하니 나의 국민 같긴 한데 아직 모르는군. 날 부를 땐 폐하라고 해야지."

"예, 폐하!"

왕은 자신에게 황제의 칭호인 '폐하'라는 호칭을 쓰게 했다.

"저는 툴루즈에서 태어나 몽펠리에 대학에서 학위를 받은 자입니다. 폐하께서 이곳에 잡혀 계시다는 걸 알고 폐하를 뵈러 왔습니다."

"흐흥, 나의 말벗이 되겠다? 좋은 생각이군. 프랑스에서 왔다니 나의 국민들이 어떻게 지내는지 좀 알려주게. 나를 어떻게 생각하고 있지?"

"저는 파비아 전투 때부터 그곳에 있었기 때문에 폐하가 잡히신 후의 프랑스 사정은 모릅니다. 그러나 프랑스 국민들은 아주 애석해하고 있을 겁니다."

"자네가 파비아에 있었다구?"

"예, 폐하. 멀리서 전투를 보기도 했습니다."

"대단하군. 그래 나의 군사들이 어떻게 싸우던가?"

"물론 대단한 전투였습니다. 폐하가 잡히셨다는 건 꿈에도 생각 못 할 일입니다."

"나의 군사들은 정말 용감했어. 나의 그런 군사들이 거의 죽었다니 아직도 믿기지가 않아. 나는 내가 전투에 졌다는 것보다 나의 아까운 군사들이 거의 전멸했다는 게 더 슬프네."

왕의 얼굴은 우울한 기색이 역력했다.

"참, 어디 출신이라고 했지?"

"예, 남부의 툴루즈입니다."

"툴루즈, 이단의 도시군. 남부는 대대로 골치 아픈 구석이니까. 그렇지만 로마 시대의 잔재인 그곳의 수도교는 여전히 웅장해. 그래, 아버지는 뭐 하는 분이신가?"

"예. 아뢰옵기 황공하오나 연금술사이옵니다."

"연금술사? 오, 주여! 어찌하여 이런 사기꾼에다가 이단자를 저에게 보내셨나이까? 주여, 저를 시험하고 계시는 것입니까? 저는 아직도 교황 요한 성하의 연금술 금지령을 기억하고 있습니다. 물론 제가 태어나기도 전의 일이긴 하지만 말입니다."

교황 요한 22세는 연금술을 금지했다.

"사탄의 자식이여, 그대는 나를 유혹하러 왔는가? 아니면 나의 감화를 받아 주 예수를 진정 그대의 구세주로 섬기기 위해서 왔는가? 연금술사! 금을 만들고 생명의 물을 만들 수 있다며 떠벌리는 작자들. 자네도 그런 사람의 자식이란 말이지. 오호! 그럴 줄 알았지. 남부는 다 그래. 툴루즈, 아를, 알비, 모두가! 도대체가 신에 대한 두려움이 없는 것들이야. 난 그들을 다 정복하여 철저한 주의 사도로 만들 것이다."

옥에 갇혀 언제 죽을지 모르는 처지에서도 왕은 오연하기 그지없었다.

"폐하, 연금술은 그렇게 어리석거나 위험한 짓이 아닙니다."

"어리석거나 위험한 것이 아니다? 그럼 자네는 정말 금을 만들 수 있다, 이건가?"

"금은 아무나 만드는 것이 아니지요. 연금술사들 중에서도 선택받은 자만이 할 수 있는 일입니다. 그자는 분명 운이 좋은 자일 겁니다. 연금술은 현자의 돌이란 물질이 있어야만 가능한 것입니다. 저는 감히 그런 연금술사들 틈에 낄 수는 없는 자입니다. 저는 미천한 자입니다."

"겸손하군. 그래, 그건 그렇고 그 책은 무슨 책인가?"

프랑수아는 미셸의 손에 들린 책을 가리키며 물었다.

"보에티우스의 『철학의 위안』입니다. 폐하, 허락하시면 제가 매일 찾아와서 폐하께 읽어드리겠습니다. 폐하, 허락하소서."

사실 그때 미셸은 프랑수아가 곧 죽을 것으로 생각했다. 그는 보에티우스의 『철학의 위안』을 읽어드리는 것이 왕에 대한 프랑스 국민으로서의 마지막 봉사라고 생각했다.

"좋은 책인가? 내 말은 재미있느냐 말일세."

"재미있는 책은 아니나 정말 아름다운 글들로 가득한 책입니다. 학식 있는 사람이라면 누구나 읽고 또 아는 책이지요. 옛날엔 이 책만큼 인기 있는 책은 없었을 겁니다. 지은이 보에티우스는 감옥에서 이걸 썼습니다. 그는 바로 폐하께서 얼마 전에 싸우신 파비아에서 처형당했죠."

"처형을 당해? 무슨 죄로."

"그는 로마제국이 쇠퇴해갈 무렵 동고트 족의 테오도리쿠스라는 황제 밑에서 일했습니다. 그러다 미움을 사 사형을 당한 거죠."

"파비아라……"

프랑수아 1세는 깊이 한숨을 쉬었다. 미셸은 그런 프랑수아의 심정을 알 만했다. 파비아는 이탈리아 북부 도시로 신성로마제국의 황제가 된 전설적인 영웅 샤를마뉴의 수도였다. 800년, 샤를마뉴는 로마교황으로부터 로마제국의 황제관을 부여받는다. 이로써 샤를마뉴는 로물루스로부터 시작해서 또다른 로물루스로 끝나는 로마제국의 정통 계승자가 되는 것이다. 파비아는 그런 신성로마제국의 수도였다.

1519년 신성로마제국의 황제이며 독일의 왕인 막시밀리안이 죽자 유럽의 트로이카 왕들, 곧 영국의 헨리 8세, 독일의 왕이며 막시밀리안의 손자인 카를, 프랑스의 프랑수아 1세가 황제 후보로 나섰다. 신성로마제국의 황제는 일곱 명의 선거후가 뽑는 선거에 의해 결정된다. 일곱 명의 선거후 중 네 명이 독일 지역의 제후들이었다. 따라서 독일의 왕이며 더군다나 부모의 '행운의 결혼'으로 스페인 땅까지 차지한 카를이 유력했다. 거기다 그에게는 할아버지인 막시밀리안의 강력한 지원이 있었다. 프랑수아 1세는 이런 막강한 후보 카를에게 대항했다. 사실 프랑스 역사상 신성로마제국 황제 자리에 공식적으로 도전한 왕은 그가 처음이자 마지막이었다. 대대로 독일의 왕이 차지했던 신성로마제국의 황제라는 자리에 프랑스의 왕이 도전했다는 것만으로도 커다란 사건이었다. 이 사건은 그의 패기가 얼마나 대단했던가를 보여준다. 그런 그에게는 프랑스의 초대 왕이며 신성로마제국의 초대 황제인 샤를마뉴의 적법한 후손이라는 자부심이 있었다. 그 동안 독일의 왕들이 '황제' 자리를 차지해왔지만 이제 그 자리는 적법하게 프랑스 왕에게로 돌아와야 한다는 것이 그의 주장이었다. 그러나 모든 정황이 그에게 너무나 불리했다. 황제 자리가 프랑스의 왕에게 돌아간다면 프랑스가 얻는 이점은 대단했다. 우선 황제라는 자리가 주는 막강한 힘이 그것인데, 프랑수아 1세는 그것만으로도 유럽을 호령할 수 있을 것이다. 거기다 신성로마제국의 황제가 갖게 되는 막대한 영토를 프랑수아 1세가 갖는다면 그는 독일의 제후들을 적절하게 다룰 수 있을 것이다. 그는 왕권 신장을 꾀하고 프랑스의 부귀를 원했다. 프랑스의 국권은 프랑수아 1세에 의해 자리가 잡혔다고 해도 과언이 아니었다. 그는 많은 제도를 정비했다.

그러나 그는 카를에 비해 너무나 불리했다. 막시밀리안은 선거후들을 돈으로 매수했고 독일의 유력한 은행가 푸거 가(家) 역시 선거후들에게 카를을 뽑으라고 돈을 뿌렸다. 선거후들은 그들 나름대로 프랑수아가 뽑히면 안 될 이유가 있었다. 만약 프랑스의 왕이 황제가 된다면 앞서 말한 '프랑수아의 이점'은 그들의 약점이 된다. 결국 카를이 황제로 뽑혀 카를 5세가 되었다.

황제를 꿈꿨던 프랑수아는 고배를 마셨다. 그러나 이 사건은 대단히 상징적인 의미를 갖는다. 그 이후 시작된 발루아 가문 대 합스부르크 가문의 지겨운 대립의 역사는 나폴레옹이 신성로마제국을 멸망시킬 때까지 이어졌기 때문이다. 그래서 프랑수아 1세의 황제 자리 입후보는 프랑스와 독일의 대립의 역사에서 시원적인 의미를 갖는 것이다. 프랑수아는 재임 기간중에 독일과 네 차례의 전쟁을 치렀고 이후에도 프랑스의 왕들은 독일과 줄기차게 전쟁을 치른다. 나폴레옹은 신성로마제국을 멸망시켰으며 히틀러는 그런 신성로마제국을 다시 부활시켜 프랑스를 지배하려 했다. 그런 역사적인 도시 파비아에서 프랑수아는 굴욕적인 참패를 당하고 거기다 포로로 잡히는 신세가 된 것이다.

미셸은 왕의 안색을 살피며 조심스럽게 말을 이었다.

"그래서 전 파비아를 여행하고 있었습니다. 그가 처형당하기 전까지 있었던 감옥을 찾아서요. 그때 마침 폐하의 전투를 보게 된 겁니다."

"그랬군, 우리의 만남은 특별한 인연이군. 자네는 무척 박식해 보여."

미셸은 왕이 자신의 얼굴을 찬찬히 뜯어보고 있음을 느낄 수 있었다.

"몽펠리에에서 대학을 마치고 마침 파리대학에서 강의를 할 예정이었습니다. 폐하가 여기 계시다는 걸 몰랐다면 아마 파리로 가서 교수생활을 했겠죠."

왕은 곰곰이 생각에 잠겼다. 언제 죽을지도 모르는 감옥생활, 따분하기도 하고 지루하기도 했다. 마침 사랑하는 백성 미셸이라는 자가 와서 자신을 즐겁게 해주겠다니 마다할 일도 아니다.

왕은 미셸과 함께 자신의 마지막 남은 날을 차분히 정리하는 것도 좋겠다는 생각이 들었다. 더군다나 보에티우스라는 자는 자신이 피를 흘렸던 파비아에서 죽었다고 하지 않는가? 그가 감옥에서 썼다는 책『철학의 위안』에도 마음이 끌렸다.

"미셸이라고 했지? 나의 마지막 죽음의 길까지 자네가 동행한다면 내 죽어 예수 그리스도를 만나 기필코 자네를 얘기하리라. 내가 천국에 간다면 자네도 천국에 올 것이다. 좋다! 허락한다. 나의 죽음에 이르는 길을 도와달라. 그리고 내가 명예롭게 죽도록 나를 인도해달라."

"폐하, 신(神)은 결코 폐하를 잊지 않으실 겁니다."

14

제피로스(서풍西風의 신)는 베스페르(헤스페루스 : 즉, 서쪽의 끝) 근방,
또는 석양 무렵에 따뜻하게 달아오르는
해변에 살고 있다.
—오비디우스, 『변신』

자웅동체의 비너스는 고대 아시아의 원형이다.
—C. G. 융, 『결합의 미스터리』, 제4부

신들 가운데 메르쿠리우스를 가장 숭배했으며
그 상(像)이 가장 많았다.
—카이사르, 『갈리아 전기(戰記)』 제6권

보티첼리, 〈비너스의 탄생〉, 1485년, 피렌체, 우피치 미술관

폐하는 감옥에서 1526년을 맞았다. 왕은 살라맨더처럼 추운 겨울을 잘 이겨내셨다. 살라맨더는 불 속에서 사는 도마뱀. 그것은 겨울을 상징하는 동물이다.

소문에 의하면 폐하는 곧 풀려날 것이라 했다. 그러나 카를은 그 대신 많은 걸 요구해올 것이고, 왕은 어쩔 수 없이 굴욕적인 조약을 맺어야 할 것이다.

폐하는 나의 강의를 즐겁게 들었다. 폐하가 모든 분야에 박식하고 모든 학문을 즐겨 경청한다는 건 사실이었다. 그는 모든 걸 알고 싶어했으며 또 그만큼 많은 것을 알고 있었다. 그는 호기심의 신 헤르메스의 충실한 부하였다. 그러면서도 그가 헤르메스에 대해선 거의 모르고 있다는 것은 이상한 일이었다.

그의 학문과 예술에 편식 같은 건 존재하지 않았다. 그는 필요하다면 이단의 지식도 개의치 않았다. 물론 왕은 충실한 주 예수 그리스도의 부하였지만 터키 같은 이교국의 문화와 종교에 대해서도 알고 싶어했다. 그는 모든 뛰어난 자와 유능한 자를 존경할 줄 알았으며 나 같은 자도 기꺼이 가까이 하셨다……

미셸은 거의 하루도 빼놓지 않고 프랑수아 1세를 찾아가 보에티우스의 『철학의 위안』을 읽어주었다. 왕은 경청하는 자세를 잃지 않았으며 의심이 가는 점은 반드시 미셸에게 물어보았다. 그러면서도 항상 신을 경애하는 마음을 잃지 않았다.

"이제 오늘은 보에티우스 제4권입니다. 폐하, 황제는 폐하를 죽이지 않을 듯합니다. 프랑스는 폐하의 모후이신 루이즈 드 사부아 왕녀께서 폐하의 빈 자리를 잘 지키고 계시답니다. 제가 아는 바로는 프랑스 국민은 폐하를 잊지 못하고 있습니다."

"내가 만약 살아 돌아간다면 이 치욕은 꼭 갚을 것이다. 내 자네에게만 말하겠네만, 어쩔 수 없이 난 카를과 굴욕적인 조약을 맺게 되겠지. 카를은 많은 걸 요구할 거야. 어쩌면 이탈리아에 대한 야심을 영원히 버리겠다는 맹세를 요구할지도 몰라. 물론 나는 그들이 하자는 대로 다 해야 할 걸세. 그러나 분명히 말하지만 파리로 돌아가는 즉시 나는 조약을 파기해버릴 거야. 미셸, 내가 카를의 조약서에 서명할 때 보여줄 유유자적한 태도와 얼굴을 기억해두게. 왕은 모름지기 그래야 하거든. 하지만 모든 조약은 무효로 돌아갈 것이다. 결단코! 그리고 나는 설욕의 칼을 들 것이다. 다음번 전투에서는 꼭 우리 프랑스의 군사들과 나의 용맹성을 전 유럽에 떨쳐 보이겠다."

프랑수아의 눈에서는 투지의 불꽃이 타올랐다. 미셸은 그걸 느낄 수 있었다. 왕의 모습은 책략에 능한 헤르메스 신의 전형적인 모습이었다.

미셸은 보에티우스 제4권을 읽어내려갔다. 이제는 보에티우스의 『철학의 위안』도 거의 끝부분에 다다르고 있었다.

"오디세우스는 아르카디아의 신 헤르메스의 도움을 받아 키르케의 마법을 물리쳤으며……"

"잠깐, 아르카디아? 그리고 그 신이 누구라고?"

"아르카디아라고 했습니다. 그리고 그 신은 헤르메스입니다. 그는 로마인들에겐 메르쿠리우스로 불렸으며 이집트인들에게는 토트로 불렸습니다. 그는 제우스의 아들이며 전령신으로서 하늘에선 수성을 제어하고 있고 나그네의 신이자 도서관의 신이며 상인들의 신입니다. 또한 우리 연금술사들의 신이기도 하죠."

"그가 왜 아르카디아를 지배하지? 아르카디아는 어떤 곳인가? 그곳은 천국이 아니던가?"

"아르카디아는 지중해에 있는 펠로폰네소스 반도의 한 지명이며 그리스인들에게 이상향으로 알려진 곳입니다. 그리스인들은 그곳을 주재하는 신이 헤르메스라고 생각합니다. 헤르메스는 죽은 자를 저승으로 인도하는 신입니다. 따라서 스틱스 강의 뱃

사공 카론은 이 헤르메스 신의 분신이기도 합니다. 로마의 시인 베르길리우스는 장편 서사시 『아이네이아스』에서 제우스와 마이아의 아들인 헤르메스가 이 아르카디아를 세웠다고 했습니다. 그의 아들들은 대대로 아르카디아의 왕을 지냈고 그중 에반데르 왕의 아들인 팔라스는 아이네이아스를 도와 그가 로마를 세우는 데 일조를 합니다. 에반데르 왕 얘기가 나왔으니 그의 어머니 얘기를 해야겠군요. 헤르메스는 문자의 신입니다."

"문자의 신이라고?"

"그렇습니다. 이집트에서 토트가 문자와 서기관의 신이고, 북쪽에 사는 야만인들의 신 오딘이 룬 문자를 발명한 신인 것처럼, 헤르메스는 그리스인들에게 문자를 전해준 신입니다. 그의 역할은 그의 후손들에게도 이어집니다. 에반데르 왕의 어머니인 니코스트라타는 새로운 세계의 지배자가 될 부족, 즉 트로이 사람들과 아르카디아인, 그리고 라틴인들에게 문자를 가르쳐준 분이거든요."

"그런가, 재미있군."

"아무튼 이렇게, 아르카디아는 헤르메스의 나라입니다."

"그렇군, 그런 내력이 있었군."

"헤르메스는 트로이의 왕자 파리스가 세 명의 미녀신, 곧 아테나와 아프로디테, 헤라가 서로 미를 다툴 때 아프로디테를 선택한 그 자리, 바로 파르나소스 산에 있었으며 그는 그 사건의 증인입니다. 화가 난 헤라는 그리스를 부추겨 트로이와 싸움을 하

게 했고 아프로디테는 트로이의 편을 들었죠. 사실 이 헤르메스
는 아프로디테 편이었습니다."

"아프로디테의 편이었다? 베누스 신 말이지?"

"예, 그렇습니다. 베누스는 아프로디테의 로마식 이름이지요.
아프로디테를 어머니 신으로 모셨던 로마와 헤르메스 간에는
묘한 관계가 있었던 거죠. 아마도 헤르메스는 트로이 왕자 파리
스가 아프로디테를 택하도록 간교를 부린 것 같습니다. 이것은
보티첼리가 메디치 가에 그려 바친 〈봄〉에도 나와 있는 사실이
지요."

"메디치 가는 정말 복받은 가문이야. 그들에겐 돈도 많고 뛰어
난 미술가들도 많았지. 그들이 항상 부러웠어. 언젠가 이탈리아
를 정복하면 꼭 그 화가들을 데려올 거야."

"폐하, 부디 그렇게 하소서. 지금 이탈리아인이 성취하고 있는
미술과 시문학에서의 눈부신 발전도 그 모태는 원래 우리 프랑
스 남부지방의 음유시인들인 트루바두르들에게 있었습니다."

"맞아, 자네의 조상 중에도 트루바두르가 있었다고 했지?"

"예, 저의 조상 중에도 그런 사람들이 있었다고 아버지가 그러
셨죠."

"자네는 천성적으로 음유시인의 피를 이어받았겠군. 남부 출
신에다 아버지는 연금술사, 그리고 먼 조상은 음유시인. 이제야
자네의 사악한 피의 원천을 알겠군. 그러니 자네의 머리가 아무
리 주 예수를 향하려 해도 뜻대로 되지 않는 거야. 이제야 이해

가 가는군. 자네의 핏속에는 자네가 저항할 수 없는 마녀의 피가 흐르고 있는 거지. 그러나 나는 자네를 이해하네. 나는 충분히 그대를 개종시킬 자신이 있네. 나한테 잘 왔어. 이제야 주께서 자네를 나에게 보내신 이유를 알겠군. 자네가 저 건방지고 분수를 모르는 영국의 헨리나, 독일의 카를에게 갔더라면 큰일날 뻔했어. 날 찾아오길 잘했네. 이로써 우리의 주는 모든 일을 은밀히 이루고 계시다는 걸 새삼 깨닫게 되었다네. 나에겐 자네를 개종시켜 신실한 주의 사도로 변화시킬 의무가 있네."

트루바두르troubadour는 남부 프랑스에서 활동하던 음유시인들이었다. 그들은 이미 중세에 남녀간의 진솔한 애정과 휴머니즘을 노래한 시를 창작했다.

"하지만 말일세, 난 그렇게 옹졸한 사람이 아니야."

프랑수아는 목소리를 낮추어 말했다.

"난 누구든지 재능 있는 사람은 사랑하거든. 그가 충실한 그리스도의 종이라면 더욱 좋겠지만 그 반대라도 난 받아들일 수 있단 말일세. 자네의 아버지가 연금술사이고 또 자네의 혈관 속에 마녀의 피가 흐르고 있다 해도 자네는 영특한 머리를 가진 것 같군. 자네를 용서하네. 자네가 좋아진 것 같아. 난 퍽 관용적인 사람이거든. 하기야 그런 게 다 무슨 소용이 있겠나. 내가 이런 야만인들의 땅에 묶여 있으니. 내가 파리로 돌아가면 자네를 요긴하게 쓸 텐데 말야. 자네는 박식한 머리와 마녀의 지혜, 감옥이라도 뚫고 들어올 수 있는 용기를 가졌어. 남자로서 갖추어야 하

는 덕목은 골고루 갖춘 셈이지. 여자는 어떤가? 여자를 좋아하
나? 결혼은 했나?"

"아직 안 했습니다."

"오호, 그럼 아직 여자를 모르겠군. 내 약속하지. 파리에 돌아
가면 말야, 내가 데리고 있는 여자들 중에서 자네 마음에 드는
여자가 있다면 당장 주겠네. 물론 내가 돌아갈 수 있다면 말야."

"폐하는 파리에 돌아가실 것입니다."

"자네가 어떻게 아나?"

"하늘의 별을 보면 알 수 있습니다."

"오, 그래? 별들도 볼 줄 아나? 하긴 그대의 피에는 천성적으
로 마술사의 피가 흐르고 있을 테니까. 그대의 사악한 영혼은 분
명 저 하늘의 별도 마음대로 부릴 수 있을 테지. 하지만 파리에
돌아가면 함부로 자네의 정체를 드러내지 말게. 자네 목숨이 걱
정되는군. 물론 내가 지켜주겠지만 교황의 힘은 나보다 더 막강
하거든."

"조심하겠습니다."

"오, 이런. 나는 지금 마녀의 자식과 얘기를 하고 은밀히 계략
을 논하고 있구나. 오, 주여 저를 용서하소서. 이미 저의 호기심
은 주님에 대한 충성심을 배반하였나이다. 이놈의 호기심은 항
상 나의 신앙심을 배반한단 말야."

왕은 천장을 올려다보며 가슴에 성호를 그었다.

"폐하, 자꾸만 저를 마녀의 자식이라고 부르시는데 그러지 마

옵소서. 저의 어머니는 충실한 가톨릭입니다. 교황 편이지요."

"오. 그래? 듣던 중 반가운 소리군. 참, 우리 어디까지 얘기를 했었지? 그래, 우리에겐 이미 그런 유명한 시인들이 있었지. 우리 프랑스는 놀라운 나라야. 난 이탈리아의 뛰어난 화가들을 더 불러들여서 프랑스의 예술을 부흥시키고 싶어."

프랑수아 1세는 이미 1516년 레오나르도 다 빈치를 초청한 적이 있었다. 천재는 그의 말년을 프랑스의 아름다운 성에서 조용히 보낼 수 있었다.

"나의 모나리자는 잘 있겠지? 레오나르도는 그 신비의 여인을 나에게 주면서 이렇게 말했지. '이제야 이 작품이 속할 곳을 알겠나이다. 모나리자는 폐하의 것이옵니다.' 하고 말야."

레오나르도는 1503년부터 그려온 〈모나리자〉를 프랑스에 와서 프랑수아 1세에게 바쳤다. 프랑수아가 그 그림을 받고 크게 기뻐했으리란 건 능히 짐작할 만한 일이다. 1518년엔 역시 피렌체의 뛰어난 화가였던 안드레아 델 사르토를 초청하였다. 그는 프랑수아 곁에서 약 일 년 간 머물면서 몇 점의 마돈나화를 그려 바쳤다. 이탈리아 예술에 대한 애호는 전대의 프랑스 왕들에게 서도 볼 수 있다. 루이 12세와 샤를 8세도 이탈리아 침공 때 화가들을 데려왔다. 발루아 왕가의 특징이라 할 만큼, 언제나 학문과 예술의 장려에 힘을 기울였다. 이들 왕들이 보여주었던 예술에의 열성이 프랑스의 문화를 꽃피운 것이다.

"아, 그런데 헤르메스 얘기를 마저 들려주게. 그래서 어떻게 되었나?"

〈모나리자〉를 떠올리며 흐뭇한 미소를 짓던 왕의 관심은 어느새 헤르메스에게 돌아와 있었는지 호기심이 가득한 눈빛으로 얘기를 재촉했다.

"헤르메스는 원래 아프로디테 편이었지요. 아프로디테의 영원한 연인은 아레스이지만 그녀는 헤르메스와도 정을 통했습니다. 그들 사이에서 태어난 아들이 헤르마프로디투스입니다. 아프로디테에게는 에로스라는 아들도 있었죠. 에로스는 잘 알려진 신이라 폐하께서도 알고 계실 겁니다. 에로스에게 활을 가르친 것도 헤르메스입니다. 보티첼리의 〈봄〉을 보면 에로스가 화살을 겨냥한 곳에 가장 아름다운 아프로디테가 있습니다. 세 여신 중 가운데 있는 그녀는 '관능의 여인'이죠. 옆에서 막대기로 구름을 걷고 있는 헤르메스는 은근히 에로스를 시켜 미래의 아내가 될 아프로디테에게 사랑의 화살을 쏘게 하고 있는 겁니다."

"그 사랑의 악동! 나는 도대체 얼마나 많은 에로스의 화살을 맞았을까?"

프랑수아는 그 동안 자신이 사랑했던 궁중의 여인들을 헤아리며 말했다. 그를 비롯한 당시 유럽의 군주는 모두 바람둥이였다. 그들에게는 모든 여인들을 손에 넣을 힘과 권력이 있었다.

보티첼리의 〈봄〉은 수많은 상징들을 담고 있는 알레고리화다. 구름을 막대기로 걷고 있는 헤르메스는 그가 곧 바람의 신임을 알려준다. 그것은 또한 칠흑 같은 무지의 어둠을 헤쳐주는 지혜를 상징하기도 한다. 미셸은 그림에도 조예가 깊었다.

"그에 비하면 헤르마프로디투스는 잘 알려지지 않은 존재입니다. 그의 인생은 매우 기구하지요. 그는 타의에 의해 자웅동체의 인간이 됩니다. 가여운 헤르마프로디투스가 어떻게 자웅동체의 인간이 되었는지는 나중에 들려드리겠습니다."

"자웅동체가 돼?"

"예. 오비디우스에 의하면 그는 너무나 아름다웠던 탓에 그에게 반한 살마키스라는 요정과 강제로 한몸이 됩니다. 그래서 헤르마프로디투스는 여자의 가슴에 남자의 성기를 단 이상한 몸이 되어버렸죠."

"참 재미있군. 그거 참 묘하게 생겼을 거야. 헤르마프로디투스라……"

"사실 로마의 황제들이 양성적인 사랑을 나누었던 건 이런 헤르메스와 아프로디테의 사랑에서 비롯된 나라였기 때문인지도 모릅니다. 베르길리우스의 『아이네이아스』에서조차 투르누스는 아이네이아스를 가리켜 중성의 인간이라고 모욕했으니까요."

"그런가? 재미있군. 자네의 얘기는 언제나 감동적이야."

"헤르메스가 왕자 파리스로 하여금 아프로디테를 선택하도록 간교를 부렸다는 걸 말씀드렸나요? 아까 말씀드린 보티첼리의 그림에도 그런 장면이 있죠. 세 여신 가운데 아프로디테를 향해 활을 겨누고 있는 에로스, 그 사랑의 신 옆에서 헤르메스는 막대기로 구름을 젖히고 있습니다. 또 고대 로마의 프레스코화 중에는 파리스가 아프로디테를 택하는 장면에서 옆에 헤르메스가 서 있는 그림도 있습니다."

"오호, 그렇게 해서 파리스가 아프로디테를 가장 아름다운 여신으로 지목하게 되었다는 거군."

"그렇습니다. 그래서 아프로디테는 파리스에게 그리스의 왕 메넬라오스의 어여쁜 왕비 헬레네를 주겠다는 약속을 지켰습니다. 그게 저 유명한 트로이 전쟁의 도화선이 된 거죠. 사실 헬레네도 제우스의 딸이니 그리스인들의 신화는 정말 얽히고설킨 실타래와 같습니다. 제우스는 레다에게 반해 백조로 변해서 레다를 겁탈합니다. 레다는 임신을 해서 네 명의 아기를 낳았는데 둘이 남자이고 둘은 여자였죠. 남자 둘은 그 유명한 쌍둥이 형제인 카스토르와 폴룩스였고 나머지 여자 둘은 헬레네와 클리타임네스트라입니다. 클리타임네스트라는 다른 여자의 소생이라는 설도 있긴 합니다만, 아무튼 그녀의 남편이 유명한 그리스군의 대장 아가멤논이죠. 어쨌든 헤라가 지원하는 그리스군과 아프로디테가 지원하는 트로이군의 전쟁이니 어땠겠습니까?"

"굉장했겠군. 신들의 전쟁 아닌가. 그것도 시기와 질투에 눈이 먼 여신들의 전쟁이니 말야."

"그렇군요. 그래서 그렇게 치열했는지 모르겠네요. 그나저나 제우스는 헤라와 아프로디테 사이에서 이러지도 저러지도 못하는 처량한 신세가 됩니다. 그는 그 둘을 중재하려고 노력했지만, 마음먹은 대로 되지 않는 게 인생사 아니겠습니까? 그건 신들의 세계에서도 마찬가지지요. 결국은 전쟁에 진 트로이는 멸망하게 되죠. 『아이네이아스』에는 어떻게 트로이의 후손인 아이네이아스가 로마에 도착해 제국을 건설했는지에 관한 얘기가 나옵니다. 아이네이아스 역시 아프로디테의 아들이죠. 아프로디테는 아들 아이네이아스가 입을 갑옷을 자신의 남편인 전쟁의 신 아레스에게 부탁해 만들게 합니다. 여기에 아르카디아인들의 활약상이 나옵니다. 그들은 대대로 헤르메스의 후손들이었죠. 헤르메스는 아이네이아스가 미녀 디도와 사랑에 빠져 로마제국을 건설할 임무를 잊고 있을 때 그에게 다가가 충고해줍니다. 물론 이건 아버지 제우스가 시킨 일이었죠. 로마에 도착해 라틴인들과 싸울 때 아이네이아스는 아르카디아인에게 도움을 청하고 동맹을 맺습니다. 아르카디아의 왕 에반데르는 자신의 아들 팔라스를 보내 아이네이아스를 돕게 하는데 팔라스는 그 전투에서 전사합니다. 그를 죽인 자는 여신 헤라가 지원하는 투르누스라는 장수였지요. 그러나 제우스가 허락한 아이네이아스의 운명 앞에 선 헤라도 어쩔 수가 없었던가 봅니다. 아이네이아스는 투르누스를 죽여 팔라스의 원수를 갚고 드디어 로마제국을 건설합니다. 로물루스와 레무스는 바로 아이네이아스의 후손들이지요. 자, 로마는 헤르메스와 아프로디테의 합작품이라는 제 얘기가 이해되십니까?"

"충분히 이해가 되네."

"결국 여신들의 싸움에서 처음엔 트로이를 멸망시킨 그리스의 어머니 헤라가 이기는 듯했지만 결국 로마의 어머니 아프로디테가 이긴 거죠. 베르길리우스는 『아이네이아스』를 저술함으로써 그리스인보다 로마인이 우세하다는 걸 입증한 셈입니다."

"탁월해. 자네는 정말 탁월해."

"그후로 아르카디아는 헤르메스가 사는 땅, 영원한 이상향이 된 거죠."

"알았네, 그럼 헤르메스가 오디세우스를 도와주었다는 얘기를 더 해보게."

"헤르메스는 많은 영웅들을 도와준 은혜로운 신입니다. 그는 페르세우스에게 날개 달린 모자와 날개 달린 신발, 그리고 검을 선물로 주어 괴수 메두사를 처치하도록 도왔고, 보에티우스가 말한 바와 같이 영웅 오디세우스가 바다의 마녀 키르케에게 잡혀 있을 때 그에게 신비의 약초 몰뤼를 주어 그와 그의 부하들이 마법에서 깨어나오도록 도와준 신입니다. 그러나 짓궂은 신이기도 하죠. 아폴론에게 대항하고 싶어하는 마르시아스라는 판은 폐하께서도 잘 아실 것입니다. 로마황제 아우구스투스의 딸 율리아가 매일 밤 이 마르시아스의 건장하고 흉칙한 조상 앞에서 뭇 연인들을 만났지요."

"아, 그 마르시아스. 알겠네."

"헤르메스는 마르시아스에게 아름다운 음악이 흘러나오는 신비의 피리를 주며 태양신이자 자신의 형인 아폴론과 시합을 하라고 권합니다. 그러나 헤르메스는 이미 마르시아스가 아폴론의 상대가 되지 못한다는 것을 알고 있었죠. 헤르메스는 이렇게 남을 잘 속이고 또 그걸 즐기는 악취미를 갖고 있기도 합니다. 헤르메스에 속은 마르시아스는 감히 아폴론에게 피리 시합을 하자고 졸라댑니다. 자존심 강한 태양의 신 아폴론은 화가 났습니다. 이기든 지든 신이 판 따위와 시합을 한다는 게 기분 좋을 리는 없겠죠. 몇 번 상대를 해주지 않다가 마침내 귀찮아진 아폴론은 '네가 내게 지면 너의 살갗을 벗겨버리겠다'는 무시무시한 조건을 내걸고 시합에 응해줍니다. 그러나 예언의 신이자 음악의 신이기도 한 아폴론에게 마르시아스가 상대가 될 수 없죠. 당연하게도 그는 아폴론에게 지고 아폴론은 사정없이 마르시아스의 살갗을 벗겨버립니다."

"그런데 헤르메스는 왜 마르시아스를 희생물로 삼았지? 마르시아스를 싫어했나?"

"원래 헤르메스는 형인 아폴론을 상대로 장난치기를 좋아했습니다. 마르시아스는 애꿎게도 이용당한 셈이지요. 헤르메스는 음모의 신이기도 합니다. 헤르메스가 아폴론의 소 50마리를 훔친 얘기는 폐하도 아실 겁니다."

약삭빠름과 속이기의 명수 헤르메스, 그는 태어나자마자 강보를 걷어차고 나와 형인 아폴론의 소 50마리를 훔쳐냈다. 아폴론은 꼼짝없이 당하고 말았다.

"헤르메스는 종잡을 수 없는 신이죠. 어떤 때는 좋다가도 어떤 때는 심술을 부립니다. 그것이 헤르메스 신의 이중성이지요. 인간도 마찬가지입니다. 인간은 피조물이므로 숫자 2의 지배를 받습니다. 신은 절대이자 유일자이므로 숫자 1입니다. 1에서 2가 나오죠. 즉 신이 인간을 만들었다는 건, 신으로부터 피조물인 인간이 나왔다는 뜻입니다. 인간은 암수가 나뉘어진 동물입니다. 남자는 여자를 결(缺)하고 있으며 여자는 남자를 결하고 있지요. 인간은 부족한 동물입니다. 숫자 2는 결함을 상징하지요. 완전한 자는 오직 신뿐입니다."

"그럼 헤르메스도 부족한 신인가?"

"그렇진 않죠. 헤르메스는 가장 완전한 신입니다. 그는 자웅동체입니다. 남자와 여자를 동시에 갖는 신이죠. 그래서 우리는 그를 완벽한 신이라고 부릅니다."

"우리?"

"죄송합니다. 저희 연금술사들은 헤르메스를 우리의 신으로 받아들입니다."

"괘씸한 이단자 같으니. 자네 얘기는 지금까지 이단의 얘기였군. 나는 내 귀를 씻어야겠네."

프랑수아는 자신의 귀를 후벼파는 시늉을 했다.

"그러나 저희는 배타적이진 않습니다. 우리는 헤르메스도 인정하지만 기독교의 창조주인 신도 인정합니다. 그리스의 신 헤르메스와 로마의 신 메르쿠리우스, 이집트의 토트, 기독교의 예수는 모두 같은 사람, 아니 같은 신입니다."

"이런! 지금 자네가 무슨 말을 하고 있는지 아나? 자네는 당장

장작더미 위에서 불에 태워져야 마땅한 말을 하고 있는 거야. 보에티우스라는 자는 엉터리군."

왕은 짐짓 화를 내는 척했다.

"장작더미요? 그런 영광스러운 자리에 제가 올라간다구요? 그럼 전 헤라클레스처럼 불멸의 신이 될 것입니다. 헤라클레스는 마지막 순간에 오이타 산에서 불에 태워져 영원히 죽지 않는 신이 되었거든요."

"이런 젠장!"

"폐하, 모든 신은 같습니다. 우리는 이 세상의 많은 신들을 동일하게 숭배합니다. 우리들은 구교도들도 신교도들도, 카타리파나 알비파도 모두 존경합니다."

"내가 만약 카를이나 헨리였다면 자넨 당장 목이 달아났을 거야. 그러나 그 누구보다도 이해심 많고 관용적인 나, 프랑수아이기 때문에 자네는 살아남을 수 있네. 자네를 용서하지. 자네는 감옥에 있는 나를 즐겁게 해주고 있거든."

"폐하, 감사하옵고 영광이옵니다."

"참, 어디까지 얘기했지? 그래 맞아, 헤르메스의 아르카디아라고 했지. 아르카디아의 주재신 헤르메스."

"그렇습니다. 이제 보에티우스의 『철학의 위안』도 오늘로 마지막이옵니다. 폐하, 파리로 돌아가시면 저를 기억해주시옵소서."

"미셸, 내 자네를 꼭 기억하지. 자네는 날 즐겁게 해주었거든.

자네는 나의 죽음의 길에 동행해주었고 내 용맹스런 군사들의 파비아 전투를 직접 눈으로 목격한 증인이며 나와 프랑스 기사들의 영웅담을 프랑스 국민에게 전해줄 전령사이다. 미셸, 파리로 돌아가는 날 자네도 나와 같이 가게 되리라. 나는 자네의 이단적인 사상도 받아들였다. 나는 자네를 귀하게 쓸 계획이야. 사실 나에겐 한 가지 계획이 있어. 파리에 대학을 하나 세우는 일이지. 그야말로 이상적인 대학이야. 모든 게 가르쳐지고 모든 게 토론되는 학문의 이상향, 자네 말대로 학문의 아르카디아지. 만약, 이런 이단적인 표현이 허용된다면 그 대학의 헤르메스는 내가 될 걸세. 나는 파리를 모든 주제가 허용되는 학문과 토론의 장으로 만들고 싶어. 미셸! 나를 도와주게. 자네는 물론 파리대학에 가서 교수를 할 수 있지만 자네가 나를 도와 나의 대학을 맡아주면 난 죽어 천국에 가서 주 예수께 자네를 증언해주겠네."

"감사합니다, 폐하. 그럼 저는 그 아르카디아에서 양들을 치는 목자가 되겠습니다."

"이런, 미셸! 또 이단적인 말을 하는군. 양들을 치는 목자는 오직 예수 그리스도뿐이시라구."

"그리스인들은 헤르메스가 목자라고 믿었습니다. 헤르메스 크리오포로스!"

헤르메스 크리오포로스Hermes Kriophoros. 양들을 보호하는 신 헤르메스.

"자넨 구제할 수 없는 문제아야."

프랑수아 1세와 미셸은 서로 마주 보며 웃었다.

"우리 프랑스의 조상인 고대 갈리아인들은 모두 메르쿠리우스 신, 즉 헤르메스를 믿었습니다. 폐하와 저의 핏속에는 메르쿠리우스 신의 혼이 살아 있는 것입니다."

미셸은 잊지 않고 덧붙였다.

4장 │ CONIUNCTIO

15

소피는 "내가 세계다"라고 외쳤다.
—J. 가아더, 『소피의 세계』

프라 안젤리코는 원근법을 그림의 테크닉으로만 사용한 것이 아니라
종말론적 상징으로 썼다.
그것은 미(美)의 메타포이다.
—알랭 J. 르메트르, 『15세기의 피렌체와 그 르네상스』, 제3장

페르낭 크노프, 〈내 마음의 문을 잠갔네〉, 1891년, 뮌헨, 노이에 피나코텍

1월 18일 토요일 아침, 승호는 퍼 교수로부터 온 전화를 받았다.

"나 퍼 교수인데, 여행 준비는 잘돼가나?"

"예, 그게요, 잭 사건 때문에……"

"그건 걱정하지 말게. 내가 경찰에 전화해서 자네와 여행을 가도 좋다는 허락을 받았으니까."

"정말이에요? 다행이군요."

승호는 안도의 숨을 내쉬었다. 승호는 여행을 못 가게 될까봐 초조해하고 있었다. 논문발표가 끝나면 퍼 교수와 여행을 가기로 했는데 사건이 터진 것이었다. 그들은 그리스의 펠로폰네소스 반도로 날아가 고대의 이상향으로 알려진 아르카디아를 찾아보고 파르마에 들러 미술관을 방문할 계획이었다.

"잘됐네요, 교수님. 경찰이 이해를 해주었군요."

"사실 자네는 그 사건에서 별로 중요하지 않으니까. 자네는 이미 목격자로서 증언도 할 만큼 한 거고."

"그렇겠군요."

퍼 교수의 말도 일리는 있었다.

"그리고 참 이번 여행에는 다른 사람도 같이 가게 될 거야. 그리 알게."

"그래요? 누구죠?"

"그때 가보면 알아, 누굴까 기대하고 있게나. 그런 것도 재미있지."

비행기 표는 퍼 교수가 갖고 있었다. 퍼 교수는 누군가에게서 표를 얻었다고 했다.

"중요한 얘기를 빼먹었군. 월요일 출발 전까지 히틀러의 자서전인 『나의 투쟁』을 읽어오게나."

"예?"

"『나의 투쟁』 모르나? 히틀러가 쓴 책 말야."

"예, 압니다."

"그걸 읽어오라구. 그럼 이만 끊네."

퍼 교수는 승호의 대답도 듣지 않고 전화를 끊었다. 승호는 약간 얼떨떨한 기분이었다. 난데없이 히틀러의 책을 읽어오라니?

'하영과 만날 때 한 권 사야겠군.'

승호는 하영과 열두시에 만나 점심을 함께 하고 사건 현장인

교회 건물에 가보기로 했었다. 교회 건물에 다시 가는 일이 승호
로서는 내키지 않는 일이었지만 하영은 고집을 꺾지 않았다.

하영은 '에르메스' 보라색 스카프를 걸치고 나왔다. 오랜만에
스카프를 두른 하영의 모습은 '보라의 미인' 이라는 말이 어울릴
만큼 아름다웠다. 점심을 먹으면서 하영은 오늘은 꼭 승호를 마
이클의 집으로 데려가야겠다고 생각했다. 점술가를 사귄다는 사
실을 승호가 어떻게 이해할지 그 동안 고심도 많이 했지만 이제
는 그 얘기를 해도 될 것 같았다. 마이클이 승호를 보고 싶어하
고, 또 승호가 관심 있어하는 파르미자니노에 대해서도 의외로
많이 알고 있는 듯했다. 점술가의 집에 드나든다고 하면 처음엔
이상하게 생각하겠지만 승호도 결국은 이해하게 될 것이다. 어
쩌면 오히려 고마워할지도 모를 일이다. 그전에 우선 사건이 일
어난 교회 2층 회랑에 가보고 싶었다. 간단한 점심식사를 끝내
고 하영은 별로 내켜하지 않는 승호를 데리고 낡은 교회 건물로
향했다.

학교는 비교적 높은 구릉지대에 있다. 로자 시의 웬만한 곳에
서는 성 헤르메스 대학의 건물들이 보였다. 철문 안쪽으로 고색
창연한 건물이 눈에 들어온다. 그게 대학의 본관이다. 대학 주변
에 형성된 대학촌에는 낡은 집들과 술집, 비교적 소박한 건물들
이 자리잡고 있었다. 로자 시는 대학도시로서 인구의 대부분이

대학생들이고, 대학생이 아닌 사람들은 대학생들을 상대로 장사
하는 사람들이었다.

골목길 사이사이로 언뜻언뜻 보이는 대학 건물은 마치 로자
시 위에 군림하는 제왕 같았다. 밤에 보면 더욱 기괴한 모습이었
다. 본관 건물은 대학 안에 있는 낡은 교회처럼 거의 4백여 년 가
까이 되는 오래된 건물이다. 문제의 교회는 대학 안에서도 가장
높은 언덕에 있었기 때문에 승호와 하영은 숨을 헐떡이며 올라
가야 했다.

"나도 교회를 제대로 보기는 이번이 처음이야. 지난번엔 밤이
었던데다가 잭 때문에 자세히 볼 겨를도 없었어."

소박한 로마네스크 풍의 건물, 흰 벽, 붉은 지붕, 둥근 창과 측
백나무들이 눈에 들어왔다. 교회 뒤는 거대한 숲이었고 앞마당
은 묘지였다. 교회 뒤에 있는 숲은 곧바로 산으로 이어졌다. 잭
을 해친 범인은 그 숲에 발자국을 남기고 사라졌을 것이다.

"이 교회는 어느 수도원에 속하는 것이었을까?"

숨을 가쁘게 몰아쉬던 하영이 교회를 보며 물었다.

"글쎄."

그건 생각해보지 않았다. 이 교회가 어느 수도원, 이를테면 프
란체스코 수도원인지 베네딕트 수도원인지, 또는 시토회인지는
잘 몰랐다. 지금 생각해보니 건물 외관만 보아서는 전형적인 프
란체스코 수도원의 건물과 많이 닮았다고 생각되었다. 흰색의
벽과 붉은색 기와지붕 등은 아련한 향수마저 느끼게 했다.

교회는 위에서 보면 십자형이었다. 날개와 머리 부분 사이에 높은 종루가 있는 2층 건물인데, 2층 회랑이 사건 현장이었다.

"정말 굉장하군. 마치 중세의 어느 수도원에 온 느낌이야. 넌 안 그러니? 4백 년도 넘은 건물이 이곳 성 헤르메스 대학에 있다는 게 놀라워."

하영은 주위 광경에 도취된 듯 중얼거렸다.

"이곳이 마음에 들어. 그때는 어두워서 주위 풍경을 자세히 못 봤는데 이렇게 자세히 보니 정말 멋진 곳이라는 생각이 들어."

안으로 들어서니 1층은 완전히 엉망이었다. 곳곳에 돌들과 낡은 책들이 나뒹굴고 있었고 벽은 갈라지고 흉한 속이 드러나 있었다. 벽에는 그림이 그려져 있었지만 오랜 세월 탓에 지워지고 색이 바래 무슨 그림인지는 알 수 없었다.

"그런데, 이런 곳에서 개교 이래 최초의 살인사건이 일어났으니……"

"그러게 말야. 그것도 이런 신성한 교회 건물에서 말이지. 만약에 나도 제시간에 왔다면 죽었을지 몰라."

"정말 큰일날 뻔했어."

"근데, 잭은 왜 널 만나려고 했을까? 단지 파르미자니노에 대한 얘기가 목적이었을까?"

"글쎄, 모르지."

글쎄, 그는 왜 날 만나려 했을까. 승호는 잠시 잭의 얼굴을 떠올려보았다.

"논문은 잘돼가니?"

고풍스런 계단을 통해 2층으로 오르면서 하영이 물었다.

"그저 그냥."

"작년에 당선된 네 논문 있지. 데 키리코에 대한 논문 말야. 정말 일품이었어. 이곳 성 헤르메스 대학에 다니는 한국인, 아니 동양인 중에 현상 논문에 당선된 사람은 네가 처음이라지?"

"그래."

"그런데 두 번이나 1등 상을 타다니, 너도 정말 대단해."

"대단하긴……"

논문은 함부로 쓰는 게 아니라고 했던 잭의 말이 떠올랐다.

"파르미자니노에 대한 그 논문, 학위논문으로 계속 써볼 거니?"

"응."

"나도 파르미자니노의 그림이 좋아. 뭔가 신비로워."

"라파엘의 광기 어린 변용이야."

승호는 런던 내셔널 갤러리에 있는 파르미자니노의 1527년 작 〈성모자화〉를 생각하며 말했다. 그것은 라파엘의 1513년 작 〈시스틴 마돈나〉를 연상케 하는 작품이다. 파르미자니노는 그것을 더욱 극적으로 표출해낸다. 라파엘의 감미롭고 균형 잡힌 성모는 파르미자니노에게서 극적이고 신비로운 모습으로 변화한 것 같다.

2층은 더 엉망이었다. 천장은 서까래들이 곧 무너질 것처럼 서로를 지탱하고 있었고 군데군데 생긴 구멍으로는 하늘이 보였다. 2층에도 벽이란 벽에는 모두 그림들이 그려져 있었다. 그들은 예배당을 나와 회랑으로 들어섰다.

회랑은 여러 개의 기둥들로 이루어져 있었다. '갤러리' 또는 '아케이드'로 불리는 회랑은 한쪽이 막히고 한쪽은 뚫린, 그래서 반만 개방적인 공간으로서 건물을 외부와 소통시켜주는 역할을 한다. 따라서 회랑은 건물과 건물 외부의 중간에 있으면서 두 세계를 신비롭게 공존시킨다.

여름이 되면 회랑은 햇볕을 피해 쉴 수 있는 가장 쾌적한 장소다. 지붕이 있어서 그 안에 자연스럽게 그늘을 만들어주기 때문이다. 늘어선 기둥들이 그림자를 만들어내는 광경은 데 키리코를 놀라게 했다. 데 키리코의 그림들에 많이 등장하는 아케이드는 이탈리아의 주요 도시라면 어디에서나 볼 수 있는 것이다.

초기 르네상스 시대의 화가들이 그린 많은 '수태고지화', 대천사 가브리엘이 성모 마리아에게 '너는 구세주를 낳을 것이다'라고 알려주는 그림에선 이런 회랑을 배경으로 자주 이용한다. 기둥들로 이루어진, 반만 자유로운 공간에 성모가 있고 그 외부에서 천사가 나타난다. 외부 세계와 건물의 중간지대에 존재하는 성모가 신의 전령을 만나는 것이다. 그만큼 신성한 장소다.

이런 그림들 중 대표적인 것이 프라 안젤리코의 1449년 작 〈수태고지〉이다. 가브리엘이 성모에게 구세주의 수태 소식을 알려

준다. 성모는 기둥들로 이루어진 반만 자유로운 공간인 회랑에
앉아 있다. 프라 안젤리코는 승려이면서 화가였다. 그림 밑에는
라틴어로 이런 글귀가 씌어 있다.

VIRGINIS INTACTE CUM VENERIS……

비너스처럼 때 묻지 않은 동정녀……란 뜻이다.

안젤리코는 원근법을 어떤 종교적인 메시지의 의미로 썼다.
우첼로의 원근법이 너무 딱딱하고 고지식하다면 안젤리코의 원
근법은 거의 데 키리코에 가까울 정도로 계시적이고 불길하다.
그 대표작이 1434년경에 그린 제단화 〈사원에 강림하심〉이다.
배경은 기둥들로 나누어진 중앙복도nave와 곁복도aisle이다.
기능들은 원근법에 의해 안으로 깊숙이 빨려들어간다. 공간은
상당히 어둡다. 성인(聖人)들이 서 있는 공간은 원근법으로 그
려졌기 때문인지 음산하고 불안하며 형이상학적이다 한마디로
'데 키리코적' 이다. 안젤리코는 승려답게 원근법으로 이루어진
세계의 음산함과 신비로움을 그림으로 표현할 줄 알았다.

그리스 시대의 스토아 학파는 이런 회랑, 즉 기둥들이 줄지어
선 공간에서 학문을 토론했다. 그래서 그들을 스토아stoa(기
둥), 즉 '기둥들로 이루어진 공간에서 철학을 논하는 학자들' 이
라고 일컬은 것이다. 스토아 학파의 주요 철학이 '평정한 마음의

상태'란 것은 그들이 학문을 논하던 공간에서 유래된다. 기둥은 '흔들리지 않음' '고요한 상태'를 의미하기 때문이다.

이런 회랑을 다른 말로 로지아loggia라고 부른다. 피렌체에 있는 란치 로지아는 대표적인 로지아로서 베키오 궁 바로 옆에 있다. 그곳엔 조각들이 들어서게 된다. 첼리니의 〈페르세우스〉도 그곳에 있다. 어느 박물관이든 외부와 연결된 회랑은 회화보다는 조각들로 장식되기 마련이다. 승호가 본 아테네 박물관의 그 기다란 회랑에도 수많은 조각들이 있었다.

회랑은 '뭔가가 있는' 신비로운 중간지대인 것이다.

하영이 연이어 서 있는 기둥들의 열을 보며 말했다.

"한 개이면서 여러 개인 기둥…… 도대체 그게 뭘까?"

문득 파르미자니노의 기둥이 떠오른 것이다.

"뭔진 모르지만 그 수수께끼가 풀려야 내 논문이 끝나는데. 이번에 잭을 만나면 거기에 대해 뭔가 알 수 있으리라는 기대를 가졌었어."

"어쩌면 잭은 그 열주 때문에 여기서 만나자고 했을지도 몰라."

하영은 연이어 늘어선 아름다운 기둥들의 열을 감상하며 말했다. 하영은 수도원의 낡은 돌 냄새를 더 맡으려는 듯 깊게 숨을 들이마셨다.

회랑의 중간부분, 곧 잭이 쓰러져 있던 부분엔 'Do not Cross'(넘지 마시오)라고 적혀진 노란색 폴리스 라인이 쳐져 있었다.

"열주의 느낌은 항상 거대하면서도 숨이 막히는 거야. 그건 형이상학적인 느낌이야."

"맞아."

데 키리코의 그림들! 기둥과 광장, 그리고 아케이드. 고요하고 적막한 세계.

지중해의 따뜻한 햇볕이 기둥들을 타고 바닥에 내리꽂혔다. 둘은 잭의 시체가 엎어져 있던 부분으로 다가갔다. 바닥에는 그 자리에 경찰이 그려놓은 흰 신체선이 그려져 있다.

"참 이상해. 사건과 장소가 뭔가 연결되어 있는 것 같거든."

"뭐?"

하영의 말에 무슨 생각이 스쳐 지나가는 듯해서 승호가 돌아보며 물었다.

"잭은 손과 발이 잘린 채로 죽어 있었어. 너도 알다시피 살인 방법이 좀 특이해. 손과 발이 잘렸다는 게 말이지."

"내가 갔을 때 목도 자르려고 했었어."

"근데 내 생각에는, 더 중요한 건 잭이 넘어져 있는 이 장소란 거야."

"이 회랑이?"

승호는 잠시 정적감이 감도는 회랑의 천장과 주위를 둘러보았다.

"그래. 이 회랑이."

"좀 으스스해지는데."

승호가 몸을 떨며 말했다. 주위는 고요했다.

"내 생각이 그렇다는 거야. 오늘 다시 여기를 찾아와보니 그런 생각이 더 들어. 왜 하필 잭은 널 이곳에서 만나자고 했을까? 다른 곳도 아닌 이곳에서. 그는 분명 너에게 파르미자니노에 대한 어떤 좋은 정보를 알려준다고 했어. 그리곤 이 열주가 있는 회랑에서 만나자고 했지, 이상하게 생각해본 적 없니?"

"글쎄…… 그렇게 생각해보니 이상하군. 이 장소는 뭔가 중요한 것 같아. 열주, 열주라……"

하영은 자기 옆에 있는 기둥을 만지작거렸다.

"혹시 파르미자니노의 그림, 〈긴 목의 성모〉에 등장하는 그 기둥에 대한 어떤 암시가 아닐까?"

"그렇게 생각하니 그도 그럴듯하군."

"참, 이런 회랑을 상징으로 하던 비밀결사가 있었지."

"비밀결사?"

"프리메이슨이야. 들어봤어?"

"응. 그렇지만 자세히는 몰라."

"나도 자세히는 몰라. 하지만 역사가 오래된 단체지. 그들이 쓰던 상징 중에 이런 회랑을 그린 표지가 있었어, 물론 그들은 이런 회랑 외에도 다윗의 별인 육각성, 유대인들의 일곱 가지 촛대인 메노라 등을 자기네들의 표지로 썼지. 그들은 왜 회랑을 자기네들의 표지로 썼을까? 그건 그들이 이런 회랑들로 이루어진 로지아에서 회합을 가졌기 때문이야."

"로지아?"

"그래 미술사를 공부하니까 너도 알 거야. 로지아는 회랑의 다른 말이야. 그곳에서 프리메이슨들은 비밀리에 회합을 가졌대. 아마 그래서 회랑을 표지로 썼을 거야."

프리메이슨이 상징으로 썼던 회랑을 다른 말로 포티코portico라고 하는데 종종 페디먼트pediment, 즉 박공을 받쳐주는 기둥들의 열을 뜻하는 말로 쓰이기도 한다.

"그들은 비밀의식을 거행했는데 그중의 하나는 이런 열주 사이를 통과하는 거였어. 그들은 어떤 재생과 부활, 우주의 지혜, 영생 같은 걸 추구하는 자들이었거든. 이런 기다란 회랑을 통과하면 새로운 지식을 얻는다고 믿었지. 그래서 신참자들은 꼭 이런 통과제의를 거행하게 했어. 그걸 인류학적 용어로 이니시에이션이라고 하지. 그 이상은 나도 잘 몰라."

"그럼 이 사건에 프리메이슨이 관련되어 있다는 거야?"

"모르겠어. 하지만 왠지 기분이 안 좋아. 꼭 프리메이슨이 이번 사건과 연결되어 있다기보다 이 회랑이 잭의 죽음과 관계가 있단 느낌 말야. 손과 발, 회랑…… 손과 발, 회랑……"

하영은 혼자 중얼거려보았다. 뭔가 있다. 그게 뭔지는 모르지만. 하영은 기둥 사이에 서서 성 헤르메스 대학 전체를 내려다보았다. 대학의 아름다운 풍경이 눈앞에 펼쳐졌다. 방학이라서 캠퍼스에는 학생들이 별로 없었다. 하영은 그 싱그러운 냄새를 흠뻑 맡으며 경치를 즐겼다. 그러다가 문득 '눈앞에 펼쳐진 세계'라는 표현이 퍽이나 이상하게 느껴졌다. 눈앞에 펼쳐진 세계! 하영은 은연중 자기 자신을 외부의 세계와 구분 짓고 있다, 고 생각했다. 자신이 바로 세계인데.

'한 개이면서 여러 개. 한 개이면서 동시에 여러 개인 것은 무엇이냐? 도대체 그런 게 존재할 수 있을까?'

하영은 승호가 고민하는 파르미자니노의 한 개이면서 여러 개인 기둥을 생각해보았다. 하영도 승호가 말하는 파르미자니노의 〈긴 목의 성모〉를 본 적이 있었다. 그 이후로 하영도 같은 의문에 빠지게 되었다. 파르미자니노는 왜 그런 그림을 그렸을까? 그 의도가 무엇일까?

주랑(柱廊)은 한 개의 기둥이 아닌 여러 개의 기둥들로 이루어진 곳이다. 여러 개의 기둥은 선(線) 원근법에 의해 뒤로 주욱 밀려나간다. 그 느낌은 왠지 신비스러우면서도 오묘하다. 고대 로마의 폼페이인들은 벽에 이런 기둥들의 그림을 남겼다. 그렇다면 원근법의 창시자는 르네상스인인 브루넬레스키가 아니라 폼페이인들이다. 무리수(無理數)를 발견한 그리스인이 신의 분노를 사 바다에 빠져 죽었듯이 원근법을 발견한 폼페이인들은 베수비오 산의 화산 폭발로 생매장되었다. 원근법은 신의 비밀이었기 때문이다.

기둥들의 원근법적 분위기를 잘 살린 영화감독들로는 미켈란젤로 안토니오니나 안드레이 타르코프스키를 들 수 있다. 그들은 모두 자신들의 형이상학적 시(詩)세계를 영상으로 옮길 때 고대 사원이나 교회의 회랑을 이용했다. 안드레이 타르코프스키

감독의 〈노스탤지어〉 첫 부분을 보면, 한 여인이 긴 시간을 들여 교회 안의 기둥들로 이루어진 회랑을 거니는 것을 보게 된다. 어두운 교회의 회랑에 우뚝우뚝 서 있는 원기둥들, 그 원기둥들이 이루어내는 원근법적 시세계는 신비와 현실을 결합시키는 묘한 힘을 가지고 있다.

인간은 신비를 통해서만 자신의 한계성을 극복하고 완전한 존재로 탈바꿈할 수 있다. 데 키리코의 원근법적 형이상학 세계는 그 자신이 말한 바와 같이 헤르메스적 시세계이다. 그의 그림은 차가운 도시세계와 아무 의미도 없을 듯한 기다란 회랑, 광장, 조각상, 거대한 굴뚝 모양의 탑들을 통해 감추어진 '신비의 세계'를 보여준다.

이렇듯 현실은 '감추어진' 신비의 세계와 오묘하게 결합되어 있다. 이것을 인식하는 자만이 신이 될 수 있다. 인간은 신이 될 수 있다. 그것은 죽음을 통한 재생이어야 한다. 마치 자신의 몸을 불살라 신이 된 헤라클레스처럼, 인간은 부활을 갈망한다.

'헤르메스의 세계the World of Hermes'는 곧 '감추어진 세계the Hermetic World'다. 아마도 데 키리코는 그런 헤르메틱 월드를 보여주려 했을 것이다. 그래서 그는 스스로 헤르메스가 되었다. 그는 〈헤르메스로 변한 자화상〉을 그림으로써 '나는 헤르메스다'라고 선언한다.

헤르메스 신에 경도된 화가는 또 있었다. 그는 '장미십자회' 미술운동의 페르낭 크노프이다. 장미십자회는 19세기 말 20세

기 초, 조셉 펠라당 등이 중심이 되어 일어난 상징주의 미술운동
이다. 그들은 보티첼리, 만테냐, 조르조네, 미켈란젤로, 코레조
등을 존경했다. 그들의 특징은 환상적이고 신비로우며 관념적이
라는 데 있다.

크노프는 1891년에 〈내 마음의 문을 잠갔네〉를 남겼다. 그의
누이로 보이는 아름다운 여인이 깊은 사색에 잠겨 있고 그뒤에
는 날개 달린 모자를 쓴 헤르메스의 두상이 있다. 마음의 문을
잠그면 신비로운 헤르메스의 세계가 열린다. 그곳은 마음의 눈
으로 보는 곳이다. 같은 해에 그린 〈헌납〉이라는 그림에서는 화
가 자신이 자기와 닮은 흉상에 꽃을 헌납하고 있다. 마치 데 키
리코가 1924년에 그린 〈자화상〉에서 자신과 똑같이 생긴 대리석
조상에 꽃을 바치는 것처럼.

크노프는 또, 1896년에 〈스핑크스의 애무〉를 그림으로써 〈파
르나수스〉를 그린 르네상스 시대의 화가 만테냐에게 경의를 표
하고 있다. 화가 자신의 얼굴을 한 오디세우스는 표범의 몸에 여
인의 얼굴을 가진 스핑크스의 따뜻한 애무를 받고 있다. 그 모습
은 만테냐가 1497년경에 그린 〈파르나수스〉에서 날개 달린 말
페가소스와 다정하게 같이 있는 헤르메스를 닮았다.

페가소스는 페르세우스가 메두사의 머리를 잘랐을 때 뛰쳐나
온 말이다. 만테냐는 왜 페가소스를 헤르메스 옆에 그려넣었을
까? 페가소스는 이미 페르세우스 시대 이전에 헤르메스가 관장
하고 있던 말이다. 헤르메스는 메두사를 퇴치하러 가는 페르세

우스에게 날개 달린 모자와 샌들, 그리고 검을 빌려주었다. 메두사의 목에서 피가 쏟아지면서 페가소스가 뛰쳐나온다. 만테냐는 페가소스를 재생과 부활의 상징으로서 헤르메스 옆에 그려넣은 것은 아닐까?

파르미자니노도 헤르메스가 되려고 했을까? 그가 보여주려 했던 '감추어진 세계'는 어떤 것이었을까? 생각이 꼬리에 꼬리를 물고 이어졌다.

하나이면서 동시에 여러 개인 것은 무엇이냐? 바보 같은 질문! 하나면 하나고 여러 개면 여러 개인데. 그게 논리에 맞는데. 하나이면서 동시에 여러 개라는 말에는 굳이 논리학의 모순율을 끌어댈 것도 없다. 하나이면서 여러 개……

"승호야, 지금 시간 있니?"

"지금? 응, 별로 급한 건 없어."

"그럼 나와 가볼 데가 있어."

"어딜?"

"응, 가보면 알아. 너한테도 도움이 될 거야. 네가 준비하고 있는 논문에도 그렇고. 그 파르미자니노의 이상한 기둥 있지? 잭처럼 파르미자니노에 대해 자세히 아는 것 같은 사람이 있거든. 가보자."

"그게 누군데, 요즘 왜 이렇게 파르미자니노를 갖고 야단들이지? 누가 또 그를 잘 안다는 거야?"

"가보면 알아."

"좋아, 가지 뭐."

다시 1층으로 내려와서 하영은 멀리 제단 쪽을 바라보았다. 제단 위에는 신으로 보이는 노인과 어린아이가 그려져 있었다. 그 아이는 두 손을 쳐들어 노인이 보고 있는 거대한 책을 받치고 있었다. 수도원 건물을 나와 학교 정문으로 향했다. 아까는 보지 못했는데 성 헤르메스 대학의 교문엔 이런 문구가 새겨져 있었다.

festina lente
천천히 서둘러라

'천천히 서둘러라?'

하영은 고개를 갸웃거렸다. 그건 로마의 초대 황제 아우구스투스가 남긴 말이다. 그러나 정확히 그 뜻이 어떤 건지는 하영도 모르고 있었다.

'아우구스투스가 남긴 말이 왜 여기에 적혀 있을까?'

한 개이면서 여러 개인 기둥, 천천히 서둘러라…… 머릿속이 점점 뒤죽박죽으로 되어가고 있는 느낌이다.

"아까 봤니?"

"뭘?"

"그 묘지 말야."

"묘지? 교회 앞에 있는 묘지 말야?"

"응, 무덤에 세워져 있는 십자가들. 아마 이 교회에서 일했던 신부들이 묻혔을 텐데, 그 십자가가 그냥 보통 십자가가 아니더라구."

"보통 십자가가 아니면?"

"그 십자가들엔 다 꾸불꾸불한 뱀들이 엉켜 있었어. 그렇게 조각된 십자가였다구. 헤르메스의 지팡이인 카두세우스처럼. 그런 거 다른 곳에서 본 적 있어?"

"자세히도 보았군. 아니, 난 본 적 없어."

"나도. 도대체 아까 그 교회는 어느 수도원에 속했던 걸까?"

16

우리들의 펠리컨
—단테, 「천국편」 제25가, 『신곡』

무의식의 황혼
—C. G. 융, 『결합의 미스터리』, 제4부

막스 에른스트, 〈친구들의 모임〉, 1922년, 쾰른, 바를라프 리알 미술관
* 위의 왼쪽에서 세번째가 헤르메스를 자처했던 데 키리코의 초상.

"왜 그런 사람하고 어울리지? 언제부터 알게 됐어?"

승호는 무척 못마땅한 눈치였다. 하영이 점술가와 알고 지낸다는 건 까맣게 모르고 있었기 때문이다.

"그냥. 심심해서 사귀게 됐어. 너한테 일부러 숨기려고 한 건 아닌데 그렇게 됐어. 마이클은 괜찮은 사람이야. 동양인에 대한 이해심도 깊고. 너도 좋아할 거야. 점만 안 보면 되지, 뭐. 그리고 그 사람 굉장한 장서가야. 너도 그 사람이 모아둔 책을 보면 기절할 거야. 그 사람 원래 심리학 박사거든."

"심리학 박사? 근데 왜 점술가가 됐지?"

"자기 맘이지 뭐. 점술에 더 관심이 있었나보지. 내가 그 사람을 너한테 소개하는 이유는 네가 파르미자니노에 대한 논문을 쓰는 데 도움이 될까 해서 그러는 거야. 마이클은 파르미자니노에 대해 잘 아는 눈치더라구. 꽤 많이. 그러니까 너를 소개해주는 거야. 그 사람도 너를 한번 만나고 싶대."

"아무튼. 넌 희한한 애야."

그들은 택시를 내려 마이클의 집으로 들어갔다.

"하이, 마이클."

"안녕, 하영. 아! 이분이 승호씨인가?"

마이클은 승호를 반겼다.

"예, 애가 승호예요. 승호야, 마이클."

두 사람은 인사를 나누었다.

"당신이 파르미자니노와 데 키리코에 대해서 관심이 있다길래 내가 보고 싶다고 했어요. 자, 편히 앉아요."

승호는 처음으로 들어와보는 점술가의 집을 이리저리 구경했다.

이름 모를 약초의 향기가 진동했다. 수많은 골동품들과 책들이 진열된 커다란 서가가 눈에 띄었다. 원숭이 토트는 승호에게 달려들어 여기저기 핥기도 하고 찍찍 소리를 내기도 했다.

"내가 기르고 있는 토트라는 원숭이지요."

"토트라고요? 혹시 이집트의 고대 신에서 따온 이름 아닌가요?"

"이런! 알고 있었군요. 맞아요, 고대 이집트의 서기관의 신 토트의 이름을 따온 겁니다. 토트는 원숭이의 형상을 하고 있었거든요."

"원숭이에게는 퍽 알맞은 이름이군요."

승호가 말했다.

토트는 낯을 안 가리는 원숭이였다. 승호는 토트의 앙증맞은 손을 잡고 악수했다. 창문을 장식한 화려한 스테인드 글라스가 마이클의 방을 더욱 신비스럽게 했다. 스테인드 글라스의 문양은 이상했다. 언젠가 근현대미술사 시간에 보았던 번 존스의 〈펠리컨〉과 비슷했다. 번 존스는 19세기의 유명한 아르 누보의 선구자 월리엄 모리스의 친구이기도 했다. 번 존스의 그 〈펠리컨〉이 워낙 인상적이라 승호는 그걸 기억하고 있었다. 어미 펠리컨의 주둥이에서는 핏방울이 뚝뚝 떨어지고 새끼들은 그걸 받아먹으려 하는 그림이었다.

"승호씨가 펠리컨을 보고 있군요."

토트는 이제 하영의 품에 올라가더니 그대로 가만 있는다. 하영은 그런 토트를 연신 쓰다듬어주었다.

"예, 저건 번 존스의 작품이죠, 제 기억이 맞다면."

"번 존스의 작품이 아니라 중세의 작품입니다. 번 존스는 중세 시대의 미술을 다만 차용한 것뿐이죠. 그때는 모든 예술가들이 중세 취미를 가지고 있었으니까요. 새끼들에게 자신의 피를 먹이고 있는 펠리컨은 이미 중세 시대에 확립된 도상(圖像)입니다. 사람들은 그걸 예수 그리스도의 상징으로 보았죠. 예수 그리스도를 상징하는 건 물고기, 펠리컨, 생명나무, 뭐 이런 것들이죠."

"그렇죠."

"그렇지만 저 도상은 원래 연금술사들이 쓰던 도상이었어요.

연금술사들은 '현자의 돌'을 표현하는 데 저와 같은 문양을 썼죠."

"현자의 돌이요?"

승호는 몸에 한기가 스치고 지나가는 느낌이었다. 현자의 돌, 잭이 죽기 전 세상에 마지막으로 흘려보낸 말 중에 '현자의 돌'이 있었다.

"예, 현자의 돌. 현자의 돌을 알아요?"

"모르겠는데요. 하지만 들은 것 같아요. 잭이…… 잭 사건 아세요?"

"예, 하영이 말해주었죠."

"그럼 대충은 아시겠군요. 그 잭이란 사람이 그런 말을 했어요. 세 번 위대한 헤르메스니 뭐 그런 말도요."

"알아요. 그래서 하영에게 자세히 설명해줬죠. 충격이 컸겠습니다."

"조금은…… 잭은 저에게 파르미자니노에 대한 얘기를 해준다고 했었죠. 마이클도 파르미자니노를 잘 아신다구요?"

"예, 좀 알죠. 미술에 관심이 많으니까요. 한국인이 연관된 살인사건은 이 로자 시에선 처음입니다. 하영을 사귀게 되면서 한국에 대해서 많이 알게 되었죠. 한국에 대해서 관심도 많이 갖고 있습니다. 전 건국신화도 많이 알고 있는데 한국 신화는 특히 흥미로워요. 하영이 얘기해주었죠. 한국의 건국신화인 곰의 신화는 고대 켈트족이 믿었던 곰의 신화와 일맥상통하는 점이 있어요. 한국의 건국시조 단군이 여자로 변한 곰에게서 나왔다는 건 한국인들이 곰을 숭배했다는 뜻이죠. 동굴 속에서 곰이 변해 인간이 되었다는 건 매우 흥미롭고 중요한 얘깁니다. 동굴은 모든 민족의 신화에서 공통적으로 등장하는데 그건 어머니의 자궁을 상징하죠. 자궁은 새 생명의 탄생장소요, 동굴은 대지의 여신 테라 마테르terra mater의 혈관이며 금속들이 자라나는 장소입니다. 곰이 그 동굴 속에서 백 일을 기다려 인간이 되었다는 건 재생을 뜻하는 겁니다."

하영이 승호를 바라보았다. '그냥 점쟁이가 아니지?' 하는 눈빛이었다.

"고대 켈트족들도 곰을 숭배했지요. 아더 왕도 원래 곰을 숭배하는 무리들의 영웅이었고, 달의 여신인 아르테미스도 곰과 관련이 있었죠. 고대 켈트족들과 한국인의 조상이 용맹스런 곰을 숭배했다는 건 흥미로운 공통점이 아니겠어요?"

"한국인뿐만 아니라 시베리아인들은 모두 곰을 숭배했지요."

"그런데 현대 한국인들은 그걸 애써 부정하거나 무시하고 있다는 느낌이 들어요. 그게 안타까운 거죠. 한국인들이 곰의 자손이란 건 참으로 영광스러운 일인데……"

"단군신화는 역사책에나 있는 얘기가 되어버렸죠."

"옛날 한국의 조상들이 곰을 쫓으며 시베리아나 알타이 평원을 달렸을 생각을 하면 정말 신나는 일 아니에요?"

"현대는 신화의 시대는 아니죠."

“앞으로는 신화의 시대가 올 겁니다. 헌팅턴이 말한 '문명의 대결'은 바로 신화의 대결이니까요. 자본주의와 산업문명의 시대가 끝나면 사람들은 자신의 뿌리를 찾기 시작하지요. 그 뿌리를 말해줄 것은 신화밖에 없어요. 신화가 사람들을 똘똘 뭉치게 하죠. 그래서 여러 민족신들이 서로 싸우는 거예요. 한국은 좋은 신화를 가지고 있어요. 근데 왜 그걸 소중히 여기지 않지요? 결국 한국인들을 똘똘 뭉치게 하는 건 신화뿐입니다. 그 옛날 한국의 영웅들이 숭배했던 곰 여인 말이에요.”

“글쎄요, 저도 그런 생각은 하고 있었어요.”

승호가 말했다.

“한국인들이 국명을 Korea라고 하고 있는 것도 잘못된 거예요. 제 생각엔 Corea가 나은 것 같아요.”

“한국에 대해서 정말 관심이 많으시군요.”

“하영을 알게 되고부터 한국을 많이 알고 싶어졌죠. 한국은 샤먼의 나라였죠. 다른 동북아시아의 여러 나라들처럼. 샤먼은 죽은 자의 영혼을 산 자와 연결시켜주는 매력적인 매개자입니다. 그의 역할은 헤르메스와도 같죠. 전 그 샤먼이 기르고 있는 새의 이름이 메르큐트merkyut라는 데 퍽 흥미를 느꼈던 적이 있습니다. 샤먼은 죽은 자의 승천의식 때 이 메르큐트라는 새를 불러내 노래를 부릅니다. 메르쿠리우스라는 이름과 비슷하지 않나요?”

마이클은 말하며 웃었다.

“그런 것도 같군요.”

승호가 말했다.

"메르쿠리우스도 새의 성질을 갖고 있습니다. 그의 지팡이에 달린 새의 날개도 메르쿠리우스의 그런 초월성을 상징합니다. 새는 인간이 할 수 없는 것을 할 수 있어요. 날 수가 있는 거죠. 인간은 새를 보며 부러워하죠. 새는 초월성의 상징입니다. 샤먼은 새 메르큐트를 부르며 자신의 초월적인 힘을 행사합니다."

"그러나 메르쿠리우스와 메르큐트 사이엔 아무 연관성이 없지 않은가요."

"물론 그렇습니다. 그러나 노르웨이인들의 신인 로키가 북미 인디언들의 신 로게와 그 이름과 역할이 비슷한 것처럼, 그 사실은 제 흥미를 끕니다."

"……"

"전 한국미술에도 관심이 꽤 많답니다."

그러면서 마이클은 구리로 된 조각상 하나를 가져왔다. 그건 한국의 금동미륵반가사유상이었다.

"이건 하영이 내게 선물한 겁니다. 큼-동-미-루-판-가-사-유-상이라구요?"

마이클은 한 자 한 자 또박또박 발음했다. 하영이 제대로 가르치려고 노력했던가보다.

"이런 게 한국의 국립박물관에 있다죠? 다른 비슷한 것들도 있구요. 제가 세계의 조각상에 대해 관심이 있는 걸 보고 하영이 제게 복제품을 선물한 거죠."

하영이 씽긋 웃었다.

"이걸 봐도 한국인의 미술에 대한 소질이 꽤 뛰어나다는 걸 알 수 있습니다. 일본의 조각상 중에서도 이와 비슷한 걸 본 적이 있죠. 저는 처음에 그게 일본 고유의 상인 줄 알았습니다. 그러나 하영의 설명을 듣고 그 원류가 한국에 있다는 걸 알게 되었죠. 확실히 일본의 상과 한국의 상은 다릅니다. 일본의 상이 한국의 상의 영향을 받았다고 하지만 일본의 상에선 일본의 냄새가 나고, 한국의 상에선 한국의 냄새가 나죠. 일본의 상이, 한국에서 일본으로 건너간 한국인들에 의해 만들어진 상이라 하더라도, 그 제작인은 일본의 풍경과 문화에 익숙해져서 그런 상을 만들었을 겁니다. 한국의 상과 일본의 상을 많이 본 사람들은 두 상을 금세 구별할 수 있을 겁니다. 한국의 상은 모델링에 뛰어나요. 한국인들은 돌과 금속을 주물러서, 인간의 눈에 가장 아름답고 만족스러운 형태를 빚어내는 기술이 있습니다. 말하자면 그리스적 형태미죠. 그러나 일본의 상은 뭔가 정신적인 면에 치우쳐 있어요. 그래서 모델링의 아름다움은 별로 없죠. 그러나 불상이 가질 수 있는, 사유의 깊이는 일본의 상이 뛰어나죠. 한국인은 천성적으로 아름다운 모양을 만들어내는 데 특수한 소질이 있는 것 같아요. 제 의견이 맞습니까?"

마이클은 승호를 보며 물었다.

"제 생각과 같군요."

"한국의 국명은 Corea가 맞습니다. Corea는 고려 때부터 서방에 알려진 국명이니까. Korea에는 어쩐지 게르만적인 딱딱한 냄새가 나지만 Corea는 라틴적인 가벼운 기분이 들거든요. 어감으로 보더라도 무거워 보이는 Korea보다는, 가볍고 활기 있고 발랄하고 생동감 있는 Corea가 낫죠. 영문자 K보다는 C가 더 활동적인 느낌, 헤르메스같이 날렵한 느낌이 들거든요. 한국의 명칭이 Corea로 바뀌면 서양에서 한국을 보는 인상이 달라질 겁니다."

"일리가 있네요. 헤르메스같이 날렵한 느낌이라."

"토트 신은 아까도 말했듯이 헤르메스에 해당하는 이집트의 신이지요. 그는 서기관의 신이면서 문자의 신, 지혜의 신, 저승길의 신입니다. 이집트인들은 최초에 아툼이라는 최고의 정령이 있고 이 정령으로부터 세상이 창조되었다고 믿었습니다. 아툼은 심장과 혀로 구성되어 있었는데 그 혀에서 나온 것이 바로 토트이지요. 따라서 토트는 곧 말이며 지혜입니다. 그는 오시리스 신이 부활하는 데도 일조를 합니다. 간악한 동생 세트가 오시리스를 열네 조각으로 잘라 곳곳에 뿌려놓았을 때 이를 불쌍히 여긴 태양신 라는 오시리스의 아내 이시스에게 토트를 보내 남편 오시리스를 살릴 수 있는 방법을 말해줍니다. 이시스 자신의 눈물로 열네 조각난 몸을 이어 붙이고 몸에서 나오는 이슬을 오시리스에게 먹이라는 거였죠. 이시스의 헌신적인 노력으로 오시리스는 찬란하게 부활합니다."

"토트는 라의 전령이군요."

"그렇죠. 그러므로 토트는 헤르메스, 곧 메르쿠리우스와 동일합니다. 토트는 또 자기가 알려준 방법 그 자체이기도 합니다. 이시스의 눈물과 이슬이 곧 토트라는 얘기죠. 이시스는 보통 물병으로 상징됩니다. 바티칸에는 이시스에게 물병을 바치는 한 천사의 상이 조각되어 있죠. 문자의 신은 대단히 중요합니다. 북 게르만 민족의 신인 보탄은 바로 제우스와 헤르메스에 해당하는 신이죠. 그는 고대 게르만 민족의 문자인 룬 문자를 발견하여 주술의 힘을 획득했고 죽은 자를 저승길로 인도하기도 하죠. 문자는 주술적인 힘을 가지고 있습니다. 문자의 신 토트는 K에서 활동할 때와 C에서 활동할 때 서로 다르죠. K의 무거움은 문자 T가 풍기는 죽음의 습한 느낌과 같습니다."

승호는 중학교 시절 영어선생의 말이 생각났다. T로 시작되는 단어에는 우울하고 죽음을 연상케 하는 단어들이 많다는. tear(눈물), Tartaros(저승), Thanatos(죽음의 신), torture(고문)······

"헤르메스 신은 참으로 놀라운 신입니다. 참! 데 키리코에 관심이 있다면 헤르메스에 대해서도 알겠군요."

"별로, 왜죠?"

"데 키리코에 관심이 있다면서 헤르메스를 모른다구요? 데 키리코가 자신을 헤르메스로 여기고 몇 개의 자화상을 남겼다는 건 승호씨도 알 텐데."

"아, 예. 난 또 무슨 말인가 했죠. 그런 자화상이 몇 점 있죠."

"데 키리코에 대한 논문으로 상도 받으셨다구요?"

"하영이가 얘기했군요. 예, 받았어요. 별로 대단한 논문은 아니에요. 그저 그런 거죠. 그런데 논문에선 헤르메스에 대해 별로 언급을 안 했어요. 데 키리코가 자신을 헤르메스, 그러니까 새로운 예술세계를 연 신의 사자 같은 자아도취적 발상을 한 건 사실이지만 그 내용이 애매모호해서요.”

“아니죠, 그건 중요한 거예요. 헤르메스는 데 키리코에게 매우 중요한 존재죠. 헤르메스는 영감의 신입니다. 그는 많은 예술가들과 학자들의 머리를 뒤흔들어버리죠. 이런 시도 있어요. 헤르메스는 우리의 유쾌한 정신을 오래도록 가만히 흔들어주었다./ 멋대로인 우리의 풍요로운 정신을 그렇게 흔들어주었다./고통의 연금술도 이와 같은데/나를 구제하는 불가사의의 헤르메스 신이여……”

“누구의 시죠?”

“보들레르, 「고통의 연금술」.”

“멋대로인 우리의 풍요로운 정신을 흔들어주었다……”

승호는 가만히 읊어보았다.

“멋대로인 풍요로운 정신이란 시인의 신출귀몰하고 좌충우돌하는 정신을 말하는 것이죠. 그것은 금속으로 치면 수은과 같은 것입니다. 수은은 공기중에 놔두면 매우 빨리 날아가버리는 휘발성을 가지고 있죠. 옛날 철학자들은 수은을 여자, 혼, 달 등에 비유했죠. 변덕이 심한 여자를 머큐릭 우먼이라고 하잖아요?”

“바로 하영이를 말하는 거군요.”

승호가 하영을 돌아보며 말했다.

"애가 그렇죠. 변덕이 죽 끓듯 해요. 종잡을 수가 없죠."

하영은 핏, 웃어버렸다. 마이클도 따라 웃었다.

"파르미자니노도 변덕스러운 화가였죠. 그는 자기 마음에 안 들면 그림을 도중에 포기하기도 했어요. 주문한 사람과의 약속을 어기고 말이에요. 바사리는 그의 작업이 변덕스럽지만 않았다면 꼭 성공했을 거라고 했죠. 그러나 사실 예술가들은 다 그렇게 변덕스럽습니다. 언제나 새로운 것을 추구하니까요. 〈긴 목의 성모〉도 변덕스러운 파르미자니노의 기질이 그대로 드러난 작품이죠. 그는 그 그림을 그만 도중에 포기하고 말았어요. 무슨 이유인진 잘 모르지만."

"제가 흥미롭게 생각하는 점이 바로 그 점입니다. 저는 그가 그 그림에 흥미를 잃은 것이 기둥 때문이라고 생각해요."

"기둥 부분?"

"예. 〈긴 목의 성모〉의 기둥."

"성모 옆에, 아니 성모 뒤에 있는 기둥을 말하는 거군요."

"기둥이 아니라 기둥들이죠. 즉 열주란 말이에요. 그 기둥은 이상하죠. 하나이면서 열주예요."

"자세히 보셨군요. 그럼 그것에 대한 승호씨의 의견은?"

"기둥 부분에서 뭔가 파르미자니노가 의도했던 것이 마음속에 갈등을 일으켜서 그림을 포기한 게 아닌가, 제 추측은 그렇습니다. 만약 바사리의 기록이 〈긴 목의 성모〉에 대한 내용이라면 말이죠."

"바사리의 기록도 의심하는군요. 맞아요, 그럴 수도 있죠. 바사리의 기록에는 기둥에 대한 부분이 없으니까. 그렇다면, 바사리가 말한 그림이 〈긴 목의 성모〉가 아니라면?"

승호는 저으기 놀랐다. 마이클은 퍽 상세히 알고 있다. 하영의 말대로였다.

"한 개이면서 여러 개의 열주인 그 이상한 기둥에 뭔가가 있다고 말하는 거군요, 승호씨는."

"예, 맞아요. 그건 분명 모순적인 그림이에요. 만약 정상적인 화가였다면 그는 기둥을 한 개면 한 개, 열주면 열주로 그렸겠죠. 그래야 논리적으로 맞아요. 그런데 파르미자니노는 기둥을 애매하게 그려놓았어요. 게다가 그 경계선에 성모의 옷자락을 늘어뜨렸죠. 어쩌면 그건 파르미자니노가 포기한 게 아니라 의도적으로 그렇게 그려넣은 건지도 몰라요. 그렇지 않았다면 일부러 성모의 옷자락을 그렇게 경계 부분에 놓았을 리 없죠. 기둥이 거기 그렇게 서 있을 이유도 없구요. 정체불명의 기둥일 수밖에요."

승호는 급격히 빨려들어가는 자신을 느낄 수 있었다. 마이클은 이상한 힘으로 승호 내부의 생각들을 흡인해내는 것 같았다.

"그리스도의 수난을 상징하는 기둥일 수도 있죠."

"그럴 수도 있지만 기둥은 한 개가 아니라 열주거든요. 열주로 그려진 수난의 기둥은 그 예가 없죠."

"맞아요. 승호씨가 말한 대로 분명 그 기둥엔 뭔가 파르미자니노의 의도가 숨어 있을 겁니다. 우린 앞으로 많은 얘기를 할 수 있을 것 같군요."

마이클은 흐뭇하게 웃었다. 승호를 알게 된 것이 퍽 기쁘다는 표정으로 승호와 하영을 바라보았다. 하영은 둘의 진지한 대화를 흥미롭게 지켜보고 있었다.

"그럼 데 키리코에게 영감을 준 신이 헤르메스…… 아니 데 키리코는 자신이 헤르메스한테서 영감을 받았다고 생각한 건가요?"

"많은 사람들이 헤르메스를 영감의 신이라고 칭송하죠. 가까운 예만 보아도 가수 스팅은 자신을 '떨어지고 있는 머큐리 Mercury falling' 라고 했으니까요. 참 그의 3집 앨범 들어보셨나요?"

"아뇨."

'스팅' 은 승호가 그룹 '폴리스' 시절부터 좋아했던 가수였다. 그들이 노래하는 모습이 눈에 선했다.

"3집 앨범을 내놓으면서 그는 자신을 헤르메스라고 선언했죠. 영감과 예술의 신 헤르메스!"

스팅과 헤르메스의 관계는? 승호는 점점 아리송해졌다.

"헤르메스는 도둑의 신입니다. 그러나 그 도둑질은 선의의 도둑질이지요. 그는 마치 프로메테우스가 신들에게서 불을 훔쳐내어 인간에게 주었던 것처럼 예술가들에게 자신의 사상, 또는 신들의 비밀을 가져다줍니다. 스팅은 많은 장르로부터 자신의 음악을 빌려옵니다. 그는 매우 욕심 많은 가수죠. 한 장르만으로는 만족을 못 하는 거예요. 그는 많은 것을 해보고 싶은 겁니다. 그의 3집 앨범엔 다양한 음악이 들어 있어요. 꼭 들어보세요."

"그러죠."

스팅의 앨범은 안 그래도 구해서 들어보고 싶은 음반이다. 오늘 집에 갈 때 꼭 사가리라고 마음먹었다.

"헤르메스 신에 대해서 더 자세히 안다면 데 키리코를 더 깊이 이해하게 될 겁니다."

"하긴 그런 점도 있긴 있을 거예요. 그의 동생이란 사람은 『헤르메스 신의 생애』란 책도 냈으니까. 둘은 모두 헤르메스에게 미쳐 있었던 것 같아요. 헤르메스와 그의 형이상학적 그림 사이에는 무슨 연관이 있겠군요."

"중요한 연관이 있죠. 막스 에른스트가 그린 〈친구들의 모임〉이란 그림에서도 데 키리코는 원기둥의 대리석 조상, 즉 원기둥의 신 헤르메스로 변했으니까요."

승호는 속으로 혀를 내둘렀다. 이건 단순한 사이킥도 심리학박사도 아니다, 미술사를 공부한다는 승호 자신이 따라가기가 힘들 만큼 마이클의 미술에 대한 조예는 놀라웠다.

"맞아요, 그런 그림이 있죠."

초현실주의 화가 에른스트가 1922년에 그린 〈친구들의 모임〉이란 그림에는 많은 예술가들이 등장한다. 거기서 데 키리코는 목에 한 마리의 뱀을 두른, 원기둥의 헤르메스로 등장한다. 뱀은 카두세우스의 뱀이요 지혜를 상징한다.

"바로 그게 헤르메스죠. 고대에선 그런 신상을 헤르마라고 했죠. 헤르마의 원류는 원래 그리스인들이 길가에 놔둔 바위나 사각 석주(石柱)였어요. 돌에 대한 숭배가 헤르메스 신에 대한 숭배의 원류였죠. 나그네들은 길가의 돌로 길을 알아보았고 더 나아가서 그들은 그런 돌에 신상을 새겨놓고 남자의 성기를 달아놓았죠. 그건 물론 풍요의 상징이지만."

"그런 신상이 저희 퍼 교수 방에도 있어요."

"퍼 교수?"

"승호의 지도교수예요. 한번 말했던 것 같은데. 르네상스 미술 전공이에요."

하영이 말했다.

"아차차, 그렇지."

마이클은 이제야 생각났다는 듯이 이마를 쳤다.

"이탈리아 출신이라는데 전혀 이탈리아 사람 같지 않아 보여요. 이곳 성 헤르메스 대학의 교수로 온 건 얼마 안 되죠. 저는 지금 그분 밑에서 논문을 지도받고 있어요."

"승호와 퍼 교수는 곧 아르카디아로 여행을 떠난대요. 참, 이번 사건 때문에 문제가 있는 건 아니니?"

하영이 걱정스러운 표정으로 물었다.

"오늘 퍼 교수에게서 전화가 왔어. 여행은 갈 수 있대. 예정대로 월요일에 출발할 거야."

“그래? 잘됐구나.”

“그분 책상에는 언제나 그 조그만 헤르마가 있죠. 대리석으로 깎은 것인데 로마의 어느 벼룩시장에서 산 거라나봐요.”

“그런데, 데 키리코에 대해선 어떻게 관심을 가지게 되었죠?”

“모르겠어요. 그저 그의 그림이 좋았어요. 처음 봤을 때부터 뭔가 굉장하고 대단한 그림처럼 보였죠. 그의 그림은 다른 화가의 그림들하곤 뭔가 다른 것이 느껴졌어요. 뭔가 생각하게 하는 게 있어요. 쉽게 눈을 뗄 수 없도록 만들죠. 사색적이라고나 할까. 낭만성이 굉장히 강해요. 저 깊은 곳의 느낌을 전달하는 한 편의 시 같은 거였죠. 처음 봤을 때의 느낌은 굉장했어요. 정말 굉장했죠. 하지만 사실 저보다 하영이가 데 키리코를 더 좋아하죠.”

“하영이가요?”

마이클은 하영을 돌아보며 물었다.

“그 얘기는 얘가 안 했나 보군요. 얘가 더 좋아해요. 데 키리코의 찬미자예요. 하영이와 데 키리코의 인연은 좀 특이하지요.”

하영은 얼굴을 붉히며 웃었다.

“보라색 스카프가 어울리는 걸 보니 데 키리코를 좋아한다는 말을 이해할 것 같군요.”

마이클이 하영의 목에 둘러진 스카프를 보며 말했다.

“묘한 우연이네요. 이건 에르메스라는 상표예요. 아버지가 사주셨죠. 헤르메스에 대한 이야기를 하고 있는 지금 내가 에르메스를 하고 있다니!”

하영이 말했다.

"에르메스라고? 보라색의 에르메스! 참으로 묘한 일치군. 옛날에는 티론 산(産) 보라색 천을 가장 좋은 것으로 쳤죠. 에르메스는 나도 알아요. '세상의 끝으로 나를 데려가줘요.'"

Emmène moi au bout du monde
세상의 끝으로 나를 데려가줘요

에르메스의 향수 로고다.

"에르메스는 프랑스인 형제가 만든 브랜드죠. 에르메스는 취향이 고상한 사람들이 즐겨 찾아요. 아버지가 그걸 골라주셨다니 하영의 아버지도 꽤 지적이시고 고상한 취미를 가지신 모양이군요."

"하영이 아버지는 언어학자세요."

승호가 옆에서 거들었다.

"예, 들었어요. 에르메스! 이제 보니 하영에겐 보라색이 정말 잘 어울리는군요. 보라색이 어울리는 사람은 극히 드물죠. 보라색은 미인의 색깔이면서 헤르메스의 색이죠."

"헤르메스의 색이라구요?"

"예. 황혼 녘의 그 웅장한 보라색의 향연을 보신 적 있나요? 여기 로자 시에서도 한여름에 그 장관을 볼 수 있지만, 더 아름다운 보라색을 보려면 해협을 건너 모로코로 가세요. 모로코는 어디에서든지 황혼의 장관을 구경할 수 있습니다. 정말 멋진 곳이죠. 사하라 사막에서라면 더욱 멋진 석양을 볼 수 있습니다. 융단처럼 펼쳐진 사막과 짙은 보랏빛 석양, 그리고 강렬한 태양! 보통 석양은 붉은색을 띠지만 이따금 짙은 보라색이 웅장하게 펼쳐질 때가 있죠. 우리는 그걸 트와일라이트 존twilight zone이라고 부르죠. 트와일라이트! 곧 두 개의twi 빛light의 공존지대라는 거지요. 그런 신비로운 세계를 본 적이 있나요? 모로코의 사하라 사막에선 그걸 매일 볼 수 있지요."

"근데 그게 왜 헤르메스의 색이라는 거죠?"

승호가 물었다.

"그건 차차 알게 될 거예요. 저는 앞으로도 승호씨를 자주 볼 수 있기를 바라요. 우리는 많은 얘기를 나눌 수 있을 겁니다. 그리고 특히 파르미자니노에 대해서요. 그건 승호씨가 바라는 거죠? 저는 당신에게 많은 도움이 될 겁니다. 한 가지 물어볼 게 있습니다. 잭이 승호씨를 처음 만난 건 그 논문발표장에선가요?"

"예, 하영이 얘기했군요. 맞아요. 그때 처음 만났죠. 제 논문발표가 끝났을 때 잭이 다가왔지요. 그리고 자기를 만나면 파르미자니노에 대해서 더 자세한 걸 알려주겠다고 하더군요. 그래서 그 사람과 약속을 하게 된 거죠."

"별다른 말은 없었구요? 아, 이건 그저 궁금해서 물어보는 겁니다."

"예. 세 번 위대한 헤르메스, 성배, 현자의 돌, 뭐 그런 얘기들

248

을……"

"그 얘기는 들었어요. 범인의 얼굴은 못 보았겠군요."

"예, 어두운 밤이라 겨우 형체만 알아볼 수 있었죠. 또 얼굴엔 무슨 가면 같은 걸 하고 있었고, 거대한 낫을 들고 있었어요."

"그건 신문에 난 기사를 보고 알고 있습니다. 좀 특이한 사건이지요?"

"네, 왜 시체의 손과 발을 잘랐을까요?"

"경찰은 뭐라고 하죠?"

"새해 초부터 골치 아픈 사건이 터져 퍽 귀찮아하고 있는 눈치예요. 특히 캘러핸 반장은요. 그는 베테랑이랍니다."

"캘러핸의 부하인 폴은 제 친구의 오빠예요."

하영이 말했다.

"그래?"

마이클이 하영을 보며 말했다.

"참, 잭이 죽기 전에 한 말 중에 미셸이란 말도 있었어요. 미셸이 누굴까요?"

승호가 말했다.

"미셸이 살아 있는 사람의 이름이라면, 죽어가는 상황에서 마지막 숨을 모아 부른 걸 보면, 잭은 미셸을 찾고 있었는지도 모르죠."

"글쎄요…… 참! 하영이가 데 키리코와 인연이 있었다니, 하영의 얘기를 좀더 들어봐야겠군요. 그런데 데 키리코의 그런 천재적인 감수성은 어디서 나온 것이었을까요?"

마이클은 화제를 바꾸었다.

"어머니에게서 물려받았겠죠. 그의 어머니는 남편이 총상을 당한 후 그 총알까지도 기념으로 간직하고 있었으니까요. 그런 것까지 기념할 정도라면 그의 어머니의 낭만성은 대단한 것이었 겠죠."

하영이 웃으며 말했다.

17

오, 머큐리! 저녁으로 향하는 별
—필립 시드니 경, 「아르카디아」

조엘 메이어로이츠, 〈프로빈스타운의 현관〉, 1977년

원근법을 만신창이로 만든 데 키리코에게 영광을! 그리고 다시 새로운 것을 창조해낸 그에게 승리의 술잔을!

하영은 그렇게 데 키리코를 찬미했다. 하영과 데 키리코의 인연은 좀 특이했다. 그녀는 그림을 무척 좋아해서 고교 시절 미술부에서 활동했다. 자신의 손에서 창조되어 나오는 색과 선의 향연에 그녀는 큰 기쁨을 느꼈다. 어느 날 하영의 그림이 미술선생의 시선을 사로잡았다. 하영이 늘 꿈꾸어오던 풍경을 담은 그림이었다. 황량한 벌판에 고대의 신전이 있고 한쪽엔 돌무더기가 나뒹군다. 그것들은 오후의 낙조를 받아 긴 그림자를 드리우고 있다. 미술선생은 방과후에 하영을 불러 말했다.

—너의 그림은 꼭 데 키리코를 닮았어. 데 키리코라고 아니?

—아니요.

당시 하영에겐 생소한 이름이었다. 하영은 미술선생의 아름다운 눈을 보며 대답했다. 하영은 미술선생을 무척이나 좋아했다.
굉장한 미인이었다.

　—이탈리아의 유명한 현대 화가야. 그의 이름은 종종 초현실
주의자들의 목록에 올라 있지. 그러나 그가 정작 자신의 그림에
붙인 라벨은 '형이상 회화'라는 거였어. 형이상학적 그림이란 건
데, 넌 아직 모를 거야. 근데 네 그림에서 형이상학적 그림이 느
껴진단 말야. 너의 그림은 데 키리코의 형이상 회화하고 아주 비
슷하거든. 형이상학적 그림이라면 뭘랄까, 이를테면 그림 속에
시(詩)가 들어 있는 거야. 시적인 환상이랄까? 그림 속에 등장하
는 모든 사물들이 우리 마음속의 깊은 심연을 드러내는 거지.

　하영은 그녀의 말을 다 이해하지 못했다. 어린 그로서는 당연
한 일이었다. 하영이 데 키리코의 이름을 다시 만난 건 대학에
들어와서였다. 모 미술관에서 열린 '데 키리코 특별전'에서 그
녀는 처음으로 데 키리코의 그림들을 보았다. 그의 작품들 앞에
서 하영은 고등학교 때 들었던 미술선생의 말이 이해되었다. 고
등학교 미술부에서 그렸던 자기의 그림들이 데 키리코의 작품들
과 꽤 비슷했다. 유명한 화가의 작품과 자기의 그림이 같은 경향
을 띠고 있다는 것은 큰 기쁨이었다. 그 이후로 데 키리코에 대
한 하영의 호기심은 날로 증가했다.

　누군가가 나와 같은 생각을, 그것도 오래 전에 살았던 사람이
나와 같은 생각을 했다는 것은 매우 짜릿한 일이야. 고등학교 때
미술선생님이 나의 그림을 데 키리코와 비교한 건 어느 정도 근

거는 있는 일이었어.

데 키리코의 그림은 어딘가 무겁고 음울하며 몽상적이다. 두 텁게 칠해진 음울한 풍경들은 더욱 어두워 보인다. 그러나 그 속엔 한없는 신비와 진한 환상이 담겨 있다. 그것은 슬픈 그림이 아니라 환상적인 그림이자, 기쁜 그림이다. 그 속엔 진한 긍정이 담겨져 있다. 데 키리코는 죽을 때까지 "아무도 나의 그림을 이해하지 못했다"고 말했으나 하영은 그를 이해할 수 있었다. 데 키리코는 자신의 머릿속에 마술 같은 '긍정' 의 그림을 갖고 있었던 것이다. 데 키리코처럼 하영도 색칠을 두텁게 하는 버릇이 있었다.

─넌 너무 색칠을 두텁게 하고 있어. 붓을 물에 자주 씻어서 색깔을 맑게 해봐.

미술선생의 충고였다. 오랜 세월이 흐른 후에도 그 충고는 잊혀지지 않았다. 하영은 그림을 더이상 그리지 않았다. 그녀는 화학과로 진학하기 위해 공부에 매진했다. 그러나 데 키리코에 대한 선생님의 얘기는 잊혀지지 않았다. 대학에 붙고 나서, 그리고 '데 키리코 특별전' 을 보고 나서 그녀는 데 키리코를 자신의 신으로 삼았다. 형이상학적 회화! 형이상 회화는 도대체 무엇일까? "아무도 이해하지 못했다"는 데 키리코의 의도는 무엇이었을까? 데 키리코가 말했듯이 모든 사물에는 은밀한 영혼이 있다. 그 영혼들은 화가를 통해 자신을 표현하고자 한다. 형이상 회화에 나타나는 무겁고 음울한 광경은 모두 스스로를 현대인들

에게 드러내 보이고자 한다. 데 키리코는 뵈클린이나 크링거 같
은 환상적인 회화를 잘 그린 화가들의 영향을 받았다. 그러나 그
의 형이상 회화는 그 자신에게서 끝이 난다. 그마저 자신의 화풍
을 버리고 초현실주의 쪽으로 나아갔다.

그러나 하영은 얼마 안 있어 데 키리코보다 더 자신과 비슷한
화가를 발견하게 된다.

그는 폴 델보라는 화가였다. 그의 〈신전과 여인들〉이라는 그
림은 하영이 고등학교 때 그린 고대의 신전 그림과 거의 비슷했
다. 초현실주의 화가 중에서 데 키리코의 형이상 회화와 같은 경
향을 가졌던 작가 폴 델보! 폴 델보의 1942년 작 〈죄수〉는 오히
려 데 키리코보다 더 형이상학적이다. 왼쪽에는 겁먹은 나체의
여성이 무엇인가에 놀란 듯, 아니면 앞으로 일어날 어떤 불길한
일을 예감하고 불안한 듯 긴 그림자를 내비친 고대 신전의 열주
들 뒤에서 밖을 바라보고 있다. 그 여인은 죄의식을 가진, 죄책
감에 몸부림치는 인간을 상징한다. 이 여인은 꼭 이슈타르 신전
의 여신상을 닮았다. 오른쪽에는 여기저기 흩어진 고대 신전들
의 군상(群像)이 달빛을 받아 그림자를 길게 드리우고 있다.

그림자, 그림자의 의미!

프랑스의 나비파les Nabis 화가들이 의식적으로 그림자를 없
앤 반면 초현실주의자들은 그림자를 적극적으로 사용했다. 나비
파 화가들이 그림자를 인물에서 생략한 데에는 일본 판화의 영
향이 컸다. 그들은 그림자를 별로 중요하게 생각하지 않았다. 그

러나 초현실주의자들에게 그림자는 매우 중요한 소재였다. 그림자는 그들의 이념을 전파하는 데 없어서는 안 될 무기다. 그림자는 형이상학적이면서 초현실적인 이미지를 갖는다.

〈죄수〉는 달 밝은 밤의 한 풍경인데, 그 모습이 불안하기 짝이 없다. 여러 가지 건물의 배치로 보아 고대 그리스의 폴리스 같다. 앞에는 고대 그리스 또는 고대 로마의 한 장군을 묘사한 기마상이 있다. 모든 게 상징투성이다.

그런데 폴 델보의 〈죄수〉에 등장하는 이 폴리스의 광경은 이미 다른 화가의 그림에도 있었다. 칼 프리드리히 싱켈의 1805년 작 〈산 위의 고성〉에 보이는 고대 그리스의 폴리스가 그것이다. 싱켈은 1781년 생으로 카스파 다비드 프리드리히와 거의 같은 생몰(生沒)연대를 갖고 있는 독일 낭만파의 뛰어난 화가다. 그는 프리드리히 못지않게 독일의 고성과 숲의 풍경, 신비스런 자연을 잘 묘사해냈다. 독일의 험준한 지형을 신비스럽고도 웅장하게 묘사하였다는 평가를 받고 있는 싱켈은, 건축물을 한 요소로 쓰는 것에서는 프리드리히보다 더욱 적극적이고 대담하다. 그에게 건물 즉 고대 고딕식 교회 건물은 생명력을 갖는 회화의 중요 요소로 다가왔다. 그의 그림들에서 대담하게 우뚝 서 있는 중세 시대의 기괴한 고딕식 건축물은 음산하고도 신비적인 분위기를 자아내는 데 상당히 성공하고 있다.

폴 델보가 〈죄수〉를 그릴 때 싱켈의 〈산 위의 고성〉을 염두에 두었음은 명백해 보인다. 키리코가 독일의 낭만파 화가에서 영향을 받았듯이 폴 델보라는 초현실주의 화가도 독일 낭만파 화가 싱켈의 건축묘사에서 영향을 받았다. 이렇듯 독일 낭만파 회화는 많은 면에서 현대회화에 직간접적으로 영향을 미치고 있다. 특히 독일어권 회화에서.

폴 델보의 1936년 작 〈장미와 여인〉! 여기에서도 긴 그림자가 등장한다. 긴 복도가 원근법적으로 대담하게 그려져 있고 한 여인이 복도에 피어난 장미 한 송이를 만지려 허리를 굽히고 있다. 복도에 핀 장미라니…… 너무나 비현실적이다. 복도에 핀 장미는 불가능한 것의 실현을 의미한다. 그것은 마치 연금술사의 희망을 나타내고 있는 것 같다. 그 여인 뒤로 긴 그림자가 보인다. 장미의 그림자도 있다. 그림자만으로 또하나의 그림이 될 것 같다. 멀리 복도의 끝에도 한 여인이 서서 장미를 만지려는 여인을 보고 있다. 그 여인도 긴 그림자를 드리우고 있다. 이 초현실주의자의 그림과 거의 같은 분위기의 그림이 고흐의 작품에도 있다. 1889년 작 〈생 레미의 병원 복도〉. 이 그림 역시 원근법적으로 그려진 복도와 그 음산함, 그리고 공간에 대한 공포가 잘 나타나 있다. 폴 델보는 데 키리코와 달리의 명확한, 또는 차가운 도안적인 그림에서 영향을 받았다고 했다. 그래서 그런지 그의 선은 왠지 매몰차고 생명이 없으며 불안하다. 달리나 데 키리코도 그렇지만…… 형이상 회화는 그 자신의 명맥을 초현실주의에서 어느 정도 이어가고 있음을 알 수 있다.

데 키리코, 그는 과연 형이상 회화를 창시한 일인자일까?

그에게서 비로소 형이상 회화라는 몽상적이고 음울한 그림이 시작되었는가? 데 키리코는 자신이 형이상 회화의 창시자라고 주장하겠지만, 하영의 생각은 좀 달랐다. 하영의 그런 생각은 승호를 통해서 파르미자니노를 알게 되면서 좀더 구체화되었다. 형이상 회화의 근원은 더 거슬러올라간다. 데 키리코 스스로 독일 낭만파의 회화에서 영향을 받았다고 썼듯이, 형이상 회화는 이미 독일 낭만파에서 시작되고 있었다. 그리고 그 기원은 파르미자니노에게까지 올라간다. 그림자! 데 키리코의 그림에서, 그리고 나의 그림에서 신비한 마력을 발휘하고 있는 그림자! 이 그림자는 대체 어떤 의미를 갖고 있을까?

슈펭글러는 서양문명이, 아니 서양문명을 바라보는 서양인들의 ‘피로’가 어느 정도까지 극한에 다다랐는가를 보여준다. 이미 서양문명은 그 종착점에 다다랐다. 곳곳에서 피로한 서양문명이라는 거인이 쓰러지는 곡소리가 들린다. 그 피로가 가장 극심했던 곳은 독일이다. 이미 니체에 의해서 ‘모든 가치는 전도되었고’ ‘파국의 종말’을 노래하는 것이 유행했으며, 슈펭글러는 니체의 ‘신은 죽었다’라는 말에 대꾸라도 하듯 『서구의 몰락』이라는 책을 내놓는다.

그림에서는 어땠을까? 이른바 슈펭글러가 말한 ‘세계 공포의 감정’ ‘파우스트적인 혼의 그림’ ‘먼 것에의 의지’ ‘위대한 원근법의 종말’은 이탈리아의 형이상 회화의 창시자 또는 초현실주의 화가로 통칭되는 데 키리코의 그림에서 잘 드러난다. 비슷한 시기에 한쪽에서는 글로, 한쪽에서는 그림으로 같은 사상을 그처럼 비슷하게 표현해냈다는 것은 신기한 일이다. 슈펭글러의 글은 데 키리코의 그림을, 데 키리코의 그림은 슈펭글러의 글을 서로 가리키고 있는 듯 보인다. 데 키리코는 슈펭글러의 글을 읽었을까? 아니 슈펭글러는 데 키리코의 그림을 보았을까? 데 키리코나 폴 델보가 즐겨 그린 수법, 즉 원근법의 왜곡으로 드러나는 우수와 고독, 공포의 형이상학적 세계는 브루넬레스키나 알베르티 등 이탈리아 르네상스인들에게는 '환상의 표현수법이었던 원근법'이 어떻게 종말을 맞이했는지를 잘 보여준다.

원근법은 잘 쓰기만 하면 '매우 이성적이고' '매우 논리적이며' 그래서 '매우 쾌적한' 그림이 된다. 그러나 이 원근법을 과용하여 그 성질을 왜곡시키면 데 키리코나 폴 델보의 그림처럼 '몽환적이고' '고독에 찬' '먼 곳으로 빨려들어갈 것 같은 몽상의 세계'가 되어버린다. 그 세계는 꿈으로 이어지는 세계이고, 꿈과 현실이 만나는 세계이며, 이 세상의 뒤편에 숨겨진 '원근법의 악마'가 살아 숨쉬는 공간이다. 그래서 데 키리코는 자신의 그림을 '형이상 회화'라 불렀고, 슈펭글러는 이런 공간을 '세계 공포의 감정' '파우스트적 혼의 세계'라고 불렀다. 이렇게 원근법을 '악의적으로' 사용한 화가는 또 있는데 그가 바로 고흐이다. 고흐의 그림은 데 키리코나 폴 델보의 그림처럼 차갑거나 직선적이진 않지만 원근법을 왜곡시켜 '슬픈 우수의 감정'을 살려냈다는 공통점이 있다.

원근법의 탄생은 매우 기묘하다. 두 개의 평행선은 절대로 만날 수 없다. 물론 현대 위상수학에서는 만날 수 있지만, 인간의 이성으로는 두 개의 나란한 평행선이 서로 만난다는 건 바보 같은 말일 뿐이다. 그러나 원근법은 이 불가능한 일을 실현케 한다. 전혀 만날 것 같지 않은 평행선이 한 개의 소실점, '달아나는 점, 즉 존재하지 않는 점'에 의해 만난다. 이것은 불가사의한 세계이다. 실존하는 두 개의 평행선이 존재하지 않는 점을 향해 달려나가는 것이다. 그리고 이 점에서 두 개의 선은 평화롭게 조우한다. 르네상스인들은 불가능한 일을 실현한 것이다.

마이클은 그걸 헤르메스의 도움이라고 했다.

―헤르메스는 두 개의 전혀 반대되는 성질을 결합시켜 새로운 것을 창조하니까.

파르미자니노의 열주는 그렇게 존재하지 않는 점, 소실점을 향해 화면 속으로 계속 빨려들어가고 있다. 그리고 열주의 윗부분은 한 개의 기둥으로 변하고 있다. 성모의 옷자락은 교묘하게 이 둘을 나누고 있다.

하영은 중학교 수학시간에 수도 없이 좌표축을 그리는 숙제를 하며 이상하게 생각한 적이 있었다. x와 y의 좌표축을 설정하면 점에 의해서 많은 도형들을, 그리고 이차방정식의 아름다운 직선을 만들 수 있다. 그러나 이 두 축은 존재하지 않는 점 0을 기반으로 하고 있다. 따라서 아름다운 좌표의 세계는 존재하지 않는 어떤 것을 통해 존재한다. 존재와 무(無)가 서로 교유하는 것이다.

고등학교 때는 미분과 적분을 배우며 또 몽상에 잠기곤 했다. 곡선의 면적을 '막대기'의 면적으로 구할 수 있다. 당시 수학선생님은 임의로 세우는 직사각형의 면적을 '막대기'의 면적이라고 했다. 그 막대기의 면적을 '무한'으로 보내면 곡선의 면적을 구할 수 있다.

무한!

무한이라는 개념은 어떻게 생겨난 걸까? 곡선의 면적을 사각형의 면적으로 구할 수 있는 길은 바로 이 무한이라는 개념을 사용할 때에야만 가능하다. 무한은 불가능한 것을 가능하게 하는 신비한 개념이다. 마치 원근법의 소실점이 2차원의 표면에 3차원의 세계를 그릴 수 있게 하는 것처럼.

적분을 발견한 사람은 뉴튼이다.

―뉴튼의 비밀문서를 본 적이 있니? 경제학자 케인즈가 경매시장에서 사간 뉴튼의 미발표 원고는 연금술로 가득 차 있어. 뉴튼은 연금술사였지. 그는 현자의 돌을 발견하려고 노력했던 사람이야. 그 노력의 과정에서 그는 현자의 돌을 발견하는 대신 만유인력의 법칙과 적분법을 고안해냈지. 그래서 케인즈는 그를 근대과학의 창시자가 아닌 고대로부터 내려오는 마술을 마지막으로 연구했던 사람이라고 평했어. 이 말은 유명한 말이지.

하영은 마이클의 말을 듣고 뉴튼의 비밀문서를 보고 싶은 생각이 들었다.

무한의 기호는 지금 생각해보니 헤르메스의 지팡이인 카두세우스를 닮았다.

원근법의 탄생과 그 종말. 20세기 초반은 바로 이런 '서구의 몰락'과 함께 원근법도 몰락해가는 시대였다. 그러나 이 시대를 역전시키고자 한 사람이 있었다. 그는 그리스 로마의 신전을 보면서 감격했고, 바그너의 음악에 도취되었으며, 스스로 미켈란젤로가 되려 했던 사람이며, 오직 니체만을 철학자로 인정하고 존경했던 사람이었다. 한마디로 몽상가였다. 그는 피로에 지친 서양이라는 세계에 '꿈과 전설의 기사 왕국' '웅대한 신전에서 호령하는 로마 황제의 위엄' '게르만족의 영웅들이 살아나는, 영웅들의 세계'를 이룩하려고 했던 사람이다. 그는 '신전이 갖는 위엄'을 알았으며, '건축이 주는 영감'을 알았으며, 이를 적절히 활용할 줄 알았던 사람이다. 무엇보다도 그는 사라진 고대 영웅들의 서사시를 20세기 유럽사회에 재생시키려 했던 사람이다. 그러나 그는 그리스 로마 문명을 잘못 이해했다. 그의 혼 속에는 게르만족의 북유럽 신화를 좇는 불타는 열정이 있었지만, 그리스 로마의 폐허 속에서 그 열정을 달래는 실수를 저질렀다. 괴테마저도 실망했던 그리스 로마의 유적 속에서 그는 아이로니컬하게도 게르만족의 서사시를 생각하고 있었던 것이다.

거대한 아케이드가 있다.

줄지어 늘어선 기둥들.
그 속으로 엄마와 내가 걸어오고 있다.
날씨는 쾌적하고 주위는 조용하다.
오른쪽엔 광장. 아무도 없는 고요한 세계.
날씨는 서러울 정도로 맑다.

하영이 승호에게 말해준 오래된 꿈 얘기였다. 하영은 그 꿈이
실제로 꾼 것인지 아니면 저절로 생긴 상상인지 모른다. 어쨌든
그것이 계속 머릿속에 존재하고, 그녀는 그 속에서 행복을 느낀
다고 말했다. 승호는 그녀의 말을 이해할 수 없었다.

"퍼 교수가 여행 전까지 히틀러의 책을 읽어오래."
승호가 말했을 때 하영과 마이클은 동시에 놀랐다.

18

비너스, 밤과 낮의 경계를 잡고 있는
천상의 감미로운 부인!
—B. 카스틸리오네, 『궁정인』 제4권

데 키리코, 〈헤르메스로서의 자화상〉, 1923~1924년, 개인 소장

"하영의 애기를 들으니 꼭 하영에게 데 키리코나 폴 델보의 영혼이 들어간 것 같군요."

"무슨 얘기죠?"

"초현실주의자들이 얘기하는 기법 중에 자동기술법이라는 게 있죠. 그런 것의 일종인데, 죽은 화가의 혼이 어떤 사람의 몸 속에 들어가 자신이 생전에 그렸던 그림과 똑같은 걸 그리게 한다는 거죠. 그래서 그 사람은 그 화가의 작품과 거의 똑같은 작품을 그려낸 거예요. 화가도 아닌데 말이죠."

"내 그림 솜씨가 그렇게 좋았던 건 아니에요."

하영이 멋쩍어하며 말했다.

"하지만 그런 생각은 아무나 할 수 없는 거죠. 데 키리코의 마음속에 품었던 환상과 하영의 그것이 같을 수는 있죠. 하영이 그렸다는 그 그림을 한번 보고 싶군요."

마이클이 하영을 보며 말했다.

"그건 한국에 있어요."

하영이 말했다.

"좀 특이한 작품이라 아직 간직하고 있죠. 제 작품이 데 키리코나 폴 델보의 그림과 아주 유사한 건 사실이지만 똑같은 건 아니에요."

"길가에 나뒹구는 돌무더기를 그린 건 폴 델보와 아주 똑같았어요. 석양을 받아 그림자를 땅에 드리우는 돌덩이들……"

승호가 거들었다.

"그렇죠. 그런 건 폴 델보의 그림에 자주 등장하죠. 그 얘기를 들으니 폴 델보의 〈신전과 여인들〉이라는 그림이 생각나는군요."

"맞아요. 그 그림과 아주 유사했어요, 하영이 그린 그림 말이죠. 물론 하영의 그림에는 여인들이 없었지만…… 그림에 대해서 정말 잘 아시는군요."

승호는 진심으로 마이클의 식견에 탄복하고 있었다.

"뭐 별로요. 하영이 내게 얘기해준 꿈 얘기가 어떤 환상인지 이제 알 것 같군요. 거대한 아케이드가 있다. 늘어선 열주, 그 속으로 아빠와 내가 걸어오고 있다. 날씨는 서러울 정도로 맑다."

승호는 하영을 돌아보았다. 하영은 자신이 얘기했다는 눈짓을 주었다. 근데 뭔가 이상하다. 승호에겐 아빠가 아니라, 엄마와 걸어오고 있었다고 말했던 것 같은데.

"그 꿈은 정확히 데 키리코의 그림들과 일치하고 있어요."

"이제 파르미자니노에 대해서 좀 얘기해주시죠."

승호는 시계를 바라보며 말했다. 마이클의 식견이라면 파르미자니노에 대해서 자신이 알지 못하는 어떤 걸 알고 있을지도 모른다는 생각이 들었다.

"아 참, 승호씨는 그게 제일 궁금하겠군요. 파르미자니노는 대단한 연금술사였어요. 그리고 위대한 업적을 남겼죠. 그는 일생 동안, 이렇게 말하니 좀 우습군요, 그는 젊은 나이에 죽었는데……"

마이클은 꼭 회상에 잠기는 사람의 표정으로 말했다.

"그렇죠. 그는 37세에 지독한 병에 걸려 죽었지요."

승호가 말했다.

"그건 설사병이었어요. 수은중독도 있었죠. 재능에 비하면 그의 죽음은 너무 일찍 다가왔어요. 그의 성모는 누구의 작품보다도 매력적이고 아름다웠죠. 라파엘도 칭찬했을 정도니까요. 바사리는 누구보다도 그의 재능을 아까워했죠. 그가 현자의 돌만 추구하지 않았더라면……"

"현자의 돌?"

"그렇죠, 바로 그거예요. 금을 만드는 데 없어서는 안 될 신비의 돌이지요. 파르미자니노는 그걸 발명했어요."

"연금술에 성공했다는 건가요?"

"그렇죠."

승호는 믿을 수가 없었다. 현자의 돌이 정확히 무엇인진 모르지만 금을 인위로 만들어내는 데 성공했다니. 그럼 잭이 말하려 했던 것도 바로 그것이었을까?

마이클은 헤르메스 트리스메기스투스에 대한 얘기도 해주었다. 그리고 현자의 돌에 대한 얘기도. 어느새 밖은 어둑어둑해져 가고 있었다.

파르미자니노가 연금술에 꽤 미쳐 있었다는 건 바사리의 책을 봐도 알 수 있다. 바사리는 그가 연금술에 미치지만 않았다면 훌륭한 화가가 되었을 거라고 했다. 바사리는 연금술사들을 바보로 취급했다. 그래서 그는 파르미자니노도 '바보 같은' 연금술사들의 행위를 뒤좇는다고 비판했다. 파르미자니노에게 연금술은 거의 숙명과도 같은 것이었던 모양이다. 파르미자니노는 그의 말년에 가까울수록 연금술에만 정신을 쏟았던 듯하다. 물론 바사리의 글만으로는 그가 어떤 실험과정을 거쳤으며 어떻게 살았는지를 정확히 알기란 불가능하다. 그러나 그가 남긴 짧은 기록만으로도 그가 심각한 폐인상태에 있었던 것만은 확실하다. 그는 탈진과 설사병 등으로 고생했으며 비참하게 죽었다. 연금술사였으니, 연금술사들이 흔히 겪었던 수은중독으로 죽었을 수도 있다. 그는 한때 연금술을 포기하고 그림에만 전념했던 적도 있으나 다시 연금술로 돌아섰다. 그런 걸 숙명이라고 하나. 그는 자신이 갖고 있는 돈의 전부를 실험용기와 재료를 사는 데 쏟아부었다. 교회와의 그림 계약도 파기하기가 일쑤여서 그 일로 법원에 고소당하기도 한다. 연금술. 그게 무엇이기에 그토록 그를 괴롭혔을까? 현자의 돌.

같은 시각, 캘러핸은 근처 바에서 술을 마시고 있었다. 그가 마시는 술은 물론 '프랑수아 1세'였다.

'범인은 연금술학회의 일원일까? 아니면 잭이 실제로 자신이 불사의 몸임을 입증하기 위해 그런 자작극을 저질렀을까?'

그러고 보니 술병에 붙은 프랑수아 1세의 얼굴이 잭의 얼굴과 비슷하다는 느낌을 받았다.

'내가 지금 무슨 생각을 하고 있는 거야?'

바보스런 생각. 폴의 말을 들어서인지 오늘따라 병이 옛날 고등학교 실험시간에 쓰던 원통형 유리 플라스크 같아 보였다. '프랑수아 1세'는 다른 위스키의 병들보다 유난히 작았다. 그래서 병을 한 손으로 움켜쥘 수 있다. 둥근 몸체, 길쭉한 목. 캘러핸은 병을 눈높이까지 들어올려 이리저리 흔들어보았다. 자꾸만 연금술사들의 병같이 느껴진다. 그는 조금 남은 술이 병 속에서 이리저리 흔들리는 것을 보았다.

'프랑수아 1세……'

자꾸만 이번 사건은 예사 사건이 아닐 것 같다는 생각이 든다.

예감이 그렇다. 왠지 기분 나쁜 사건이다. 단서는 없다. 단서는 모두 신비스러운 말들뿐. 헤르메스 트리스…… 뭐, 하여튼. 그리고 현자의 돌. 어쩌면 정말 고생을 하게 될지 모른다. 미해결의 사건으로 끝날지도 모르고. 자꾸만 그런 기분이 든다. 프랑

수아 1세라는 이 술은 언제나 그에게 기분 좋은 환상을 준다. 선
전문구대로, 이 술을 마실 때면 자신이 불사의 몸이 되는 것 같
은 기분이 든다. 단지 기분만이라 하더라도 어쨌든, 그런 기분은
좋은 것이다.

'정말 프랑수아 1세는 불사의 왕이었을까?'

과연 프랑스인들은 그들의 왕을 불사의 왕으로 기억하고 있는
지 궁금했다. 역사책에서는 그런 구절을 읽어본 기억이 없다. 프
랑수아 1세와 불사. 하긴 술과 불사는 서로 어울리지 않는 말이
군. 캘러핸은 괜히 웃어본다. 영혼을 뜻하는 단어 스피리트spirit
역시 '술'을 뜻한다는 것은 묘한 일이다. 캘러핸은 마지막 남은
한 모금의 술, 프랑수아 1세의 영혼을 기분 좋게 들이켰다. 폴이
한 말이 다시 떠올랐다.

―그거 아세요? 반장님이 좋아하시는 그 '프랑수아 1세'가,
실은 성 헤르메스 대학 재단이 운영하는 사업의 하나라는 걸요.

캘러핸은 종업원에게 값을 지불하고 '프랑수아 1세' 한 병을
더 사들고 바의 문을 나갔다. 그러나 그는 뒤에서 자기를 줄곧
노려보고 있는 사람이 있다는 것은 알지 못했다.

19

나는 너무 기뻐서 울음을 그칠 수 없습니다.
—스팅, 〈머큐리 폴링〉

데 키리코, 〈헤르메스적 우수〉, 1919년, 파리, 시립 근대 미술관

승호와 하영은 마이클의 집을 나오면서 밤하늘에 걸린 로자시의 별들을 구경했다. 오늘따라 별들이 더 초롱초롱 선명하게 보이는 것 같았다.

"언제부터 사귀었어, 저 사람?"

"뭐, 얼마 안 됐어. 이모네 집에 놀러왔다가 마이클의 집을 발견하게 되었지. 괜히 호기심이 생겨서 문을 열고 들어간 게 지금까지 이어져오게 된 거야. 잘생겼지?"

"음. 프랑스 사람 같은데?"

"응. 이곳엔 프랑스계 사람들이 많이 사니까."

"잭도 프랑스 사람 같아 보였어."

"그래, 맞아. 근데 그 사람은 좀 신경질적으로 보이는 라틴계 사람과는 달리 퍽 유머가 있게 생겼잖아. 비록 난 그자의 죽은 얼굴밖에 보지 못했지만. 그 말을 하니 또 소름이 돋는다."

"잭은 내가 처음 만났을 때도 장난기가 꽤 많아 보이는 얼굴이었어. 그 강의실에서 말야."

길가에 레코드점이 보였다.

"잠깐."

승호는 하영을 데리고 레코드점 안으로 들어갔다.

"스팅 사게?"

하영은 승호의 마음을 알고 있었다.

"응, 마이클이 그랬잖아. 스팅 3집 앨범을 사면 도움이 될 거라구."

승호는 금발의 여점원에게 스팅의 3집 앨범을 하나 달라고 말했다. 점원은 CD가 전시되어 있는 진열장에서 〈머큐리 폴링〉을 하나 꺼내왔다. 승호는 값을 지불하고 하영과 함께 가게를 나왔다.

"나중에 나한테도 빌려줘야 해."

헤어지면서 하영이 말했다.

"그래."

집에 도착한 승호는 서둘러 〈머큐리 폴링〉을 CD플레이어에 넣었다. 버튼을 누르고 첫 곡을 듣는다.

머큐리(수성)가 떨어지고 있습니다.

나는 침대에서 일어납니다.

나의 생각을 모두 모으고

나는 나의 머리를 잡아야 합니다.

그녀는 가버린 것 같습니다.

(……)

CD 표지에는 머리를 감싸고 뭔가 생각하고 있는 스팅의 사진이 있었다. 그리고 Mercury falling! 떨어지고 있는 머큐리! 승호의 머릿속에 성 헤르메스 대학 도서관 앞 계단에 서 있는 헤르메스 상이 떠올랐다. 스팅이 데리고 있는 개는 마치 가아더의 『소피의 세계』에 나오는 헤르메스라는 개처럼 보였다. 소피에게 보내지는 낯모르는 철학자의 개 헤르메스! 그 개는 소피와 철학자 사이의 전령이었다. 그건 곧 헤르메스의 개 시리우스였다. 첫부분 '머큐리 폴링……' 하는 부분이 인상적이었다.

'머큐리 폴링, 머큐리 폴링…… 머큐리가 떨어지고 있다니.'

승호는 케이스 안에 들어 있는, 가사가 적힌 팸플릿을 보았다. 16세기 풍으로 지어졌다는 그의 시골집에서 포즈를 취한 스팅. 그 옆에는 기다란 석주(石柱), 그 석주에는 도리아 양식인 듯 길게 플러팅fluting(길게 세로로 난 홈)이 되어 있었다. 그리고 그 위에는 그리스의 신상처럼 보이는 한 인물이 놓여 있었다. 마이클이 말한 헤르메스, 헤르마가 변한 헤르메스 상이었다. 막스 에른스트의 〈친구 모임〉에서 이와 같은 모습으로 등장한 데 키리코, 자신을 헤르메스라고 부른 데 키리코. 스팅도 자신을 헤르메스라고 했다. 그런데 그 기둥은 묘하게 파르미자니노의 〈긴 목의 성모〉를 닮은 게 아닌가! 스팅과 헤르메스, 성모와 헤르메스…… 승호는 스팅의 기둥을 보고 파르미자니노, 그 〈긴 목의 성모〉에서의 기둥을 떠올렸다.

5장 | PUTREFACTIO

20

최고의 선(善)과 최고의 미(美)는 같은 것이다.
—B. 카스틸리오네,『궁정인』제4권

보티첼리, 〈아기 예수를 품에 안은 성모〉, 1485년경, 밀라노, 폴디 페촐리 박물관

"반장님! 증인이 나타났어요. 아, 아니, 목격자요."

일요일 아침의 늦잠을 즐기고 있던 캘러핸을, 폴은 전화를 걸어 깨워버리고 만다. 시계는 아홉시를 가리키고 있었다.

"목격자?"

"예, 교회 근처 숲에서 잭하고 용의자가 서 있는 걸 본 사람들이 있어요."

"알았다. 지금 간다."

캘러핸은 서둘러 옷을 입고 경찰서로 갔다.

"그 늦은 시각에 거기서 뭐 했대?"

캘러핸은 자기 방으로 가며 물었다.

"뭘 했겠어요? 훗훗."

폴이 웃었다. 캘러핸의 방엔 대학생으로 보이는 남녀가 앉아 있었다.

"이 사람들이야?"

캘러핸은 폴을 보며 물었다.

"예, 스티브하고 레이입니다."

남학생과 여학생이 멋쩍어하며 캘러핸을 바라보았다.

"그 대학 학생들인가?"

"예."

"거기에 있었다고?"

"예, 산으로 이어지는 숲속에 있었습니다."

"거기서 뭐 했지?"

"예?"

스티브와 레이가 동시에 캘러핸을 쳐다보았다. 레이는 얼굴을 붉혔다. 폴이 캘러핸에게 눈치를 주었다. 캘러핸은 깜빡했다는 듯이 금세 다른 질문으로 넘어간다.

"그래, 잭과 살해 용의자를 보았나?"

"정확히 본 건 아닙니다. 거리가 꽤 되었으니까요. 잭이라는, 그 죽은 사람은, 희미한 빛을 통해 얼굴은 볼 수 있었지만 나머지 한 사람, 그러니까 총을 쏜 사람은 얼굴을 보지 못했습니다. 모자를 쓰고 있었고 스카프 같은 것으로 칭칭 머리를 감고 있었으니까요."

"둘의 대화를 들었나?"

"몇 마디 들었죠. 한 사람은 줄곧 프랑스어로 말하고 있었고, 그러니까 잭이 그랬다는 거죠. 나머지 한 사람은……"

"쉽게 용의자라는 단어를 쓰게."

"네, 그 용의자는 불어, 영어, 독일어를 섞어서 쓰더군요. 근데 그 용의자의 목소리는 꽤 컸어요. 잘은 못 들었지만, 잭이 그 용의자 보고 미셸, 반갑네, 뭐 그런 얘기를 했던 것 같아요."

"미셸?"

캘러핸이 폴을 쳐다보며 반문했다.

"아마도 잭이 죽기 전 승호에게 말했던 미셸인가봅니다."

폴이 말했다. 스티브가 얘기하는 동안 레이는 말없이 앉아 있었다. 레이는 이 대화에 끼고 싶은 눈치가 아니었다. 캘러핸은 그런 레이를 한번 바라보곤 이윽고 스티브에게 눈길을 고정한다.

"그랬더니 그 용의자가, 폐하 이젠 가셔야죠, 뭐 그런 얘기를 하는 것 같았어요."

"그래?"

"그리고선 총소리가 났죠. 그때 우리는 이미 숲을 내려가려고 했었는데 총소리가 나자 겁에 질려버렸죠. 그래서 헐레벌떡 내려온 거예요. 그 이후론 어떻게 되었는지 모릅니다."

"그게 다야?"

"예."

스티브가 대답했다. 캘러핸이 레이를 바라보자, 레이는 고개만 끄덕였다.

"정말 고맙네. 많은 도움이 되었어."

"예."

스티브와 레이가 일어났다. 폴이 그들과 같이 나가면서 말했다.

"또 당신들을 부를 수도 있습니다. 워낙 단서가 없는 사건이라서 말이죠. 그때도 오실 수 있겠죠?"

"예, 물론이죠."

스티브는 기꺼이 돕겠다고 말했다. 폴이 방에 들어서자, 캘러핸은 볼펜으로 자기의 이마를 두드리며 골똘히 생각에 잠겨 있다가 폴을 보고 말했다.

"잭이 범인을 보고 미셸이라고 불렀다면…… 또 잭이 승호에게 '미셸'이란 말을 했다면……"

"예, 반장님. 저도 같은 생각입니다. 스티브와 레이의 말을 들어보면 잭은 전혀 무방비상태였던 것 같습니다. 애초에 승호를 만나기로 되어 있었으니까요. 그러다가 그 미셸이란 자가 나타나자 잭은 놀라고 반가워했던 거죠. 아무것도 모르고 있는 잭을 미셸이란 범인이 죽인 겁니다. 잭이 승호에게 했다는 그 말, '미셸'은 아마 범인을 지칭하는 말 같습니다. 일단 미셸이 누구인가를 알아내야겠습니다."

"근데 폐하라는 말은 뭐지?"

"글쎄요, 잭이 미치광이라면 그 미치광이를 보고 폐하라고 하는 놈도 미치광이겠지요."

"그럼 두 미치광이들의 살인극이란 말인가? 아니면 정말 잭은 프랑수아 1세이고 불사의 몸이란 건가?"

"그럴 리가요. 참, 현자의 돌이란 것 말인데요, 반장님. 현자의 돌은 가상의 물질입니다. 연금술사들에겐 꼭 필요한 돌이지요. 평범한 금속을 금으로 바꾸는 데 없어서는 안 될 물질이죠. 많은 연금술사들이 그 돌을 발명하려고 덤벼들었지만 헛수고였어요. 그래서 지금은 단순히 전설상의 물질이라고만 알려져 있습니다. 그러나 진짜 현자의 돌을 발견해서 떼부자가 되었다는 사람도 있답니다. 물론 그건 전설이죠."

"……"

"헤르메스 트리스메기스투스. 이 사람도 전설상의 인물입니다. 연금술사들에겐 슈퍼스타나 마찬가지죠. 우리말로는 '세 번 위대한 헤르메스'라는 뜻인데 그 인물이 정확히 언제 살았는지 언제 죽었는지 아무도 모릅니다. 다만 3만6천여 권이나 되는 방대한 저작을 남겼고, 물론 그 책들은 모두 연금술에 관한 책입니다. 연금술사들은 그가 현자의 돌에 관한 비밀을 알고 있었고 최초로 연금술을 집대성한 인물이라고 합니다. 혹자는 그가 모세 시대의 사람이라고도 하고, 혹자는 그가 바로 모세였다고도 합니다. 또는 카인의 아들인 에녹이라고도 하죠. 아무튼 그가 모세 시대, 즉 람세스 2세 시대의 사람이라는 것만은 분명한 것 같습니다. 그리고 기원전 2세기, 즉 프톨레마이오스 왕조 시대에 그 사람에 대한 학설이 자리잡혔다는군요. 물론 이 모든 건 그 연금술학회 사람들에게서 들은 얘기입니다."

"도통 모르겠군. 미셸이란 자와 파르미자니노란 그 화가가 어떻게 이 사건에 연관되어 있는지 그걸 알아야 할 텐데."

"파르미자니노란 화가는 37세에 죽은 화가이자 연금술사랍니다. 이탈리아의 북부 도시 파르마에서 활동했던 꽤 유명한 화가였죠."

"잭이 승호에게 말하려고 했던 그 파르미자니노란 화가에 대한 얘기란 뭐였을까?"

"글쎄요."

"이상한 건, 잭이 만나기로 했던 사람은 승호 한 사람이었어. 물론 나중에 하영이라는 여자도 왔지만 말야. 당연히 만나기로 한 장소, 만나기로 한 약속도 승호 혼자만 알고 있었겠지. 아니면 승호와 하영 둘만. 그런데 그 살인자는, 그 미셸이란 자는 그걸 어떻게 알았지?"

"듣고 보니 이상하군요. 범인은 잭이 그 교회 2층 회랑에 나타날 거라는 걸 알고 있었던 겁니다."

"내 얘기가 바로 그 얘기야. 승호와 하영 말고도, 승호와 잭의 약속을 알고 있었던 사람이 있었다는 얘기가 되잖아?"

"그렇죠."

"혹시 짐작 가는 사람 없나?"

"모르겠는데요."

"승호에게 물어봐. 하영에게도 물어보고. 하영이란 여자가 자네 동생의 친구라고 그랬나?"

"예."

"참, 승호는 예정대로 내일 여행을 떠나나?"

"예, 그렇습니다. 퍼 교수와 아르카디아로 간다고 하더군요. 그리스의 한 지방이래요."

"알았네."

그때 병원에 가 있던 형사 맥이 들어왔다.

"반장님!"

"그래, 뭔가 밝혀진 거라도 있나?"

"예. 기가 막힌 일이 하나 있습니다. 잭의 시체에 박혔던 총알 말인데요."

"총알?"

"그 총알이 지금 생산되는 총알이 아니라는 얘기입니다. 그건 '발터'라는 총에 쓰인 총알인데, 독일제죠."

"발터?"

"예, 정확한 총의 이름은 발터 27입니다. 그런데 그 발터 27이라는 총이…… 말이죠……"

맥이 말을 질질 끌었다.

"빨리 얘기해봐."

"세상에 하나밖에 없는 거랍니다. 그리고 그 총은…… 히틀러가 썼던 거구요."

"뭐?"

21

인간은 자기의 주변 사람들과 접촉할 능력이 없는 채 혼자이다.
개인들간의 교량은 존재하지 않으며 성(性)조차도
오직 허구적 관계만 만들어놓을 뿐이다.
남녀간의 결합은 불가능하며
그들은 자기들을 갈라놓은 형이상학적 상극관계를
극복할 수가 없다.
—W. 제르너, 『시리우스』

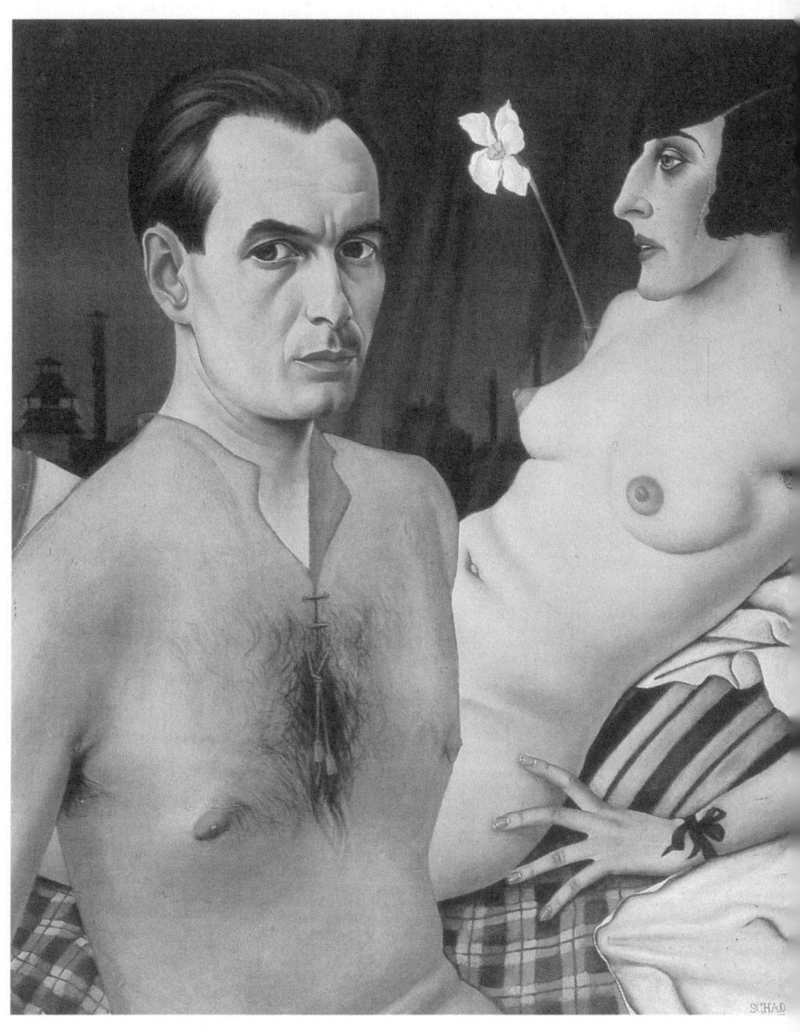

크리스티아 샤드, 〈모델과 자화상〉, 1927년, 개인 소장

광장. 그 낱말은 매우 신비롭고도 매력적인 단어이다. 광장이
라는 단어가 인간의 상상력에 촉발시키는 이미지는 매우 충격적
이다. 데 키리코가 광장의 형이상학적인 의미를 그림으로 표현
했다면 히틀러는 광장과 건물이 주는 쾌적한 아름다움을 그림으
로 표현했다. 데 키리코의 그림이 뭔가 불안한 원근법의 세계를
드러낸다면, 히틀러의 그림은 아주 치밀하게 설계된 건축적인
조망도를 보여준다. 그만큼 히틀러는 원근법에 능통했고 건축물
들이 주는 쾌적한 미를 잘 간파했다. 건축과 히틀러, 그리고 광
장과 히틀러. 히틀러는 광장에서 정신적인 자유로움을 만끽했
다. 그는 그리스적인 건축물뿐만 아니라 바로크적인 건축물의
화려하고 역동적인 아름다움도 사랑했다. 그가 그린 비엔나의
카를 교회는 오스트리아의 건축가 에얼라하가 설계한 매우 흥미
로운 바로크 건물이다. 이 건물 앞에는 로마에 있는 트라야누스

황제 기념주를 닮은 거대한 원주가 양옆으로 서 있다. 히틀러는 이 건물을 매우 홍미진진하게 그려내고 있다. 건축물에 대한 히틀러의 묘사력은 매우 뛰어났다. 건축물과 광장은 히틀러에게 영웅적인 예술이 인간의 정신을 얼마나 고취시키는지 일깨워주었다.

제3제국의 미술은 그의 이런 사상을 고스란히 드러낸다. 제3제국의 한 집회 광장은 광대하고 단순하면서도 엄격한 조망이 꼭 데 키리코의 그림을 보는 것 같다. 히틀러는 당시의 거의 모든 예술가들을 소위 '퇴폐 미술'이라며 탄압했지만, 아마도 개인적으로는 데 키리코의 그림을 좋아했을 것이다. 그의 집회 광장은 철저히 원근법적으로 조망된 건축물의 위세를 보여준다.

건물은 인간을 압도하는 힘을 지녀야 한다. 그것이 곧 제국의 힘이다. 국가가 국민에게 국가사회주의라는 이념을 가장 잘 전파할 수 있는 예술이 있다면 그건 건축이고 음악이다. 그중에서도 건축은 인간에게 영감을 주어야 한다. 국민은 위대한 건축예술을 통해서 국가의 힘을 자각한다. 그게 히틀러의 이상이었다. 광장과 건축이 히틀러에게 충격과 영감을 주었지만, 그건 그만의 현상은 아니었다.

히틀러의 『나의 투쟁』을 읽어나가는 동안 승호는 그 책이 매우 홍미롭고 연구해볼 만한 책이라고 생각했다. 하영도 그 책을 읽고 있었다. 히틀러는 그림에 뛰어났고 나름대로 미술에 관한 논리가 분명했다. 히틀러의 자서전에서 미술에 관한 그의 생각을 발견해내고 분석하는 일은 퍽 재미있는 일이었다. 어쩌면 히틀러 현상은 단지 그만의 병리적인 현상이 아니라 당시 서구인들의 어떤 공통된 징후를 드러내주는 것인지도 모른다. 그런 점에서 히틀러의 그림은 보티첼리의 그림이나 데 키리코의 그림만큼 가치 있다. 『나의 투쟁』은 하영에게 히틀러가 서양의 마지막 기사, 풍차를 향해 돌진하는 시대착오적인 돈키호테 같은 인물이었다는 인상을 주었다. 말 위에 올라앉아 하케켄크로이츠(또는 스바스티카, 나치의 상징인 갈고리 십자)가 그려진 깃발을 잡고 헤스, 힘러, 괴링, 슈페어 등 그의 똘마니들을 데리고 풍차를 향해, 무너진 중세의 기사도 전설의 복구를 위해, 용을 퇴치하는 니벨룽겐의 용사 지크프리트처럼 영광된 제3제국의 건설을 위해 달려든 20세기의 마지막 기사.

히틀러는 한때 미술가를 지망했었다. 그 꿈은 일생 동안 히틀러를 따라다녔다. 1차대전이 끝나고 정치가가 될 것이냐 화가가 될 것이냐로 갈등하다가 정치가로 결심을 굳혔을 때도 그의 꿈 속에선 고대와 중세의 전설이 되살아나고 있었다. 건축은 히틀러를 평생토록 따라다닌 일생일대의 숙제였고 영감의 원천이었다. 2차대전이 끝나갈 무렵 히틀러가 지하 벙커에서 자살했을 때도 그의 책상에는 아름다운 유년의 도시 린츠의 모형이 있었다. 알베르트 슈페어는 언제나 히틀러를 따라다니던 건축가였다. 빙켈만이 고대 그리스 유적의 선의(善意)의 해석자였다면, 히틀러는 그 아름다운 유적들을 악의적으로 해석한 인물이다.

오스트리아의 수도 빈, 그 빈을 장식하는 수많은 건축물들 중에서도 국회의사당 건물은 히틀러에게 많은 영감을 주었다. 고대 그리스 신전을 연상케 하는 파사드(건축물의 전면)는 히틀러를 매료시켰다. 그가 미술대학에의 꿈을 품고 다가간 곳도 바로 이 국회의사당 건물이며 미술대학에 떨어졌을 때 마지막 회한의 정을 남기고 떠난 곳도 바로 그 국회의사당이었다. 이십대 청년 시절 정치가의 꿈을 안고 의회의 모습을 구경하러 갔을 때 다른 곳도 아닌 그 신성하고 놀라운 건축물 안에서 벌어지는 다민족 출신 의원들의 '꼬락서니'에 분개했던 것도 히틀러다웠다.

나는 처음으로 그 신성시되면서도 논박을 당하곤 하는 장소(국회의사당)로 들어갔다. 그곳이 성역화된 것은 틀림없이 화려한 건물의 숭고한 아름다움 때문이다. 독일 땅에 세워진 그리스 풍의 놀라운 건축이었다. 그러나 이윽고 눈앞에 전개되는 가련한 광경에 나는 분개했다.

그 가련한 광경이란 체코인, 폴란드인, 독일인, 유대인 등 각기 다른 민족의 의원들이 벌이는 추태였다. 건축에 관한 히틀러의 인식은 다소 헤겔적이다. 그는 건축이 어떤 이상적인 것, 숭고한 것이어야 한다고 생각했다. 독일의 다른 낭만적 이상주의자처럼 히틀러는 건축을 '모든 예술 중의 여왕'으로 보았다. 러스킨의 말대로 건축은 인간에게 영향을 주는 것이어야 한다. 건축은 예술에 있어서 귀족 중의 귀족이다.

핵심은 이렇다. 우리나라의 대도시는 오늘날 도시의 전체 인상을 좌우하는, 시대를 초월할 정도의 기념비적 작품을 갖고 있지 않다. 반면에 고대 도시는 저마다 자랑할 만한 특별한 건축물을 갖고 있다. 고대 도시의 진정한 특징은 사유(私有) 건축물에 있지 않고, 눈앞의 시간이 아니라 영원한 앞날을 위해서 세워진 것으로 보이는 공공기념물 속에 있다. 그 기념물에는 개인적 소유자의 부(富)가 아니라 공공의 위대함과 의의가 반영되어야 했기 때문이다. (……) 어쨌든 주민이 염두에 둔 것은 사적 소유자의 빈약한 집보다 오히려 모든 공동체의 장엄한 건축물이었다. (……) 고대의 공공건축물과 당대의 주택 규모를 비교해본다면 공공건축물 우선의 원칙이 강조된 건축의 압도적인 무게와 힘을 비로소 이해하게 될 것이다. 오늘날 우리가 고대 세계의 폐허나 황폐한 들판에서 보듯, 아직껏 우뚝 서서 감탄을 자아내는 몇몇 거대한 건축물들은 개인이 소유했던 호화 건물이 아니라 사원이나 국가의 건축물, 바꾸어 말하면 소유주가 공동체였던 건축물이었다. (……) 국가의 건축물에 지출되는 액수부터가 대부분 가소롭기 짝이 없다. 건축물은 영원을 위해서가 아니라 눈앞의 필요만을 위해 지어지고 있다. 좀더 숭고한 사상 따위는 전혀 고려되지 않는다. (……) 한 척의 전함을 만드는 데는 자그마치 6천만 마르크

를 들이는 의회가, 영원을 지향해야 할 국가의 제일 훌륭한 건
축물인 국회의사당에는 그 절반만큼의 예산도 통과시키지 않
았다.

히틀러의 비판은 힘이 있었다.

이처럼 현대의 우리나라 도시에는 주민 공동체의 두드러진
상징이 결여되어 있고, 따라서 주민공동체가 각각의 도시에서
자기 자신의 상징을 찾아내지 못하는 것도 놀랄 일은 아니다.
황폐화가 필연적인 것이다. 그것은 오늘날의 대도시 주민이
자기가 사는 도시의 운명에 대해 완전히 무관심한 현실 속에
서 실제로 효과를 나타내기 시작했다.
그러한 일도 또한 우리나라의 문화가 몰락해가고 우리나라
에 전반적인 붕괴가 일어나고 있다는 증거이다. 우리 시대는
가장 하잘것없는 유효성, 좀더 적절하게 말한다면 화폐에 봉
사하는 일에 눌리고 있다. 그런 화폐의 신(神) 밑에서 영웅주
의에 대한 감수성 따위가 거의 남아 있지 않다는 것은 새삼스
러운 일도 아니다.

히틀러의 예술정신은 제3제국의 예술정책에도 그대로 반영된
다. 히틀러는 건축예술에 남다른 애정을 갖고 있었다. 건축물이
란 국가의 위대한 힘을 드러내는 영웅이라고까지 생각했다. 건

축은 한 집단의 상징이 되어야 한다는 것이다. 그는 고대건축과 고대문명에 지대한 향수를 갖고 있었고, 거기에 그의 돈키호테적인 기질이 결국 독일 땅에 고대문명의 신비를 되살리겠다는 발상으로 나아가게 했다. 건축에 대한 그의 집착은 헤겔의 건축미학과도 연관된다. 헤겔은 건축과 서사시를 최고의 상징예술이라고 했다. 고대에 있어서 건축은 한 집단의 공동체 작품이며 그 집단의 운명과도 같은 존재다. 바벨탑은 그 좋은 예다. 정복전쟁이 빈발하던 시절, 정복자가 제일 먼저 할 일은 상대의 성과 궁전, 사원 등 건축물을 때려부수는 것이었다. 로마의 티투스 황제는 예루살렘을 정복하고 마치 예수의 예언을 실현하기라도 하듯 성전을 파괴했다. 건축을 파괴하는 일이야말로 최고 최후의 정복 형태인 것이다.

나치 시대의 예술이 모두 딱딱한 기념비적 성격을 갖는 것은 그런 히틀러의 건축관과도 무관하지 않다. 고대에 대한 향수는 그의 정치형태와 예술정책에 지도적인 밑거름이 되었다. 그의 천성적인 귀족주의는 도시 곳곳에 세워진 고풍스런 건물들과 서로 상호작용을 하고 있다. 〈살인자는 우리 안에〉는 히틀러의 나치즘과 그 자신, 그리고 미술과의 관계를 단적으로 나타내주는 상징적인 영화다. 눈부시도록 화려한 궁성은 히틀러 자신이다. 거울을 보며 자신의 미모를 뽐내는 것이 백설공주 이야기에 나오는 마녀뿐만은 아니다. 히틀러는 화려한 궁성 안에서 거울을 들여다보며 이 세상에서 가장 영예로운 인종은 바로 아리아인들이라는 걸 계속 자기 머리에 주입시켰던 것이다. 아리안 인종은 인종 중의 인종이요 영웅적인 귀족이다. 금발머리에 강대한 근육, 역사적인 사명을 띤 듯한 눈빛, 강대한 기골, 후퇴를 모르는 강인한 전투정신, 역사를 개척해나가려는 용기를 지닌 유일한 인종 아리안! 히틀러의 눈에 다른 인종은 노예 신분에나 어울리는 하찮은 천민으로 여겨졌다. 역사는 아리아인들이 짊어지고 나아가야 한다. 이제까지의 역사는 잘못되었다. 독일의 쇠망은 기생충 같은 유대인 때문이다. 유대인은 독일이라는 화려한 궁성에 구멍을 내고 그것을 쏠아먹는 생쥐 같은 놈들이다. 쥐는 잡아야 한다. 기생충은 박멸해야 한다!

히틀러의 나르시시즘은 건축과 동일시된다. 심리학자 융에 의하면 요새화된 건축은 내면으로의 침잠이다. 건축으로의 지향은 나르시시즘의 전형이다. 모든 파시스트 안에는 화려한 건축예술이 도사리고 있다.

히틀러의 나르시시즘은 한 송이 수선화다. 나치즘이 독일을 사로잡기 전 일어났던 신즉물주의 운동은 나치 시대의 미술을 예고하는 것이 되어버렸다. 신즉물주의 회화운동은 객관적인 세계를 거울같이 차갑고 공허한 시선으로 바라본다. 외부세계에서 의미를 발견하려 한다거나, 외부세계와 소통하려는 노력은 없다. 무심한 세계를 있는 그대로 드러낼 뿐이다. 신즉물주의 회화는 거울과 같은 그림이다. 그렇기 때문에 차갑다. 그 차가움이 무서워진다. 그 차가움은 내면세계로의 침잠을 의미한다. 파편

화된 인간들은 세계와 친하려고 하지 않는다. 눈에 보이는 것만을 그대로 인정하려고 하고 '좋은 것은 단지 좋은 것으로' 지나쳐 보낸다. 철저히 외부세계와 차단된 인간들은 자신들의 세계만 즐긴다. 외부세계를 침범하는 것도, 외부세계가 자신의 내부에 침범해들어오는 것도 허용하지 않는다. 데 키리코의 그림이 그래도 '따뜻한' 그림이라면 크리스티안 샤드의 그림은 '차가운' 그림이다. 파시즘의 무서운 광풍은 이런 무관심한 인간들의 마음을 먹고 자란다. 크리스티안 샤드의 〈수선화〉는 그래서 자기보존적인 충동이 강한 히틀러와 그 집단의 꽃이 되고 말았다.

인간은 약한 존재다. 원근법은 강하다. 거대한 기둥은 강하다. 열주는 강한 존재다. 히틀러는 건축에서 인간의 약한 마음을 휘어잡는 그 무엇인가를 발견했다. 약한 존재는 어딘가에 의지하려 한다.

그것은 마치 자신들의 왕을 보내달라고 하늘에 비는 개구리들과 같다. 신은 그들에게 뱀을 내려보낸다. 천성적으로 약한 인간 존재는 뭔가 강한 것을 원한다. 그들은 영웅을 원한다. 히틀러는 약한 인간이었다. 히틀러는 건축이 약한 인간들에게 강함을 암시할 수 있는 좋은 수단임을 알았다. 히틀러는 나치의 군중집회에서 이런 점을 잘 이용했다. 좌우대칭형의 거대한 건축물, 넓은 광장, 한밤의 빛나는 조명, 거대한 나치 휘장들은 군중을 현혹시키고 흥분시킨다. 그때 히틀러가 모습을 나타내고 연설을 한다. 그런 의미에서 원근법은 파시즘적인 존재다. 베르톨루치 감독의

〈거미의 계략〉은 원근법의 파시즘적인 상징을 잘 드러낸다. 타르코프스키의 〈노스탤지어〉에 쓰인 원근법은 인간의 향수를 드러낸다. 원근법은 두 얼굴을 가지고 있다.

"퍼 교수가 너에게 히틀러의 책을 읽으라고 한 건 그런 뜻 같아."

하영은 밤늦게 승호에게 전화를 걸어 『나의 투쟁』에 관한 이야기를 나누었다.

"그럴지도 모르겠군."

"그리고 그 작은 예언자에 대해서 생각해보았는데, 세례자 요한일 수도 있어."

"세례자 요한?"

"그래, 세례자 요한은 예수가 구세주임을 미리 알려준 인물이잖아. 그 허름한 옷들도 그렇고."

"그렇지만 요한은 항상 십자가를 드는 인물로 그려졌어. 물론 그 너저분한 복장은 요한을 연상시키지만."

"그런가."

"그건 그렇고…… 스팅의 곡을 들어보니까 너에게 꼭 알맞은 노래가 있더라. 〈사계절〉이란 제목이야."

"사계절?"

"〈올 포 시즌즈〉! 제목이 그거야. 너처럼 변덕이 심한 여자애에 대한 노래야."

내가 어떻게 알까?

어떻게 내가 알 수 있단 말인가?

날이 밝아올 때 그녀가 침대의 어디쯤에서 뒹굴고 있는지
를……

그녀는 친절하다가도 잔인하고

나를 데리고 바보 같은 게임을 하고 있는 것 같네.

그녀는 스웨터를 바꾸어 입듯

그렇게 쉽게 마음을 바꾼다네.

그 마음은 1분도 분간할 수 없네.

폭풍우 때의 날씨처럼 뜨겁고도 차가운 분위기를 만들지.

그녀는 신이 주신 선물이다가도, 지옥에서 나온 악마 같다네.

그녀는 나의 애인.

그녀는 마치 하루 동안에도 사계절이 존재하는 것처럼

마음이 쉽게 바뀐다네……

"재미있는 노래네."
"노래 끝부분은 더 재미있어."

화창한 날이라도 나는 우산을 들고 나가야 한다네.

비가 올 경우를 대비해서

당신은 내가 너무 조심성 있는 남자라고 할지 모르지.
그러나 나는 갑작스런 우박을 맞고 싶지 않다네.

"재미있어."
"꼭 너 같지 않니?"
"글쎄."

원근법은 파시스트들의 상징이다. 그것은 음모의 상징이기도
하다. 하영에게 〈거미의 계략〉은 의미 있는 영화였다. 베르톨루
치 감독은 그 영화에서 원근법의 향연을 펼친다. 그의 기법은 거
의 타르코프스키 감독의 그것과 유사하다. 카메라를 기둥들의
열 끝에 위치시킴으로써 카메라의 좌우 이동이 자연스럽게 열주
의 원근법적인 쾌감을 영상으로 이끌어낸다. 원근법적으로 조망
된 열주의 향연!
　주인공 아토스의 어머니가 창문을 통해 기둥들이 늘어선 원근
법적 세계를 조망한다. 한 어머니가 자신의 아이를 안고 무엇인
가에 쫓기는 듯 급히 저 멀리 원근법의 소실점을 향해 달아난다.
이윽고 사자를 조련하는 조련사들이 채찍을 들고 기둥들 사이로
하나씩 나타나 사람들을 위협한다. 아이를 안고 달아난 어머니
는 선량한 민중이고, 채찍을 들고 나타난 사자들의 조련사는 파
시스트들이다. 어머니는 마치 막스 에른스트의 〈두 마리의 꾀꼬
리에 위협받고 있는 소녀〉처럼, 데 키리코의 〈거리의 신비와 우

수)처럼 파시즘의 광풍에 휘말려 희생당하는 민중을 가리킨다. 베르톨루치 감독은 원근법의 쾌적한 향연이 이토록 무서운 음모자들의 상징이 될 수 있다는 걸 보여준다. 관객을 향한 베르톨루치 감독의 첫번째 위협이다.

두번째, 아토스를 잡으려는 파시스트들이 원근법적으로 조망된 열주의 기둥들 사이로 하나씩 나온다. 그들은 음모자이며 감시자이다. 기둥은 그런 권위와 위협을 암시한다. 이들을 피해 아토스는 그 기둥들 사이로 들어가 거대한 아케이드 속으로 달아난다. 어둠 속에 싸인 원근법의 소실점을 향해. 아버지의 이름인 '아토스 마냐니'가 새겨진 벽의 석판에 다다른 아토스는 그 이름들을 지워버린다. 파시스트에 의해 살해당한 민중의 영웅 아토스 마냐니, 자기 아버지에 대한 의혹이 싹튼다. 과연 아버지는 파시스트들이 죽였을까?

세번째, 원근법적 조망. 자신의 아버지가 죽은 극장을 나오는 아토스는 또다시 열주 사이를 통과한다. 입구 계단 앞 양쪽에는 부러진 기둥이 있다. 그 기둥은 조르조네의 〈폭풍〉 속에 묘사된 기둥을 연상시킨다. 부러진 기둥! 무너진 영웅! 영웅신화의 조작! 영웅으로 알았던 아버지의 추락! 또하나의 파시스트!

광장과 열주가 보인다. 그 기둥들 사이로 파시스트의 감시자들이 서 있다. 파시스트는 대중을 감시하고 세뇌하고 조작한다. 노인들이 아토스에게 자기 아버지의 죽음에 대해서 알려준다. 점점 아버지의 죽음의 진실을 알아가는 아토스. 아버지는 파시스트가 죽인 게 아니다! 열주는 파시스트의 상징이다. 광장에 군중들이 여기저기 서 있다. 줄을 지어 정연하게 선 것이 아니라 산발적으로 무질서하게 흩어져 있다. 그러나 그들은 모두 열주를 응시하고 있다. 그곳에 파시스트가 있다. 파시스트는 그런 개별적인 군중들을 모아 자기 것으로 만든다. 아토스의 아버지는 외친다. "사람들의 마음을 사로잡아서 파시스트에 저항하게 해야 한다. 그들은 영웅을 필요로 한다. 영웅신화가 필요하다. 그래서 나는 죽어야 한다. 나는 그들의 영웅이 되어야 한다. 나는 그들의 결집체의 중심이 되어야 한다. 그래서 영원히 사람들이 나의 죽음을 기억하여 파시스트들을 증오하게 해야 한다. 어느새 또다른 파시스트로 변해버린 아토스의 아버지.

이제 아토스는 자기 아버지의 실체를 알게 되었다. 아버지는 파시스트들의 손에 의해 죽은 게 아니다. 아버지는 동료들을 배신하고 파시스트와 내통한 변절자였다. 그러나 그는 대중들에게 그렇게 알려지는 게 싫었다. 그래서 그는 동료들과 모종의 음모를 꾸민다. '좋은 게 좋다!' 아버지는 극장에서 파시스트로 변장한 동료에 의해 죽임을 당한다. 그 영웅적인 죽음을 기려 군중들은 그의 동상을 세우고 그를 영원히 기념한다. 이렇게 해서 영웅이 창조된다. 그러나 그의 동상은 또다른 파시스트의 동상이 된다. 영화의 종반부는 다시 영화 초반부로 이어진다. 영화 첫부분에서 아토스는 집에 있던 자기 아버지의 사진 두 장을 발견한다. 둘 다 기다란 열주 앞에 영웅처럼 서 있는 아버지의 사진이었다.

열주가 창조해내는 원근법적 조망은 쾌적하면서도 신비롭고 음모적이고 파시스트적이다. 기둥은 파시스트적 영웅이고 기둥들이 창조하는 원근법적 조망은 파시스트들의 영웅적인 세계관이다. 아토스는 그런 아버지가 조작된 신화, 또다른 파시스트임을 알게 된다. 기다란 열주 앞에 선 아버지는 우리 마음속에 있는 파시스트적 영웅관을 상징한다. '사람의 마음을 사로잡아서 나를 따르게 하라!'

주인공은 기차역에 선다. "파르마 행 기차가 연착되었습니다" 하는 안내 방송이 흘러나온다.

영화를 보던 하영은 문득 우스운 생각이 들었다.

'파르마라고?'

파르미자니노—파르마에서 살았던 화가—히틀러—거미의 계략—파시스트—열주—원근법적 조망. 이들 사이에는 어떤 공통점이 있을까?

하영과의 통화가 끝나자, 바로 폴의 전화가 걸려왔다.

"나 폴인데, 좀 물어볼 게 있어서 말야. 승호, 혹시 자네와 잭의 약속을 아는 사람이 또 있었나?"

"글쎄요, 저와 잭뿐인데. 참! 퍼 교수도 알고 있었겠군요. 하지만 그건 별로 중요한 것 같지 않은데."

"퍼 교수가?"

"예. 잭과 만나기로 한 날 아침, 퍼 교수가 잭에 대해서 물었어

요. 그냥 궁금하시다면서요. 그래서 대충 말씀드렸고 그날 만나
기로 했다는 얘기도 했죠."
　"그래? 그럼 퍼 교수도 알고 있었겠군."
　"그렇지만 그건 그저 지나가는 말들이었어요."
　"항상 그렇지는 않지."
　"……"
　"알았어, 승호. 고마워."

22

헤르메스:

그러나 이제 아틀라스가 헤라클레스에게 말하던 때가

왔도다. (……) '도덕' 과 그녀의 유명한 적수 '쾌락'

사이의 모든 싸움은 그쳐야 한다.

그 둘은 서쪽 나라의 영광이며 가장 빛나는 별인

헤스페루스 앞, 바로 이곳에서 서로 만나야 한다.

—벤 존슨, 『도덕과 쾌락의 화해』

가스파로:

제우스는 시민의 도덕을 몰라 서로 뭉치지 못하고

짐승들에게 찢겨 죽임을 당하는 인간들을 불쌍히 여겼다.

그리고 헤르메스를 불러 인간들에게 '정의감' 과 '수치심' 을

가져다주었다. 그 두 덕은 도시를 장식하고

시민들을 하나로 뭉치게 했다.

—B. 카스틸리오네, 『궁정인』 제4권

바르톨로메우스 슈프랭어, 〈지식의 승리〉, 빈, 오스트리아 미술관

프랑수아 1세는 이듬해인 1526년, 굴욕적인 '마드리드 조약'을 맺고 풀려난다. 그러나 그는 프랑스에 도착하자마자 조약의 파기를 선언하고 곧바로 독일과의 재전쟁을 준비한다. 발루아 가문 대 합스부르크 가문의 두번째 전쟁은 1527년에 시작된다……

왕은 오히려 개선장군처럼 귀환했다. 프랑수아 1세는 파리에 도착하자마자 군중들에게 미셸을 소개했다.

"파비아의 기사인 이자가 나와 함께 감옥에 있었다. 그는 나에게 책을 읽어주며 나를 즐겁게 했다. 그래서 나는 그를 파비아의 기사로 임명했다. 나는 그를 영광되게 할 의무가 있다."

군중들은 모두 미셸을 우러러보았다. 미셸은 프랑수아가 감옥에서 풀려나기 직전에 기사로 임명되었다.

　─미셸! 나는 그대를 파비아의 기사로 임명하노라! 그대는 나를 도와 나의 감옥생활을 풍성하게 해주었고 지옥과 저승으로의 여행에 동참하는 용기를 보여주었으며 나의 지적 욕구에 성의로써 답해주었노라. 그대와 나는 이제 한 몸이며 내가 가는 곳에 그대도 갈 것이며 나의 마음이 곧 그대의 마음이 되리라. 미셸, 앞으로도 이곳 마드리드에서의 일을 잊지 않기를 바라노라.

　프랑수아 1세는 그렇게 미셸의 어깨에, 빼앗기고 없는 칼 대신 손을 번갈아 얹어가며 기사 임명식을 거행했다. 프랑수아는 곧 어머니로부터 프랑스의 통치권을 인수받았다.

　1528년, 지지부진한 전쟁중에 프랑수아는 궁궐을 퐁텐블로에서 루브르로 옮긴다. 루브르 궁전의 개축공사는 이미 오래 전부터 시작되고 있었다. 필립 오귀스트 대왕 시절부터 있던 굳건한 성곽을 그는 르네상스식으로 단장했다. 외호가 있던 자리를 메우고, 장대한 르네상스식 건물을 새로 지은 것이다.
　미셸이 자신의 연금술 실험실을 차린 때가 이즈음이었다.
　루브르 궁전에 기거하면서 그는 왕의 곁에서 많은 학자들과 문인들, 예술가들을 사귈 수 있었다. 왕은 지적 호기심을 채우기 위해 식사시간에도 그들을 대하기에 바빴다. 프랑수아 1세의 지적 호기심은 뭇 학자들을 능가하는 것이었다.

그들 중에 미셸도 자연히 끼게 되었다. 이들 인문주의자들은 왕으로부터 마드리드의 감옥에서 고생을 함께 했다는 미셸을 파비아의 기사로 소개받고 그를 영웅으로 맞이했다. 그들은 모두 미셸의 박식함에 놀랐으며 그와 사귀고 싶어했다.

미셸은 이미 '콜레주 드 프랑스'가 생기면 그곳에서 학생들을 가르치도록 왕과 약속이 되어 있었다. 그 동안 미셸은 왕의 주위에서 왕이 가까이하는 학자들과 예술가들을 사귀어두면 된다. 4년은 그러기에 충분한 시간이었다.

그러나 무엇보다도 그의 꿈은 가톨릭과 신교도들 간의 싸움에서 그 어느 곳에도 치우치지 않는 자기만의 교회를 세우는 것이었다. 그는 교황의 교리에도, 루터의 교리에도 염증을 느끼고 있었다. 이미 지금은 종교세력들의 이합집산인 시대다. 그는 모든 교리를 통틀어서, 이단이나 미신이라고 불리는 사상도 함께 아울러 하나의 초교파적인 교회를 세우고 싶었다. 고대 이집트의 종교에서부터 연금술에 이르기까지, 사람들을 서로 싸우지 않게 하면서, 서로의 사상이 결국은 한 모습이라는 것을 설파하는 그런 교회를 세우고 싶었다.

기독교의 창조주는 곧 고대 이집트의 라 신이며, 그리스의 제우스이다. 이슈타르와 아프로디테는 같은 신이다. 그리고 그 핵심을 이루는 인물은 헤르메스이다. 그렇다. 이 모든 교리를 관통하는 것은 예수 그리스도이며 토트인 헤르메스밖에 없다. 그는 예수 그리스도도 헤르메스와 같은 존재라는 것을, 그래서 기독교와 그리스 신화는 서로 상통할 수 있음을 알리고 싶었다. 그는 관대한 프랑수아 1세 밑에서 자신의 사상을 펼치고 싶었다. 그러나 아직은 때가 아니었다. 만약 지금 나섰다가는 화형을 당하기 십상일 것이다.

전쟁은 지지부진했다. 왕은 설욕을 다짐했지만 전투다운 전투는 벌어지지 않았다. 그러나 이 전쟁 기간 동안 로마는 뼈아픈 치욕의 날을 맞아야 했다. 카를 5세는 황제인 자기의 편으로 확실히 넘어오지 않는 로마를 벌주기 위해 자신의 병사들이 로마를 약탈하는 것을 묵과하고 말았다.

1527년, 로마의 약탈! 로마의 찬란한 르네상스 예술은 독일 병사들의 발에 짓밟혔으며 많은 예술품들이 도난당하거나 파괴되었다. 황제는 자신의 힘을 확실히 보여주고 싶었던 것이다. 전쟁은 언제 끝날지 모르게 시일을 끌었다.

어느 날 미셸은 파리를 구석구석 보고 싶은 충동이 일었다. 파리! 왕의 도시이며 프랑스의 중심 도시. 왕이 살고 고관대작이 살고 뛰어난 화가와 학자들이 사는 도시. 그의 꿈이 이루어질 곳, 자신의 사상과 새로운 종교가 태어날 곳 파리. 언젠가 이 파리에 자신이 창립한 교회가 세워질 날이 있을까?

노트르담 대성당을 보았다. 휘황찬란한 장미창이 눈부시고 우뚝우뚝 솟은 날개 부벽이 이채롭다. 우리의 성모, 이시스이며 이쉬타르이며 마리아인 만인의 어머니가 계신 곳, 노트르담. 그는 노트르담 성당 앞의 광장 지하에 있다는 고대 로마의 유적을 둘러보기로 하였다. 고대 로마의 초기 기독교인들이 활동하다가 묻힌 지하 유적. 약간은 으스스한 느낌이지만 그곳엔 역사가 배어 있었다.

파리의 지하는 모두가 이어져 있다. 이것을 잘만 이용하면 새로운 교회를 세우는 데 문제가 없을 것 같았다. 그는 무프타르 거리로 나갔다. 상점들이 즐비한 거리엔 시끄러운 상인들의 소리로 활기차다. 미셸은 무프타르 거리에 있는 지하 채석장으로 들어갔다. 파리의 지하는 채석장으로 구멍이 뻥뻥 뚫려 있다. 파리의 모든 건물이 이곳 파리의 지하에서 파낸 돌로 만들어지고 있었다. 덕분에 파리의 지하는 또하나의 도시로 성장해가는 셈이다.

미셸은 램프를 들고 지하로 내려갔다.

23

이곳에서 모든 게 가르쳐진다,

레오나르도 다 빈치, 〈베누아의 성모〉, 1478~1479년, 상트페테르부르크, 에르미타슈 박물관

상점의 거리 무프타르 밑으로 들어간 미셸은 옛날부터 채석장으로 쓰여온 이곳을 주의 깊게 살펴보았다. 여기저기 구멍이 뚫려 있고 어둡지만 곳곳에 이웃의 채석장으로 통하는 통로가 보이기도 했다.

무프타르 거리의 지하 채석장은 거의 폐쇄된 듯, 주위는 고요하고 오래된 신발짝과 채석 기구만이 즐비했다. 외국에서 온 방문객이라면 파리의 지하에 이런 신비스런 곳이 있을 줄은 꿈에도 모를 것이다. 이런 지하 채석장에서 중세의 석공들은 집회를 가지고 그들만의 지식을 나누어 가졌다. 석공들은 기하학과 건축술에 관한 모든 지식에 통달해 있었기 때문에 자부심도 대단했다. 그들에겐 숙련된 정도에 따라 계급이 있었으며 조직은 은밀하게 유지되었다.

미셸의 시대에 성당의 건축이 쇠퇴기에 접어들자 그들은 자신만의 조직을 비밀리에 유지하기로 했다. 그들은 정기적으로 모여서 친목을 도모했고 새로운 지식을 나누어 가졌다. 미셸은 자신이 서 있는 이곳 무프타르 거리의 지하 채석장도 그런 곳이었음을 짐작할 수 있었다. 곳곳에 석공들의 특이한 사인이 된 돌들이 나뒹군다. 석공들은 저마다 자기만의 사인이 있었다. 파리의 지하는 신비로운 곳이다. 성당기사단들과 장미십자회 등이 집회 장소로 이용하였다는 소문도 있었다. 미셸을 따르는 사람들이 모이기 위한 장소로는 안성맞춤인 장소였다.

'그렇다, 지하다!'

미셸은 새로운 교회를 세울 장소로 지하를, 그것도 상점들과 금세공점이 즐비한 무프타르 거리를 선택했다. 무프타르 거리에서 가까운 센 강 이북엔 성당기사단의 공원으로 유명한 탕플 광장이 있었다.

'무프타르!'

지하 채석장에서 새로운 집회를 연다. 그에게는 생명이 걸린 위험한 일이었다. 미셸은 파리를 나와 퐁텐블로 숲으로 향했다. 그곳에 실험실을 차릴 것이다. 그곳은 왕의 사냥터이므로 아무나 들어올 수 없는, 연금술을 실험하기에는 더없이 좋은 장소다.

퐁텐블로 성은 프랑수아 1세가 대대적으로 르네상스식으로 개축한 성이다. 그 장관은 이루 말할 수 없을 정도다. 미셸이 이 성에 매력을 느끼게 된 것은 이 성을 타고 상서로운 기운이 하늘로 뻗쳐올라가는 것을 보았기 때문이다. 그것은 황제의 기운이었다. 장차 황제가 될 사람이 이 성을 쓰게 될 것이었다. 황제를 꿈꾸었던 프랑수아 1세의 염원을 대신 이루어줄 분이 장차 이 성에 오게 될 것이다.

퐁텐블로 숲을 구경하던 미셸은 아주 깊숙한 곳에서 낡은 집을 발견했다. 담쟁이덩굴로 휩싸여 있는 그 낡은 집은 첫눈에 미셸의 마음을 사로잡았다. 누가 썼는지는 알 수 없지만 연금술 실험실로는 안성맞춤이었다.

얼마 후 미셸은 그 낡은 집에 수많은 집기들을 들여놓고 정성들여 아타노르를 만들었다. 아타노르는 연금술사에게 없어서는 안 될 거대한 화로였다. 연금술사는 많은 화로를 썼다. 어느 연금술사의 실험실엔 거의 50여 개나 되는 화로가 있었다. 그중에서도 아타노르는 가장 중요한 화로다. 거의 모든 연금술사들이 이 아타노르라는 화로에서 칼키나티오Calcinatio, 즉 금속들을 태워 가루로 만드는 과정을 이행했다.

칼키나티오는 금속들을 태워 '죽이는' 연금술의 첫단계 작업이다. 뭐든지 새로 태어나게 하기 위해서는 일단 죽여야 한다. 납, 구리, 철 등을 강렬한 불로 오래도록 태워 가루로 만드는 과정이 바로 칼키나티오다.

미셸은 자신의 아타노르를 보았다. 장차 이 화로에서는 꺼지지 않는 불이 활활 타오를 것이다. 그 속에서 마치 도공들이 아름다운 그릇을 건져내듯 현자의 돌을 건져낼 것이며, 마침내 금을 만들어낼 것이다.

고향인 툴루즈에서 아버지가 쓰던 연금술 용기들도 운반해왔다. 많은 책들을 꽂아놓았고 약품들도 구비했다. 수없이 많은 유리 플라스크를 가지런히 정리했고 계량 용기들도 준비했다. 레토르트(긴 가지가 달린 플라스크), 펠리컨(펠리컨의 몸체처럼 긴 주둥이가 달린 플라스크), 큐커빗(호리병처럼 생긴 플라스크)과 각종 증류기구들, 풍무기, 그리고 앞으로 쓸 나무장작들도 빠짐없이 갖추었다. 벽에는 각종 용기를 집을 집게들을 걸어놓았다. 그렇게 모든 것이 갖추어진 실험실을 돌아보며 그는 아버지를 생각했다. 연금술에 평생을 바친 아버지와, 그리고 고대 이후의 수많은 연금술사들, 그들이 그렇게 고대하던 현자의 돌. 미셸은 가만히 아타노르를 응시하였다. 과연 이 손으로 현자의 돌을 만질 수 있을 것인지……

자신의 손으로 현자의 돌을 만질 수 있다면, 그의 사상은 널리 인정받을 것이다. 예수 그리스도와 헤르메스의 합체! 그것이 그가 마음속에 품은 구세주였다.

미셸은 어머니의 배를 연상시키는, 몸체가 둥그런 플라스크를 만지작거렸다.

'이제 이 용기 속에서 현자의 돌이 만들어지리라!'

플라스크는 여인의 자궁이다. 이제 이 속에서 철학자의 자식 filius philosophorum인 현자의 돌lapis philosophorum이 태어날 것이다.

사랑하는 나의 아들 헤르메스! 이제 이 둥그런 용기 속에서 수은과 황, 구리, 납, 안티몬 등이 춤을 출 것이며 그 속에서 금을 만드는 데 없어서는 안 될 현자의 돌이 태어날 것이다.

최초의 연금술사들은 실험을 통해 기저(基底) 금속에서 금을 만들어낼 수 있다고 믿었다. 그러나 그들은 금을 만들어내는 데는 특별한 물질이 필요하다는 생각에 도달하게 되었다. 그 특별한 촉매제가 바로 현자의 돌이다. 현자의 돌만 있으면 보통 금속을 금으로 변화시키고, 마시면 불로불사하게 될 생명수, 즉 아쿠아 비타이aqua vitae도 만들 수 있다.

많은 왕들이 금고의 배를 불리기 위해 찾으려 했던 현자의 돌, 많은 학자들이 단순한 호기심에서 만들려 했던 현자의 돌, 가난한 수도승들이 수도원의 재정을 살리기 위해 지하실에서 숨죽여가며 만들고자 했던 현자의 돌. 이제 그 현자의 돌에 과감히 도전해보는 것이다.

미셸의 아버지는 끝내 현자의 돌을 만져보지 못하고 죽었다. 그의 아버지는 실패한 연금술사였다. 그러나 자신은 그러고 싶지 않았다. 끝내 성공하여 프랑스의 부귀영화를 보고 싶었고, 프랑수아 왕 앞에서 자랑스럽게 변성(變性)실험도 해 보이고 싶었다.

그는 프랑수아 왕을 찾아가 실험실에 대한 얘길 하고 이렇게 말했다.

"폐하, 제게 아름다운 소년 네 명만 주시옵소서."

"알았다."

프랑수아 1세는 당장 네 명의 아름다운 소년을 구해주었다. 미셸은 그들 하나하나에게 이름을 붙여주었고 임무를 주었다. 이제 모든 준비는 끝났다. 아타노르에 불을 지피고 그 불이 꺼지지 않게 하는 일만 남았다.

연금술사에게 가장 중요한 일은 무엇보다도 아타노르의 불이 꺼지지 않게 하는 것이다. 불은 연금술의 성공과 실패를 좌우하는 처음이자 마지막이다. 불은 만물을 죽이고 살리는 최대의 무기이다. 그만큼 불은 중요한 것이다. 이제 네 명의 소년들이 돌아가며 불침번을 설 것이다.

미셸은 네 소년에게 실험이 성공하려는 찰나에 불이 꺼져 모든 노력이 수포로 돌아가게 된 연금술사들의 애기를 매일 들려주었고 벽에다가는 불을 막아준다는 성 카트린의 초상화와 가로 세로가 각각 여덟 칸, 도합 예순네 칸인 수성(머큐리)의 마방진을 그려놓았다.

미셸이 소년들을 조수로 달라는 데는 다른 이유도 있었다. 소년의 오줌도 매우 중요한 재료였던 것이다. 특히 아름다운 소년이라면 더욱 좋다. 미셸은 네 명의 조수에게 매일 아침 신선한 오줌을 받아놓으라고 명령했다. 오줌은 현자의 돌을 만드는 데 더없이 중요한 재료였다. 말의 똥까지도 재료로 썼던 어떤 연금술사에 비하면 미셸은 양반이었다.

소년의 오줌에도 조건이 있었다. 소년이 남자 구실을 하게 되면, 즉 '남자의 액'이 나오기 시작하면 아무 소용이 없다. 그런 소년은 집으로 돌려보낼 것이다. 또하나, 미셸은 소년들에게 주의사항을 말해주었다.

"절대 생리중인 여자를 보거나 만지거나 눈을 마주치지 마라. 그 여자가 설사 너의 누이라 할지라도."

생리중인 여자는 부정(不淨)의 상징이다.

미셸은 아버지의 실험실에 있던 부크레니움, 곧 소의 머리뼈를 벽에 매달아놓았다. 그 뼈에 새겨진 이 글귀는 매일 미셸에게 교훈을 줄 것이다.

festina lente

천천히 서둘러라

로마의 초대황제 아우구스투스의 말, '천천히 서둘러라'는 모순 어법이지만 연금술사들에겐 더없이 귀중한 좌우명이다. 미셸은 이 말을 몇 번이고 반복했다. 불 속에서 춤추는 용, 살라맨더를 볼 수 있을 때까지, 그는 '페스티나 렌테'를 외칠 것이다.

미셸은 벽에다가, 무엇이든 구하면 들어준다는 성 안토니오의 초상, 그리고 카드 그림 가운데 '스페이드의 잭'을 그려놓았다. 이제 참으로 모든 준비는 끝났다, 살라맨더.

1530년 프랑수아 1세는 오랜 숙원인 '콜레주 드 프랑스'를 설립했다. 편협한 학문을 지양하는 그의 이상은 콜레주 드 프랑스에 고스란히 담겨 있다.

이곳에서 모든 것이 가르쳐진다

이 말은 가깝게는 이웃에 있는 소르본 대학을 겨냥한 것이고, 전체적으로는 유럽에 있는 모든 대학을 비난하는 말이기도 했다. 프랑수아 1세는 자신이 설립한 콜레주 드 프랑스의 정문에 이 문구를 새김으로써 콜레주 드 프랑스의 정신을 만천하에 알렸다. 소르본 대학을 비롯한 유럽 대학의 편협한 학문을 개탄한 프랑수아 1세, 그가 세운 새로운 대학에서 비로소 프랑스의 '르네상스 정신에 맞는' 교육이 이루어질 것이다. 설립 당시의 정식 명칭은 '왕립학사원'이었다.

미셸은 정식 교수가 되었다. 그는 철학과 논리학, 의학을 가르쳤다. 교수들 중에는 그의 아버지가 연금술사였다는 점, 아직도 연금술에서 완전히 빠져나오지 못했다는 점을 들어 그를 탐탁지 않게 생각하는 자도 있었다. 그러나 그는 개의치 않았다. 옛날엔 많은 연금술사들이 대학에서 학생들을 가르쳤다. 지금은 성인으로 추앙받는 알베르투스 마그누스나 토마스 아퀴나스 같은 사람들도 연금술을 공부했다.

'이곳에서 모든 것이 가르쳐진다.'

이 말은 그의 든든한 후원자가 될 것이다.

그는 열심히 가르쳤고 또 프랑수아 1세의 궁정에서 많은 지식인들을 사귀었다. 대학 사회에서 그의 명성은 날로 높아졌다. 그가 마드리드의 감옥에서 프랑스 국민의 자랑인 프랑수아 1세와 고생을 같이하고 그에게 책을 읽어주었다는 사실도 그의 명성을 높이는 데 한몫 했다. 이러한 얘기는 그를 좋아하는 사람들에겐 낭만적으로 들렸겠지만, 그를 싫어하는 사람들에겐 폐하를 이용한 출세라는 비판의 꼬투리로 이용되기도 했다. 어쨌든 그는 그렇게 한편으론 학생들을 가르치면서, 한편으론 퐁텐블로의 숲에서 연금술에 열중했다.

24

인간은 누구라도 궁극적 진리가 무엇인지
알 수가 없을 것입니다.
—C. G. 융, 『심리학과 종교』, 제3부

오스카 도밍게즈, 〈프로이트, 꿈의 마술사(스페이드의 잭)〉, 1940년

승호는 그날 밤 마이클의 집에 갔다. 하영은 이미 와 있었다.

다음날 떠날 여행 준비는 저녁 때 대충 끝이 났다. 가방을 마저 싸면서 승호는 지난 수요일부터 있었던 일들을 곰곰이 생각해보았다. 별로 알려지지 않은 화가 파르미자니노에 대해 사람들이 이렇게 관심이 많을 줄은 몰랐다. 잭이란 사람은 죽었고, 하영이 사귄 마이클은 점술가이면서 파르미자니노에 대해 모르는 게 없다.

어쨌든 마이클을 만나는 일이 그다지 손해가 될 것 같지는 않았다.

"스팅의 3집 앨범을 들었어요. 근데 '머큐리 폴링'이라는 말이 도대체 무슨 뜻인지 잘 모르겠더군요. 그게 무슨 뜻이죠?"

마이클에게 물었다.

"노래를 끝까지 듣지 않으셨군요. 노래가 모두 열두 곡이죠?

노래를 다 들었다면 알아들었을 텐데. 맨 마지막 열두번째 노래
는 〈리튬 선셋〉이라는 노래죠. 선셋이 뭐죠? 황혼 아니겠어요?
머큐리가 떨어지고 있다는 것, 수성이 떨어지고 있다는 것은 즉
해가 지고 곧 어둠이 찾아오는 황혼 녘이란 말이죠. 서양인들은
그렇게 생각하죠. 수성은 낮이 끝나고 밤이 찾아오기 전 나타나
는 별이라고. 그래서 수성은 낮과 밤 그 사이에 있죠. 영국의 필
립 시드니 경이 지은 「아르카디아」란 시에도 그런 구절이 있어
요. 아르카디아의 목동이 부르는 노래인데, '오, 머큐리, 밤으로
가는 선도자여……' 뭐 그런 내용이죠. 어때요? 데 키리코의 그
림에 잘 어울리는 노래 같지 않아요?"

마이클은 승호를 보며 웃었다.

"그렇군요."

승호는 이제야 이해가 간다는 듯 말했다. 문득 데 키리코에 대
해서 자신이 썼던 논문의 첫머리가 생각난다. '아테네 박물관에
황혼이 찾아들면 기다란 열주엔 하나둘씩 그림자가 생기
고……'

"아르카디아라고 했나요, 방금?"

하영이 마이클에게 물었다.

"응, 그래. 아르카디아. 필립 시드니 경은 16세기 사람인데 유
명한 극작가 겸 시인이었지. 경(卿)에 봉해진 것만 봐도 알 수 있
잖아? 「아르카디아」란 시는 그가 자신의 누이동생을 위해 지은
전원시인데 무척 아름답지. 승호가 여행하기로 한 곳이 바로 거

기야."

"이상향으로 가는군요."

"이리 와봐요."

마이클은 벽에 걸린 한 그림 앞으로 승호와 하영을 이끌었다.

"이건 미국 화가 에드워드 호퍼의 〈철로변의 집〉이라는 그림이야. 에드워드 호퍼는 내가 '미국의 데 키리코'라고 생각하는 작가야. 그의 그림들은 늘 데 키리코를 연상시키지. 그렇지 않아요, 승호?"

〈철로변의 집〉은 1925년 작품으로 기다란 철로변에 외로이 혼자 서 있는 이름 모를 집을 그린 것인데, 마치 데 키리코적인 서정성을 지니고 있다.

"정말 그렇군요. 완전히 데 키리코적이에요. 이런 작가가 있었다니, 오늘 처음 알았어요."

"여기 놀러 와서 이 그림을 볼 때마다 그런 느낌을 받았는데 작가가 호퍼라는 사람이군요. 미국의 데 키리코! 정말 어울리는 이름이에요."

하영도 맞장구를 쳤다.

"호퍼의 그림은 이처럼 뭔가 서정성으로 가득 찬 시적 세계이지요. 고요한 시적 세계. 그의 작품 중엔 〈밤샘하는 사람들〉이란 작품도 있어요. 새벽 녘의 술집에서 몇 명이 담소하고 있는 광경인데, 나는 그 광경에서 '익명적인 사람들의 아름다움'을 느끼죠."

'익명적인 사람들의 아름다움!'

승호는 조용히 마이클의 말을 되뇌어보았다.

시간은 아홉시를 향해 다가가고 있었다. 마이클은 하영과 승호를 데리고 밖으로 나왔다. 산타 크립틱 가의 밤하늘이 아름다웠다. 날씨는 좀 서늘했지만 견딜 만했다. 겨울밤은 오히려 정신을 상쾌하게 하는 데 더없이 좋다.

"겨울철의 밤하늘은 정말 신비롭지. 네 계절 중에서 별들이 가장 뚜렷이 보이는 계절이 바로 겨울이야. 겨울철에는 수많은 별자리가 있어. 그중에서도 우리가 찾고자 하는 자리는 황소자리야."

"황소자리요?"

"그래, 겨울철의 별자리 중에서 가장 으뜸이요, 우리가 찾는 마이아 부인이 있는 곳. 바로 저기 있군."

마이클은 수많은 별들 중에서 한 무리를 가리켰다.

"오리온자리는 알지? 그건 찾기 쉬우니까."

"예, 찾았어요."

하영과 승호는 금방 오리온자리를 찾았다. 오리온자리는 북두칠성자리와 함께 일반 사람들도 쉽게 찾을 수 있는 별자리였다. 삼태성은 눈에 잘 띄었다.

"오리온은 항상 플레이아데스 자매들을 따라다니지. 오리온자리 옆에 플레이아데스 성단이 있어."

"플레이아데스 성단?"

승호는 그런 별자리 이름을 들어본 적은 있어도 어떤 건지는 몰랐다. 별자리에는 워낙 어두웠으니까. 그건 하영도 마찬가지였다. 밤하늘의 별들을 보면서 신비로운 생각에 잠겨보기도 하고 수많은 별자리들을 생각도 해보았지만 책을 찾아가며 일일이 별자리를 확인해보지는 않았다. 하영이 알아볼 수 있는 자리는 기껏해야 북두칠성, 카시오페이아, 북극성, 오리온자리뿐이었다.

"플레이아데스 성단은 일곱 개의 별들로 이루어져 있어. 일곱 개의 별은 일곱 자매를 뜻하지. 삼태성의 오른쪽으로 선을 그어봐. 그럼 가장 밝게 빛나는 별이 있을 거야. 그건 히아데스 성단의 일등별 알데바란이야. 그 알데바란과 나머지 여섯 개의 별들이 이루는 별무리가 보이지?"

"예."

승호는 말로만 들었던 알데바란을 눈으로 확인했다. 알데바란과 여섯 개의 별들이 V자형을 이루는 히아데스 성단을 확인할 수 있었다.

"그 히아데스 성단이 황소의 얼굴이야. 알데바란은 황소의 오른쪽 눈이지. 그렇게 생각해봐. 그런 것 같지?"

"예."

"히아데스 성단을 다시 지나 더 오른쪽으로. 그럼 일곱 개 또는 여섯 개로 보이는 별무리들이 보일 거야. 그게 바로 플레이아데스 성단이지. 겨울철 별자리들 중에서 대표적인 별자리야."

플레이아데스 성단의 별들은 히아데스 성단의 별들보다 더 촘

촘히 모여 있었다. 승호의 눈에는 여섯 개밖에 안 보였다. 하영의 눈에 희미하게 반짝이는 별이 하나 눈에 들어왔다.

"하나는 희미한 별이군요."

"그건 플레이아데스 일곱 자매 중 메로페라는 여인이야. 아틀라스와 플레이오네는 일곱 딸들을 두었지. 이름은 마이아, 타이게타, 케라에노, 아스테로페, 알키오네, 엘렉트라, 메로페. 메로페는 나머지 여섯 명의 언니들과는 달리 신이 아닌 인간과 결혼한 것이 부끄러워 숨어버렸지. 메로페의 남편이 바로 시시포스야."

"시시포스요? 그렇다면……"

"그래, 바로 그 시시포스야. 신의 형벌을 받아 끊임없이 돌을 굴려올려야 하는 불쌍한 인간 시시포스. 메로페가 종종 숨어버리는 바람에 별들은 때로 여섯 개로 보이지. 가장 희미하게 빛나는 별이 바로 메로페야. 물론 이 희미한 별이 엘렉트라라는 설도 있어. 엘렉트라는 누군지 알겠지?"

"엘렉트라 콤플렉스?"

"맞았어. 엘렉트라는 트로이를 멸망시킨 그리스의 총사령관 아가멤논의 딸이야. 아가멤논과 클리타임네스트라의 사이엔 오빠인 오레스테스와 누이동생 엘렉트라가 있었지."

"클리타임네스트라는 누군지 알겠어요. 제우스와 레다 사이에 난 네 자녀 중 헬레네의 쌍둥이 여동생이지요."

"그래. 헬레네는 아가멤논의 형인 메넬라오스의 아내였는데 메넬라오스는 아내를 트로이의 왕자 파리스에게 빼앗겼지. 그래서 트로이 전쟁이 일어난 거고. 클리타임네스트라는 트로이 원정에서 돌아온 남편 아가멤논을 죽였어. 훗날 엘렉트라와 오레스테스는 아버지를 죽인 어머니를 죽이게 되지. 그래서 '엘렉트라 콤플렉스'라는 말이 나오게 된 거야. 오리온은 일곱 자매의 아름다움에 반해 날마다 그녀들을 쫓아다녔지. 이를 불쌍히 여긴 제우스가 그를 하늘의 별자리가 되게 한 거야. 이제 오리온자리를 찾았다면 나머지 히아데스 성단, 플레이아데스 성단은 쉽게 찾을 수 있을 거야. 자, 그럼 우리가 찾고자 하는 별 마이아, 가장 아름다워서 제우스의 사랑을 받은 큰딸 마이아는 어디 있을까?"

"가장 빛나는 별이겠죠."

하영이 말했다.

"맞았어. 가장 빛나는 별 마이아가 바로 제우스의 사랑을 받아 헤르메스를 낳았어. 제우스는 아틀라스의 딸들 중에서 가장 아름다운 마이아에게 반해 그와 결혼하고 나중에 부하이자 메신저로 쓸 헤르메스를 낳은 거야. 마이아는 펠로폰네소스 반도의 아르카디아 지방에 있는 키레네 산 정상에서 헤르메스를 분만했지. 나중에 제우스는 이런 마이아를 기려 열두 달 이름 가운데 하나를 주었지. 그래서 열두 달 중 다섯번째 달 이름이 메이(May, 5월)가 된 거야."

"'메이'에는 그런 사연이 있었군요."

"마이아는 헤르메스를 낳았다네. / 헤르메스는 재간둥이어서 어머니를 기쁘게 해주었고 제우스의 마음에도 쏙 들었다네./그는 신속하고 재주가 많아서 아버지 제우스는 그를, 신들과 인간에게 자신의 명령을 전달하는 전령신으로 삼았지./헤르메스는 날개 달린 모자를 쓰고 날개 달린 신발을 신고서 어디든지, 저승이라도 신속하게 왔다갔다할 수 있어서 많은 인간들을 돕고 제우스의 명령을 전달했다네./그의 황금지팡이 카두세우스는 두 마리의 뱀이 서로 휘감겨올라가고 끝에는 따오기의 날개가 달린 신비스런 지팡이라, 그는 그 지팡이로 많은 요술을 부려 고대의 시인들을 즐겁게 해주었고 길 가는 나그네는 그를 벗삼아 노고를 달랬으며/길 잃은 양은 그의 인도를 받아 안전한 곳으로 옮겨졌으며/상인들은 그의 재간을 본받아 많은 부를 이루었으며/심지어는 도둑들도 그의 전통을 따라 도둑질을 능숙하게 했다네./잭 오브 스페이드, 잭 오브 올 스페이즈!Jack of spade, Jack of all spades!/그는 실로 많은 재주로 인간들에게 사랑을 받았으며/목동들은 그를 따라 양들을 인도했고/요술사들은 서둘러 그의 지팡이를 본뜬 지팡이를 만들어 들고 다녔으며/글 쓰는 사람들은 그의 영감을 받아 시를 줄줄 읊어댔으며/과학자들도 그의 머리를 본받고 싶어했네."

마이클의 말은 이미 시로 변해 있었다.

"헤르메스는 미의 여신 아프로디테에게도 사랑을 받아 그녀와의 사이에 헤르마프로디테라는 아름다운 남성을 창조했으며/괴물 아르고스를 마술피리로 달래어 순식간에 그 머리를 베었으

334

며/페르세우스는 헤르메스의 영웅적인 행위를 본받아/헤르메스의 칼과 날개 달린 신, 날개 달린 모자로 괴물 메두사를 처치했고/오디세우스에게 트로이의 전쟁에서 죽은 그의 부하들을 보여주러/그를 저승으로 데리고 갔으며/영웅 아이네이아스가 카르타고의 미인 디도와의 사랑에 빠져 제우스가 그에게 내린 명령을 잊었을 때/바람과 같이 달려가 아이네이아스에게 제우스의 명령을 다시 일깨워주었고/자신의 아들 에반데르 왕, 그의 아들 팔라스를 아이네이아스와 함께 보내어/로마제국을 건설하는 데 일조하게 했으며/신비의 땅 아르카디아를 영원히 다스렸다네./잭 오브 스페이드! 잭 오브 올 스페이즈!"

"마이클!"

하영이 불러도 마이클은 그저 멍하니 하늘을 보며 읊어나갔다.

"그는 또한 재주꾼이어서 형 아폴론의 황소 50마리를 훔쳐내고도/이를 모른 척했고 아폴론은 그저 당해야 했다네./트로이의 목동 파리스가 여신 헤라와 아프로디테, 아테네 사이에서 골머리를 앓고 있을 때 그에게 내려가/살짝 귓속말로 아프로디테가 더 아름답지 아니한가 하고 암시를 주었으며/결국은 파리스에게 메넬라오스의 아름다운 왕비 헬레네를 안겨주었다네……"

"……"

순간 정신을 차린 마이클은 하영과 승호를 보며 웃었다.

"내가 잠깐 정신이 나갔었지?"

"헤르메스에 대해서 한참 읊으셨어요."

"맞아. 헤르메스는 그렇게 위대한 신이었지. 아무튼 헤르메스
는 그렇게 태어난 거야."

"근데 '잭 오브 스페이드'라는 말은 뭐죠? 미셸의 책에도 그
런 말이 있던데."

하영이 고개를 갸웃거리며 물었다. 승호도 귀를 기울였다.

"그건 카드야. 카드에는 잭과 퀸과 킹이 있잖아. 그중에서 스
페이드 킹은 제우스를, 스페이드 퀸은 아프로디테를, 스페이드
잭은 헤르메스를 가리키지. 스페이드 잭의 기물(器物)은 마치
두 마리의 뱀이 서로 감겨 있는 카두세우스 같은 모양을 하고 있
어. 그 모양은 만국 공통이지."

하영은 속으로 중얼거렸다.

'잭 오브 스페이드, 잭 오브 스페이드, 잭 오브 올 스페이
즈……'

25

이 작품은 원래 〈셋의 사랑〉이라고 불렸다.
숭고한 것은 달콤해야 한다.
—벤 존슨, 『도덕과 쾌락의 화해』

그러므로, 열정은 절제에 의해서 통제될 때 도덕에 도움이 된다.
마치 분노가 강성함을 도와주고, 악인에 대한 증오가
정의감을 보충해주듯이 다른 덕목들도
열정으로부터 도움을 받는다.
—B. 카스틸리오네, 『궁정인』 제4권

티치아노, 〈성스럽고 세속적인 사랑〉, 1515년, 로마, 보르게세 미술관

1530년, 독일의 카를 5세는 병원기사단에게 몰타 섬을 주었
다. 병원기사단은 1522년 그들의 본거지인 로도스 섬을 터키 황
제 술레이만 1세에게 빼앗긴 후 8년 동안을 전전긍긍하다가 결
국 카를 5세에게서 땅을 얻은 것이다. 이후부터 병원기사단은
몰타의 기사단이라 불리게 된다.

미셸은 콜레주 드 프랑스에서 다른 교수들처럼 보에티우스의
철학과 논리학을 가르쳤다. 당시 대학에서 가르치는 과목 중 가
장 중요한 것은 보에티우스였다. 많은 교수들이 보에티우스와
아리스토텔레스를 가르쳤다. 보에티우스의 『철학의 위안』은 가
장 귀중한 책이었다. 미셸에게는 마드리드의 추억을 되살려주는
소중한 존재이기도 했다. 학생들이 교내에서 보에티우스의 철학
집과 『철학의 위안』을 들고 다니는 것을 보면 마드리드의 지하
감옥에서 프랑수아 폐하와 함께 있었던 시절이 떠올랐다. 학생

들도 그걸 알고 있었다. 마드리드의 감옥에서 프랑수아 폐하와 미셸이 『철학의 위안』을 토론했다는 사실이 전해지면서 이 책은 더욱 인기를 끌게 되었다.

"오늘은 쿠자누스의 『데 독타 이그노란티아De Dogta Ignorantia』, 곧 무지한 자의 지혜라는 말씀이다. 쿠자누스 추기경은 지금으로부터 약 백 년 전에 살았던 분으로서 플라톤과 플로티누스의 철학, 위(僞) 디오니시우스와 에리우게나, 오리게네스의 철학을 집대성하여 마지막으로 우리들에게 신의 향기를 전해주는 분이다. 오늘은 이 책을 갖고 토론한다."

미셸은 학생들을 한번 둘러보고 다시 천천히 강의를 시작했다.

"불가지의 영역은 신의 영역이다. 위 디오니시우스는 신의 본체는 이해가 불가능하다고 우리에게 전해주고 있다. 신은 너무나 선하고 위대하여 우리의 불완전한 감각기관으로는 그 본체를 받아들일 수 없다. 그러므로 어떤 철학자가 신에 대해서 완전히 알았다고 떠든다면 그는 '완전한' 사기꾼일 것이다. 오히려 '나는 신을 모른다'고 하는 것이 신을 가장 잘 아는 것이다. 신의 본질은 피조물 속에 현현해 있다. 모든 피조물은 신의 본질로부터 유출되어 나온 것이다. 그러므로 우리들은 피조물을 통해서 어느 정도 신의 본질을 이해할 수 있다. 그러나 완전히 알 수는 없다. 그 '알 수 없다'는 것을 아는 것이 곧 불완전한 인간으로서 신을 완전하게 이해하는 것이다."

학생들은 미셸 교수의 강의를 진지한 눈빛으로 들었다. 미셸은 낮지만 힘있는 목소리로 강의를 이어나갔다.

"우리는 신에게서 지혜를 구해야 한다. 서로 반대되는 것들을 한가지로 봄으로써 신을 이해할 수 있다고 했다. 신은 무한하신 분이다. 그분에게는 한계란 없다. 그럼 이 무한하신 신을 우리 인간은 어떻게 알 수 있는가?"

학생들은 말없이 미셸 교수의 입만을 바라볼 뿐이다.

"인간은 서로 모순되는 것의 성질들을 일치시킴으로써 무한대의 경험을 할 수 있고 그것은 곧 신을 이해하는 길인 것이다. 그는 플로티누스의 향기를 오늘날 우리에게 전해준다. 만물은 신으로부터 나와 신에게로 돌아간다. 신성은 모든 사물에 깃들어 있으며 따라서 우리 인간은 신의 유출물인 사물을 관찰함으로써 신을 발견할 수 있다. 또한 우리 인간은 신으로부터 나온 피조물 중에서 가장 뛰어난 존재이기 때문에 명상과 황홀한 결합을 통해 신을 체험할 수 있다. 즉, 유한한 존재인 우리 인간은 무한대의 경험을 통해 신을 알 수가 있는 것이다. 여러분들이 아무리 피조물을 관찰하고 분석하고 해부하며 실험해보아도 여러분들은 피조물의 본체를 영원히, 그리고 확실히 알 수는 없을 것이다. 어떻게 보면 학문이란 쓸데없는 일인지도 모른다. 독일의 위대한 학자 아그리파 선생께서 하신 말씀처럼."

아그리파 데 네테샤임의 책 『학문의 소용없음에 대하여』는 많은 학자들에게 영향을 미친 책이다.

"나의 눈에 비친 피조물의 형상들과 색, 질료들은 모두 허무만

을 남기는, 망할 것들이다. 누가 피조물에 대해서 확실히 안다고
할 수 있을까?"

신을 어떻게 알 수 있는가, 피조물에 대해서 누가 안다고 할
수 있는가. 학생들은 여전히 대답이 없다. 다만 눈빛만 더 초롱
해질 뿐이다.

"쿠자누스는 우리의 유한적인 경험으로는 신을 알 수 없다고
했다. 신은 너무나 크고 위대해서 우리의 감각적인 경험을 초월
한다. 따라서 우리는 신을 알 수 있다고 감히 말할 수 없으며 단
지 '우리는 신을 알 수 없다'고 말할 때에만 신을 알게 된다. 곧
'우리는 신을 알 수 없다'라는 언술 자체가 이미 '신에 대해서
알고 있다'라는 말이 된다는 것이다. 이를 그는 '무지를 통한
앎'이라고 했다.

그는 소크라테스가 말한 것처럼 우리 자신이 무지를 인정할
때 진정한 앎이 온다고 했다. 무지는 곧 지와 통한다. 쿠자누스
의 이론은 위 디오니시우스의 이론을 연상시킨다. 그는 이 철학
자에게서 많은 것을 배우고 있다. 위 디오니시우스는 '배운 자의
무지'라는 이론을 통해서, 우리의 경험은 유한적이지만 서로 반
대되는 것들의 신비적인 결합을 통해 신을 알 수 있다고 했다."

학생들은 조용히 미셸의 말을 들었다.

"그러나 신을 알 수 있다고 하는 사람들이 있다. 인간의 능력
은 마치 무한대와 같아 신의 영역을 감히 알 수 있다고 하는 무
리들이 있으니 그들의 말을 우리는 귀담아 들을 필요가 있다. 옛

날 파르메니데스는 '있는 것은 있다, 또 없는 것은 없다'고 말했다. 존재하는 것은 변하지 않고 항상 그대로를 유지한다. 그러나 쿠자누스에 의하면, 신은 있는 것이기도 하고 없는 것이기도 하다. 신의 모습은 현란해서 인간의 이성은 그 한 면만을 보고 신의 모습을 안다고 할 수 없다. 신은 이 모두이기 때문이다. 따라서 그의 사상은 원류를 찾자면 헤라클레이토스에게 이른다. 헤라클레이토스는 만물이 끊임없이 유동하며 서로 변화한다고 했다. 자연은 있음과 없음 속에, 위와 아래, 낮과 밤, 물과 불, 유황과 수은 속에 존재하며, 이 모두를 포괄하는 전체라고 그랬다. 따라서 신은, 그가 말하는 '로고스'는, 끊임없이 변하는 유동적인 것이며 그 자체 내에 모순을 간직한다."

미셸의 강의실엔 언제나 깊은 열정과 힘의 소용돌이가 있었다. 그러나 그 모습은 고요하다.

"신은 모순적인 것이며 어느 한편이라고 말할 수 없다. 신 안에는 서로 반대되는 성질이 항상 존재하며 이 둘이 조화롭게 충만되어 있다. 신은 모순이다. 신은 또 있음과 없음이다. 신은 태양이며 달이다. 신은 남자이며 여자이다. 헤라클레이토스가 발견한 로고스는 신화의 세계를 여지없이 깨뜨린다. 신은 플라톤이 말한 존재의 신비로운 모습처럼 하나이며 다수이다. 신은 성스러운 하나이면서 잡스러운 피조물들이다. 여러분 눈에 보이는 이 모든 피조물들은 모두 성스러운, 하나이신 신에게서 나온 것이다. 따라서 곧 이 피조물들은 그 자신 스스로 승화됨으로써 신에게로 귀일(歸一)할 수 있다. 곧, 신은 서로 반대되는 성질들의 일치이다. 이 모순성이 신의 성질이다. 인간만 해도, 우리 인간들은 다른 동물들처럼 암수로 나뉘어져 있다. 이것은 우리 피조물들이 불완전하다는 증거이다. 그러나 신은 불완전할 수 없다. 따라서 신은 암수동체이다. 암수동체는 '하나'이다. 그 '하나'에서 '둘', 즉 불완전한 피조물들이 나온다. 둘은 불완전한 수이다. 우리는 명상을 통해서 신에게 '귀일'할 수 있다. 플로티누스는 신은 '일자(一者)'라고 말했다. 그 일자에서 '다자(多者)'가 나온다. 쿠자누스의 사상은 이와 통한다."

학생들 중 하나가 물었다.

"우리의 물질세계는 끝이 있는 것입니까, 아니면 끝이 없는 것입니까? 하늘은 어떻게 구성되어 있습니까?"

"행성을 지나면 만물의 본질인 '쿠인툼 에세quintum esse', 즉 제5의 원소인 '에테르'가 깔려 있는 신비의 세계가 펼쳐진다고 고대의 천문학자들은 생각해왔다. 그리고 연금술사들은 이 제5의 원소의 정기를 물질에 이입시키려고 노력했다. 그러나 나는 물질세계가 이걸로 끝이라고는 감히 말할 수 없다. 아마도 하늘은 끝이 없는 세계일 것이다. 그러나 그것은 우리의 인식의 한계를 벗어난다. 하늘이 끝이 있는 것인가, 아니면 끝이 없는 것인가는 쉽게 말할 수 없다."

당시 미셸은 행성세계의 끝에 관한 문제에 도달했다. 우주는 끝이 있기도 하고, 없기도 하다. 즉 이 설명은 자체 내에 모순을 갖고 있다. 우주가 끝이 없다면 인간은 그것을 인식할 수 없다. 유(有)의 세계는 무(無)의 세계의 도움을 받아야 하기 때문이다. 유의 세계가 계속 이어질 수는 없다. 그것은 이미 유가 아니기 때문이다. 우주가 끝이 있다는 것도 말이 안 되는 소리다. 끝이 있다는 것은 한계를 의미한다. 그렇다면 그 한계 저편은 무엇인가? 그것은 다시 우주가 아닌가? 그것은 다시 유의 세계가 아닌가?

결론적으로 우주는 끝이 있으면서도 없다. 어디까지가 우주일까? 그렇지만 그런 걸 설정할 때마다 다시 우주는 인간의 인식이 닿지 못하는 저편으로 달아난다. 마치 지평선이 항상 우리들로부터 멀어져가는 것처럼. 절대로 인간은 지평선에 다다를 수가 없다. 우주는 끝이 있으면서도 없다. 그게 진리다. 모순을 아는 것이 진리다. 모순 없는 물질이나 명제는 소용없다.

"이제 쾌락의 문제를 논해보자. 쾌락은 과연 죄악인가? 쾌락은 과연 신에게 역행하는 것인가? 헤라클레스는 자신의 죄를 용서받기 위해 기꺼이 고행을 택했다. 그렇게 해서 헤라클레스는 열두 가지의 모험을 감행한다. 그리고선 마침내 자신의 죄를 사함받게 된다. 헤라클레스는 그런 위험한 모험을 하지 않고도 일상적인 복을 누리며 살 수 있었을 것이다. 그것을 쾌락이라 부른다. 헤라클레스는 쾌락과 덕행 중에서 덕행을 택했다. 쾌락과 덕행의 한계는 어디인가? 학생 제군들은 쾌락은 죄라고 생각할 것이다. 왜냐하면 쾌락은 우리의 몸이 요구하는 것이고 본능에 관계되어 있기 때문이다. 아담이 죄를 지은 이후부터 인간의 몸의 본성은 죄의 근원으로 여겨져왔다. 그러나 과연 쾌락은 죄인가? 육체는 죄의 온상인가? 우리는 쾌락을 덕행과 서로 화해시킬 수는 없는가? 인간의 영혼은 한낱 부질없는 육체의 외피에 싸여 있다. 그러나 영혼과 육체는 서로 화해하여야 한다. 쾌락은 죄의 원천이 아니다. 육체는 죄의 원인이 될 수 없다. 우리는 몸이 원하는 것을 무조건 죄로 보지 말고 그것의 정확한 본질을 이해해야 한다. 우리의 몸은 죄의 근원이 아니다. 인간은 육체라는 축복을 부여받았다. 신은 완전하지만, 대신 보고 느끼고 냄새 맡을 수 있는 이 축복받은 육체가 없다."

이런 강의가 진행되는 곳은 미셸의 강의실밖에 없었다. 신성모독으로 비판받을 수 있는, 장작더미 위에 올려질 수도 있는 그런 말들이 미셸의 입에서 도도히 흘러나왔다.

"인간은 비록 언젠가는 죽는 유한한 존재이지만 신이 갖지 못하는 육체를 갖고 있다. 인간은 그 육체를 통해서 대지의 축복을 향유할 수 있으며 자연과 호흡하며 살 수 있다. 신은 죽지 않지만 이런 기쁨을 누릴 수 없다. 인간은 이 모든 걸 가질 수 있다. 영혼과 육체는 상호보완해야 한다. 쾌락을 극대화시키면 덕으로 이어진다. 덕을 무한대로 확장시키면 쾌락으로 이어진다. 둘 간의 한계는 없다. 둘의 중간지점에서 지식이 생긴다. 지혜가 생긴다. 덕행과 쾌락은 서로 모순되지만, 둘의 결합과 화해를 통해서 신에게로 더욱 가까이 갈 수 있는 것이다. 신은 모순이 없으면서 모순적인 존재이기 때문이다."

미셸의 강의는 명쾌하였다. 하지만 그런 강의를 좋아하지 않는 자도 당연히 있었다. 그건 카를이었다. 카를은 밤베르크 출신으로 본명은 카를 폰 밤베르크였다. 소르본 대학의 교수로 왕의 궁정에도 자주 드나드는 자였다.

미셸은 무프타르 거리의 지하 채석장에 마련된 교회에서 꾸준히 신자를 모아가고 있었다. 그는 자신의 교회를 '성 헤르메스 교회'로 이름지었다. 한두 해가 지나면서 신자들은 늘어갔고, 그들은 매주 수요일 저녁이면 꾸역꾸역 지하로 모여들었다.

미셸이 지향하는 새로운 교회의 집회 날로는 메르쿠리우스의 날인 수요일이 안성맞춤이었다. 영어의 '웬즈데이Wednesday'도 오딘, 즉 노르웨이인들이 믿는 한 신에게 바쳐진 날인데, 오딘은 바로 헤르메스이다. 독일의 보탄에 해당하는 이 신은 자신의 지팡이에 룬 문자로 된 우주의 비밀을 적어가지고 다녔다. 그 나무지팡이는 '이그드라실', 즉 지혜의 나무로 만든 것으로 한때 오딘은 그 나무에 묶여 있었다. 나무로부터 풀려남과 동시에 그는 지혜를 얻고 문자도 발명했다. 바로 그 문자가 고대 룬 문자이다. 오딘은 문자의 신이기도 한 것이다. 올림푸스 산에서 문자를 발명했던 헤르메스는 정확히 오딘과 일치한다.

황혼을 택한 건, 모든 사람들이 집으로 향하는 때여서 남의 눈을 피할 수 있기 때문이다. 또한 황혼은 헤르메스 신의 시간이기도 했다. 수요일마다 그는 사람들에게 자신의 새로운 교리를 설파했다.

"헤르메스는 예수 그리스도이며 오딘이며 보탄입니다. 그는 이집트의 신 토트이기도 합니다. 예수 그리스도는 헤르메스입니다. 우리의 교회는 이 모든 것을 통합합니다. 편견이 없습니다. 모든 교리는 같은 것입니다."

연금술에서 쓰이는 용어 중 아랍어로 '수은'을 뜻하는 '아조트'가 있다. 아조트는 '아조크'라고도 한다. 아조트는 다른 수은을 나타내는 여러 용어와는 달리 '프리마 마테리아', 즉 '모든 금속의 근본원리를 나타내는 수은'으로서의 차별화된 의미를 갖는다. 수은 중의 수은이라는 것이다. 그것은 곧 카발라에서 쓰이는 열 개의 '세피로트' 중 아홉번째 '예소드'에 해당한다. 예소드는 수은을 뜻하는 기호로 표시되며 하늘과 태양, 금과 신성한 기운의 원리인 '티페렛'과 땅과 달, 흙과 육체의 원리인 '말후트'를 이어주는 중개자 역할을 한다. 곧 예소드와 아조트는 같은 것이다.

'예수'는 바로 이런 예소드의 역할을 한다. 예소드가 티페렛과 말후트를 이어주며 동시에 티페렛과 같은 것처럼, 예수는 신의 아들이면서 곧 신이다. 예수라는 이름이 아조트, 예소드와 비슷한 발음과 표기를 갖고 있다는 것은 전혀 우연의 일치가 아니다. 예수는 곧 아조트이며 예소드인 것이다. '예수'라는 이름엔 이런 원리가 숨어 있다. 예수는 고유명사라기보다는 '수은'이나 '중개자' 역할의 뜻을 갖는 보통명사이다.

미셸은 그렇게 자신의 새로운 교리를 충실히 전파했다.

그는 교회 안쪽에 제단을 마련하여 촛불을 밝혔으며, 자신이 직접 제단 쪽 벽에 제단화를 그려넣었다. 제단이 있는 벽은 둥그렇게 안으로 깎여들어가 있었다. 그곳 상단부에 그는 창조주를 그려넣었다. 창조주는 거대한 책을 펼쳐놓고 보고 있었는데, 그 책을 한 아기가 떠받들고 있다. 창조주는 또 한 손엔 보주(寶珠)를 들고 있었다. 그 거대한 책에는 우주의 비밀과 창조의 비밀, 인생의 비밀과 구원의 비밀 등이 적혀 있다. 그림이 의미하는 바는 인간도 저 거대한 책의 내용을 볼 수 있다는 것이며 그렇게 됨으로써 구원을 받는다는 것이다.

'앎이 구원이다.' 그것이 '성 헤르메스 교회'의 핵심 교리였다. 예수 그리스도는 '진리가 너희를 자유롭게 하리라'고 말했지만, 미셸은 더 나아가서 '우주의 비밀을 아는 것이 인간을 구원한다. 진리가 자유롭게 하는 것이 아니라 진리 자체가 자유이며 이 말은, 인간을 자유롭게 하는 것이 있다면 그것은 곧 진리라는 말과 동일하다'는 것이라 했다.

"인간은 영적인 존재입니다. 따라서 신이 인간을 창조하고 세상을 창조했다면, 인간은 지혜를 통해서 신의 '비밀의 책'을 들여다볼 수 있고 또 그럴 권리도 있습니다. 저 제단화의 거대한 책은 바로 그걸 의미합니다. 신이 그 책을 들여다보고 있지만 우리도 볼 수 있습니다. 우리 인간의 지혜는 신의 지혜로까지 확대될 수 있습니다. 그렇지 않으면 우린 인간이 아닙니다."

미셸의 주장은 가히 혁명적이었다. 많은 사람들이 지하에서 촛불을 밝히며 제단에 그려진 신의 '비밀의 책'을 바라보았다.

26

보라!
사투르누스의 차가운 구체(球體)가 어디로 후퇴하는가를.
메르쿠리우스의 배회하는 불길을 주시하여
저들이 어디에서 헤매는지를.
　―베르길리우스, 『농경시』, 「제1가」

그러므로 불이 금을 정련하는 것처럼, 우리 영혼 안에 있는
이 가장 신성한 불(美)은 그 안에 있는 죽을 것들을 파괴하고 소화하여
최초에 죽어 묻혔던 천상의 물질을 가속화하고 아름답게 한다.
이것은 시인이 그곳에 기록한
헤라클레스가 불태워져 묻힌 오이타 산의 장작더미,
그렇게 영웅은 불태워져 신성하고 불멸인 존재로 변화하는 것이다.
모세를 인도했던 불타는 관목,
'여러 갈래로 갈라진 불의 혀', 엘리야의 불의 전차,
이것들은 우리들의 경배를 받아 마땅한
그들 영혼 속에 있는 우아함과 행복을 두 배로 해주고
이것들을 통해 비천한 지상의 물질을 벗어나
하늘로 날아올라간 것이다.
　―B. 카스틸리오네, 『궁정인』 제4권

보티첼리, 〈봄〉, 1482년, 피렌체, 우피치 미술관

"인간의 인식에는 한계가 있지."

"우주가 끝이 있는가 없는가 하는 논의는 매우 진보적이었던 것 같아요, 당시로서는."

"그래, 하영은 우주가 끝이 있다고 생각하니, 아니면 없다고 생각하니?"

"미셸의 책을 읽은 지금으로서는 확답을 못 하겠어요. 그건 미셸의 말대로 인간의 인식능력을 훨씬 뛰어넘는 것이라고 생각해요. 인간은 도전을 할 수는 있지만, 만족할 만한 답을 구할 수는 없어요."

"맞아. 현대 물리학자들이 말하는 우주의 팽창론도 자체 내에 모순을 갖고 있는 거야. 하영은 우주의 팽창을 설명할 때 풍선에 점을 그려넣고 그것을 부는 걸로 설명하는 것을 보았을 거야. 하지만 풍선같이 이미 계(界)가 한정되어 있는 것을 설정한다는 것 자체가 모순이지. 그건 바로 우주는 어딘가에서 끝이 난다는 것이니까. 그렇지만 그건 아직 증명이 안 된 문제지. 증명이 안 된 것의 도움을 얻어 그 반대의 것을 증명하려고 하는 거나 마찬 가지야. 인간 인식의 비애지."

마이클은 그렇지 않냐는 듯이 승호를 한번 돌아보곤 다시 말을 이었다.

"커진다, 작아진다 같은 팽창과 수축의 문제는 우리 눈에 보이는, 우리의 뇌가 인식할 수 있는 어떤 한계 내에서 설명이 가능한 거야. 어린아이가 커서 어른이 되는 것은 우리 눈에 그 크기가 보이기 때문에 판단할 수 있는 거지. 그렇지만 우주는 한정되어 있다고 말할 수 없어. 또 그 반대도 불가능하지."

"유와 무를 동시에 인식하는 것이 진리이군요."

"어떤 현자가 죽음에 대해서 알아내려고 자나 깨나 죽음에 대해서만 생각했어. 죽음이 뭘까? 자는 시간만 빼놓고 죽음만 생각했지. 그래도 죽음에 대해서 알 수는 없었어. 그러다 나중에 그 현자가 깨달은 것이 있지. 아하! 죽음이란 아무것도 아니구나. 죽음에 대해서 묻는 질문 자체가 우스운 것이구나 하고 말야. 하나의 직선은 우리 눈에 보일 때만 직선이지, 그걸 무한대로 늘여버리면 직선인지 아닌지도 모르게 되고 그런 걸 묻는 것 자체가 소용없게 돼. 진리란 바로 이런 거야. 자신의 물음이 전혀 쓸데없다는 것, 그것을 아는 것이 진리이지."

"무척 철학적인데요?"

"기독교의 유일신도 사실은 자체 내에 모순을 갖고 있는 개념이지. 유일신이란 오로지 혼자만 존재하는 신이란 뜻이 아니라 많은 신들 중에서 으뜸이란 뜻이야. 그래서 기독교의 창조주는 '나는 질투하는 신이다. 내 앞에 다른 신을 세우지 말라'고 한 거야. 질투하는 신이 어떻게 완벽한 신이 될 수 있지? 신이란 완벽한 존재야. 흔히 전지전능하다고들 하지. 그러나 질투한다는 건 완벽하지 못하다는 거야. 따라서 유일신은 '혼자만 존재하는 신'도 아니고, '많은 신들 중에서 으뜸인 신'도 못 되지. '신' 자체가 모순적이라는 거야. 유일신은 유일신이 아니라는 거지. 창조주는 창조주가 아니고. 그것을 아는 게 진리야."

승호와 하영은 마이클의 도저한 지식과 명쾌한 논리전개에 압도되어 귀만 기울일 뿐이었다.

"파르미자니노의 기둥이 무슨 기둥인지 궁금하지?"

마이클은 드디어 〈긴 목의 성모〉와 그 기둥에 대해서 언급하기 시작했다.

"예!"

하영과 승호는 동시에 대답했다. 기둥! 그건 하영과 승호를 몇 년 동안 궁금하게 해온 문제다. 파르미자니노의 〈긴 목의 성모〉에 등장하는 이상한 기둥만 해결되면 승호의 논문도 완성될 것이다.

"승호씨, 〈필레몬과 바우키스 부부를 방문한 제우스와 헤르메스〉란 그림을 본 적이 있나요?"

"글쎄요."

"그럼, 필레몬과 바우키스 부부의 사랑 얘기는 아시나?"

"아뇨."

"옛날 프리기아 지방에 필레몬과 바우키스라는 금슬 좋은 노부부가 살았답니다. 이건 로마의 시인 오비디우스가 전해주는 이야기이지요. 필레몬과 바우키스는 서로 사랑한 나머지 신의 허락을 받아 각각 참나무와 보리수로 변해 영원히 함께 있게 되었지요. 그 연유는 이렇답니다. 어느 날 신들의 신 제우스와 그의 아들이자 전령인 헤르메스가 인간세계를 방문한 적이 있었습니다. 그들은 프리기아 지방을 여행했지요. 그런데 이 제우스라는 신은 인간을 대할 때마다 언제나 좋지 않은 인상을 받게 되어 있었나봅니다. 그는 한때 신들의 말은 듣지 않고 귀찮게만 군다고 해서 인간들을 물로써 멸해버린 적도 있지요. 이건 구약성서에서 말하는 홍수의 전설과도 유사합니다. 프리기아 지방에서도 마찬가지였어요. 인간으로 변한 제우스와 헤르메스를 반갑게 맞이한 프리기아 사람들은 한 명도 없었답니다. 모두들 문전박대했지요. 그래서 제우스는 이 프리기아 지방 사람들을 또다시 물로써 벌하기로 마음먹었지요. 그러나 마지막으로 방문한 노부부의 환대를 받고서는 이 노부부만은 살려주기로 마음먹었습니다. 그 노부부가 바로 필레몬과 바우키스입니다. 필레몬과 바우키스는 매정한 다른 프리기아 사람들과는 달리 평소에도 인정 많기로 유명했는데 집은 가난했답니다. 그러나 손님 접대하기를 즐겨서 누구든지 그들을 방문한 사람들은 좋은 음식을 대접받고 나왔답니다. 그들은 제우스와 헤르메스도 환영했지요. 물론 그들이 신들이란 걸 모른 채 말입니다. 제우스는 이들의 집이 가난한 걸 보고 필레몬의 술항아리에 항상 고급 포도주가 넘치게 해주었답니다. 그리고는 그들에게 말했어요. '너희 두 부부는 나를 따르라. 나는 프리기아를 멸하기로 했다. 이제 모든 프리기아 사람들은 물로써 죽음을 당할 것이다. 그러나 너희 둘만은 살려두고 싶다. 그러니 나와 같이 산으로 올라가자.' 두 노부부는 제우스와 헤르메스를 따라 높은 산꼭대기로 올라갔답니다. 그러더니 제우스는 프리기아 지방을 물로 채워 그 사람들을 모두 죽인 겁니다. 그러고 나서 마법을 걸어 노부부가 살았던 집을 대리석이 으리으리한 신전으로 만들어주었답니다. 물론 그 신전은 제우스의 신전이었지요. 그렇게 해서 필레몬과 바우키스는 이 신전에서 살면서 신관 노릇을 했습니다. 그들은 죽을 때까지 그렇게 오손도손 살았던 거죠. 죽을 때가 되어서 그들은 서로의 몸이 나무로 변하는 걸 보게 되었답니다. 노부부의 착한 마음씨와 진실한 사랑에 감복한 제우스가 이들을 영원히 죽지 않고 나무로 살아남게 하려고 했던 거죠. 그래서 필레몬은 참나무로, 바우키스는 보리수로 변하게 했던 겁니다. 필레몬과 바우키스의 사랑 얘기는 그렇습니다. 이 얘기를 화폭에 담은 화가가 있습니다. 그의 그림은 지금 이탈리아의 베니스 아카데미 미술관에 걸려 있지요. 그 그림을 보면 파르미자니노의 기둥에 대해서 어느 정도 힌트를 얻을 수 있습니다."

파르미자니노의 기둥에 대한 힌트? 승호는 마른침을 삼키며 마이클을 바라보았다. 마이클은 기억을 떠올리며 말을 이었다.

"화가의 이름은 생각이 안 나는군요. 그림의 왼쪽에는 테이블 옆에 앉은 제우스와 헤르메스가 있습니다. 그는 노부부가 제공하는 식사를 기다리고 있는 중이지요. 오른쪽에는 늙은 바우키스가 음식을 만들고 있습니다. 필레몬이 어디 있는지는 생각이 안 나는군요. 그림 속의 테이블에는 각각 제우스를 상징하는 물체와 헤르메스를 상징하는 물체가 올려져 있었지요. 제우스를 상징하는 물체가 뭐였더라? 그러나 헤르메스를 상징하는 물체는 정확히 기억이 납니다.

화가는 그 물체들을 통해서 신들의 존재를 알려주려 했던 거죠. 헤르메스를 상징하는 그 물체는 작은 원기둥이었습니다. 기둥의 신이 헤르메스라는 건 누구나 알고 있었던 사실이죠."

"그럼…… 파르미자니노의 기둥도, 바로 헤르메스의 기둥이라는 얘기군요."

승호가 조심스럽게 말했다. 뭔가 수수께끼가 풀려가고 있는 느낌이다.

"그렇죠."

"그러나 과연 파르미자니노의 그 기둥도 헤르메스를 뜻하는 기둥이었을까요? 그렇다면 그 기둥은 헤르메스겠군요. 성모와 같이 있는 헤르메스! 그럼 기둥으로 변한 헤르메스가 그곳에 서 있는 거군요."

"거의 맞혔습니다. 그 그림은, 그리고 필레몬과 바우키스의 얘기는 매우 중요한 걸 우리에게 알려줍니다. 제우스가 직접 인간들을 만난 것은 이 두 노부부의 예가 유일합니다. 제우스는 신들의 신이라 인간이 감히 직접 대할 수는 없지요."

"……"

"인간들은 제우스를 직접 볼 수 없습니다. 제우스와 가까이 있었던 디오니소스의 어머니 세멜레는 타죽어버렸지요. 제우스와 사랑을 나누었던 그 수많은 여인들도 직접 제우스와 사랑을 한 건 아닙니다. 이오는 황소로 변한 제우스와, 레다는 백조로 변한 제우스, 아르테미스는 황금 소나기로 변한 제우스, 안티오페는 사티로스로 변한 제우스, 아이기나는 불꽃으로 변한 제우스와 사랑을 맺었지요. 이건 모두가 다 제우스를 직접 대할 수 없기 때문입니다. 그러나 필레몬과 바우키스는 직접 제우스를 보는 행운을 누렸습니다. 어떻게 그게 가능했을까요?"

마이클은 승호와 하영의 눈을 차례로 들여다보며 물었다.

"헤르메스 신이 있었기 때문이군요."

둘은 동시에 대답했다.

"맞았습니다. 헤르메스는 신과 인간을 연결시켜주는 중간자라는 얘기죠."

마이클이 말했다.

"헤르메스 없이는 인간은 제우스를 직접 만날 수 없습니다. 헤르메스는 인간과 신을 연결시켜주는 영매와 같은 신입니다. 그래서 옛날 로마인들은 헤르메스를 '사이코-팜프'라고 불렀습니다. 영혼을 신령한 세계로 인도해주는 신이라는 거죠. 헤르메스는 우리를 신에게로 인도해줍니다. 데 키리코는 자신의 독특한 그림세계를 창조해냄으로써 사물의 배후에 있는 어떤 신적인 세계를 인간에게 보여주었다고 생각한 거죠. 그래서 자신을 헤르메스라고 했던 겁니다."

승호는 마이클의 박식함에 새삼 감탄하고 있었다. 하영의 말대로 마이클을 찾은 것은 잘한 일 같았다. 그는 그저 그런 점쟁이가 결코 아니었다. 뭔가 놀라운 사람 같았다. 잘만 하면 근사한 파르미자니노의 논문이 완성될 것 같았다.

"말씀 잘 들었습니다. 그러나 그 기둥은 여전히 의문으로 남는군요. 기둥은 하나가 아니거든요, 기둥은 동시에 열주이기도 하니까요. 하나이면서 여러 개인 이상한 기둥, 그건 어떻게 된 거죠?"

승호의 의문에 마이클은 웃으며 말했다.

"첫술에 배부를 순 없죠. 그림에 대해서 좀더 생각해볼까요? 보티첼리의 그림들이 필요하겠군요."

그러면서 그는 보티첼리의 화집을 가져왔다. 마이클의 뒷모습을 보면서 하영은 성 헤르메스 대학의 박물관에 있는 원기둥 신상을 생각했다. 확인해보지 않았지만 그건 헤르메스 상이 분명했다.

"〈스메랄다 브란디니의 초상〉이라는 그림에도 이상한 기둥이 등장하지요. 이건 보티첼리가 1475년에 그린 건데, 그림의 주인공은 나중에 코지모 1세 밑에서 활약하게 되는 바치오 반디넬리라는 조각가의 할머니입니다. 반디넬리는 첼리니로부터 혹평을 받았던 사람이죠."

"〈헤라클레스와 카쿠스〉란 작품이 있죠."

승호가 말했다.

"맞아요. 첼리니는 반디넬리를 보고, 원래 미켈란젤로가 조각하기로 했던 아까운 대리석을 가져다가 망쳐놓았다고 비난했어요. 사실 반디넬리의 조각은 어딘지 부자연스러워 보입니다. 첼리니가 하는 말을 들었어야 하는데."

"예?"

"아, 아녜요! 배경으로 등장하는 창과 가운데의 기둥은 어쩐지 부자연스러워요. 그렇죠? 문이 열린 비좁은 방에서 화가를 향해 포즈를 취한 브란디니 부인이 우리를 바라보고 있습니다. 그 방은 불합리한 방이죠. 브란디니 부인 혼자만 겨우 서 있을 수 있는 비좁은 방이니까요. 아예 존재 불가능한 방이라 할 수 있죠. 보티첼리의 의도는 무엇일까요? 왜 부인의 배경으로 그런 불합리한 공간을 설정한 걸까요?"

"확실히 의도적으로 보이는군요. 화가의 실수라고는 볼 수 없어요."

하영이 말했다.

"문도 엉성하게 달려 있고 창문은 더욱 그래. 보통 서양식 창문에는 가운데에 기둥이 하나 더 달려 있지. 그런데 이 기둥은 뭔가 독립적인 느낌이야."

"그렇군요. 창틀을 벗어나서 마치 혼자 서 있는 기둥 같아요. 그럼 이 기둥도 헤르메스의 기둥이란 말인가요?"

마이클은 하영의 지적에 고개를 크게 끄덕이며 말했다.

"그렇지. 헤르메스의 기둥이지. 기둥의 신 헤르메스! 그의 그림에는 헤르메스를 상징하는 그림이 몇 개 있는데, 그중 하나가 〈아기 예수를 안은 성모〉야. 보티첼리의 1485년경 작품이지. 성모의 어깨 부분에 난 이 무늬를 봐."

"불꽃무늬 같군요."

"이건 '헤르메스의 불'이란 거야. 태양의 햇살을 상징하는 거지. 혀 모양의 이 불꽃은 구약성서에서 신을 상징하기도 해. 신은 여러 모습으로 등장하지. 그중의 하나가 '갈라진 불꽃의 혀'야. 그건 모세 앞에 나타났던 '덤불의 불'이기도 하지. 헤르메스의 상징과 구약성서에서의 신이 여기서 합쳐지는 거야. 이와 비슷한 무늬가 바로 이집트의 벽화에 등장하는 앙크야."

"앙크요?"

"그래, 손잡이 달린 십자가, 즉 '크룩스 안사타crux ansata'라 불리는 거지."

"아, 그 흔한 십자가 모양 말이죠? 흔히 이집트의 신상이 들고 있는 거요."

"그래. 그건 생명을 상징하기도 하고 태양의 햇살을 상징하는 것이기도 해. 이집트 벽화에는 흔히 태양이 그려지고 거기서 방사형으로 쏟아져나오는 햇살은 흔히 이 앙크로 표현되지. 보티첼리는 이집트인들의 미술에서 본 앙크를 자신의 '헤르메스의 불'로 옮겨놨어."

"앙크와 헤르메스 간의 관계는 어떤 거죠?"

"헤르메스는 이집트 신화에선 토트였어. 그리스인들은 신의 전령, 상담자 노릇을 하는 토트를 헤르메스와 같이 본 거지. 오시리스와 이시스 간에 난 자식 호루스가 죽었을 때, 죽은 호루스를 살리는 주문을 가르쳐준 것도 토트였지."

마이클이 자꾸 '토트, 토트' 하자, 그의 품에 있던 원숭이 토트가 마이클을 보며 '까악, 까악' 소리를 질렀다. 세 사람은 그러는 토트를 보며 한바탕 웃었다.

"토트는 그 주문을 태양신 라에게서 배웠어. 태양신 라는 이시스에게 토트를 보내 주문을 가르쳐준 거야. 토트는 하늘로 올라가서 태양신 노릇도 하는데, 그가 땅으로 내려보내는 햇살을 이집트인은 앙크로 표현한 거야. 앙크가 그리스로 건너와서 '헤르메스의 불'이 된 거지. 헤르메스는 불의 신이기도 하거든."

"이집트의 햇살의 상징 앙크와 '헤르메스의 불'이 비슷하군요."

"그렇지? 헤르메스의 불은 보티첼리의 다른 작품 〈봄〉에도 등장하지. 그림 맨 왼쪽에서 구름을 걷는 모습도 바로 어두움을 몰아내고 빛의 광명(지혜)을 보여주는, 이시스의 너울을 벗겨내는 헤르메스의 성격을 나타내는 거야. 헤르메스의 옷에는 바로 이 불꽃이 그려져 있어. 불꽃은 바로 헤르메스라는 걸 알려주지. 카스틸리오네의 『궁정인』에 있는 '불의 갈라진 혀'는 바로 이걸 말하는 거야. 그는 이렇게 적고 있어. 금을 정련하는 불처럼, 물론 이건 연금술사들의 불을 말하는 거야. 우리 마음속에 있는 미(美)를 사랑하는 마음은 죽어야 하는 유한한 존재를 불태워서 하늘에 속하는 신성한, 그리고 불멸의 존재를 만들어낸다. 헤르메스의 불은 바로 그런 재생, 부활, 연금술사들의 금을 만들어내는 신성한 불이야. 헤르메스의 불은 그의 또다른 작품 〈동방박사들의 경배〉에도 있지. 그것도 우피치 미술관에 있어. 메디치 가의 모든 중요한 사람들이 모인 가운데 성가족 위로 헤르메스의 불이 내려오고 있지. 그 모습은 마치 이집트의 왕 파라오들을 보호해주는 앙크와 같아. 그는 또 자신의 동판화, 단테의 『신곡』 중 「천국편」에도 헤르메스의 불을 그려놓았지."

"그럼 보티첼리의 의도는 어떤 것이라는 건가요?"

"헤르메스 사상과 기독교 교리의 절충을 꾀하고 있는 거야. 당시 학자들의 의식세계를 반영하는 거지. 메디치 가에 모였던 신비주의 학자들은 헤르메스 신에 대해서 누구보다도, 그 어느 때보다도 더 활발히 토론했거든."

"브란디니 부인의 기둥이 정말 헤르메스의 기둥일까요?"

하영이 물었다.

"미켈란젤로의 기둥이 예수의 수난을 상징하는 기둥이라고
생각해?"

마이클은 지금 미켈란젤로의 〈최후의 심판〉에 등장하는 십자
가와 한 쌍의 기둥에 대해서 이야기하고 있다. 그것은 지금까지
예수가 묶여 로마 병사들에게 채찍질을 당하던 수난의 상징으로
알려져왔다.

"그럼 그게 아니란 건가요?"

승호가 물었다.

"미켈란젤로의 〈최후의 심판〉은 성서의 이야기와 그리스 신화
가 접목되어 펼쳐진 웅장한 상상력의 교향시지요. 동시대의 괴
팍하지만 뛰어난 시인이었던 아레티노는 미켈란젤로의 그림이
너무나 어려워 극히 소수의 사람들만이 이해할 수 있다고 했어
요."

마이클이 말했다.

6장 | COAGULATIO

27

그리고 로마에서 그(레오나르도 다 빈치)는 특별한 종류의
밀랍으로 된 반죽물로 여러 가지 실험을 했으며
입으로 공기를 불어넣으면 날다가, 공기가 빠지면 떨어지는
가볍고 물결치는 동물의 형상을 만들었다.
나중에 벨베데레 궁전의 정원사에 의해 발견된
이상한 생김새의 이 도마뱀 뒤에는 수은 혼합물로 된 날개를……
—바사리, 『예술가들의 생애』

'죽음의 아이'
—장 오리유, 『카트린 드 메디시, 또는 검은 여왕』

나는 그(미켈란젤로)의 가공할 만한 『최후의 심판』의
구성에는 극히 소수의 사람들만이 이해할 수 있는
풍성한 양의 알레고리들이 있다고 들었다.
—L. 돌체, 『아레티노 또는 그림에 관한 대화』

페르낭 크노프, 〈스핑크스의 애무〉, 1896년, 브뤼셀, 벨기에 왕립 미술박물관

1532년 프랑수아 1세는 샤를 8세 때 빼앗겼던 남프랑스의 브르타뉴 지방을 복속하고, 자신의 차남인 앙리 왕자와 피렌체의 실력자 메디치 가의 공주 카트린을 결혼시킨다.

카트린은 할아버지이며 '위대한 로렌초'로 불리는 로렌초 일 마니피코의 이름과 같은 로렌초 데 메디치의 딸이다. 로렌초는 메디치 가가 다시 집권할 즈음 세상을 떠난 '불행한' 메디치, 피에로 데 메디치의 아들이다. 이때의 메디치 가는 독일 황제 카를 5세의 도움으로 피렌체를 지배하고는 있었으나 사실상 카를 5세의 속국이나 마찬가지였다. 그 옛날 로렌초 일 마니피코가 지배하던 시절의 영광된 메디치 가의 명성은 사라진 지 오랜 뒤였다. 사실상 그때, 로렌초 일 마니피코 시대가 메디치 가의 전성기이며 동시에 피렌체의 전성기가 아니었나 싶다. 메디치 가는 이미 예전의 명성과 재력을 상실한 상태였지만 여전히 교황을 두 명이나 배출한 명문으로 이름을 날리고 있었다.

로렌초가 당시 교황이었던 클레멘트 7세의 조카였으니, 카트린은 클레멘트 7세의 조카손녀이다. 클레멘트 7세는 조카손녀를 프랑스 왕의 며느리로 보낸 것이다.

클레멘트 7세는 영특한 카트린이 프랑스의 궁정으로 가서 충분히 잘해낼 것이라고 생각했다. 카트린은 아버지 로렌초가 죽은 해인 1519년에 태어났으므로 아버지의 얼굴도 모르고 자랐다. 성 로렌초 성당의 메디치 가를 위한 묘지에서 미켈란젤로가 완성한 로렌초의 조각상을 보고서야 비로소 자기 아버지가 어떤 모습이었는지 알게 된 카트린은 그 모습을 마음속에 새기고 프랑스로 왔다. 미켈란젤로는 카트린에게 자신이 만든 조각상을 보여주며 아버지에 대해서 자세히 설명해주었다. 카트린은 위대한 로렌초로부터 이어지는 자랑스러운 메디치 가의 피가 자신에게까지, '극적으로' 이어지고 있음을 깨달았다.

한참 후의 일이지만, 카트린과 앙리의 결혼이 낳은 가장 비극적인 결과는 '성(聖) 바르톨로메오의 학살'이었다. 그녀는 이미 이 대학살이 일어나기 12년 전인 1560년, 역시 가톨릭의 기수(旗手)인 앙리 드 기즈 공과 짜고 루아르 강변의 앙부아즈 성에서 개신교도를 학살한 일이 있었다. 당시 학살을 주도한 사람들은 앙부아즈 성의 발코니에 개신교도들의 시체를 널어놓기까지 했다는데, 어쨌든 앙부아즈 성은 개신교도들에겐 유서 깊은 성이었으리라. 프랑수아 1세 시절에 일어났던 개신교도들의 봉기 때도, 개신교도들은 왕이 자고 있던 이 앙부아즈 성의 침실에까지 들이닥쳐 왕을 놀라게 했었다. 비교적 개신교도들에게 관대했던 왕이 가톨릭 편으로 완전히 돌아서고, 이후로 벌어지는 종교탄압에도 모른 척하게 된 사건이다.

양가의 결혼을 주모했던 교황 클레멘트 7세는 '파치 가의 난' 때 죽은 미남 줄리아노 데 메디치의 아들이다. 줄리아노의 형 로렌초 일 마니피코, 즉 '위대한 로렌초'는 줄리아노가 죽은 뒤 동생이 숨겨둔 애인에게서 태어난 조카를 데려다 길렀는데, 그 아이가 바로 클레멘트 7세이다. 그와 프랑수아 사이엔 웃지 못할 인연이 있었다. 그건 바로 독일 황제 카를 5세를 상대로 한 '코냐크 동맹'이다. 마드리드에서 풀려난 프랑수아 1세는 곧바로 마드리드 조약의 파기를 선언하고 교황, 베네치아, 피렌체, 밀라노, 영국 등과 더불어 코냐크 동맹을 맺는다. 그러나 이 동맹은 카를 5세와 전투 한번 제대로 못 해보고 끝나고 만다.

이 동맹에 대한 카를 5세의 보복이 바로 저 무서운 1527년의 '로마의 약탈'이다. 클레멘트 7세는 감히 독일 황제 카를 5세를 적으로 돌린 대가를 톡톡히 치러야 했다. 개신교도들로 이루어진 황제군 '란츠크네히트'는 로마를 무참하게 약탈했다. 결국 1530년에 이르러 카를 5세에게는 정식으로 신성로마제국의 황제의 관이 씌워진다.

코냐크 동맹의 실패로 로마의 파멸을 자초한 클레멘트 7세는 선배 교황인 야심가 율리우스 2세와 여러 면에서 대조되는 인물이었다. 율리우스 2세는 로마를 유럽의 열강 위에 군림하는 초강대국으로 키우려는 야심을 가지고 있었고 또 유럽의 여러 나라들을 결집하여 한번은 베네치아를 상대로, 한번은 프랑스를 상대로 전쟁을 치르는 등 주도면밀한 결단력과 지략을 가지고 있었다. 그러나 결단력이 부족했던 클레멘트 7세는 결국 카를 5세에게 무릎을 꿇고 마는 것이다. 로마의 멸망은 절대군주들이 다스리게 될 새로운 유럽의 서막이기도 했다.

메디치 가가 있는 피렌체는 항상 프랑스의 영향력 아래 있었던 나라로서, 샤를 8세 때부터 프랑스에 대해서는 반항하는 일 없이 친교관계를 유지하려 했다. 그러나 그럼으로써 피렌체는 이익보다는 불이익을 더 많이 당해야 했다. 프랑스도 강국이었지만 그보다 강한 독일, 즉 신성로마제국이 있었기 때문이다.

카트린은 시집오면서 자신이 데리고 있던 마술사들과 약사, 연금술사들을 데리고 왔다. 그녀는 예언과 신비주의, 마술을 좋아했으며 그 분야에 많은 지식을 쌓고 있었다. 프랑수아 1세 황제의 첫째 왕자 프랑수아의 죽음과 관련해 카트린이 의심을 받게 된 것도 그녀의 그 신비주의적인 취향 때문이었다. 카트린은 독약을 제조할 줄 알았다고 한다. 사냥에서 돌아온 왕자 프랑수아가 세수를 하다가 피를 토하며 죽자, 누군가 그가 계승할 왕위를 탐내고 세숫물에 독약을 풀었을 것이라는 소문이 돌았다. 그 혐의에 가장 적절히 들어맞는 사람은 바로 차남인 앙리 왕자의 비 카트린이었다. 그러나 그녀가 프랑수아의 죽음에 직접적으로 관련이 되어 있었는지는 끝내 밝혀지지 않았다.

그녀는 아름다운 샹보르 성 꼭대기에서 밤마다 별을 보며 운세를 관찰했다. 나중에 예언자로 유명한 노스트라다무스를 궁정으로 불러들인 것도 그녀였다. 카트린은 그를 무척이나 존경했고 그의 예언을 모두 믿었다. 그녀는 한편으로는 탁월한 지략가였다. 그녀는 남편 앙리가 자신에게 별 관심이 없다는 것을 알자 일찌감치 앞으로 자신의 아이들이 이루어나갈 왕실의 세계를 꿈꾸기 시작했다. 남편에게서 받지 못하는 사랑을, 아이들을 간섭하고 미래의 권력을 꿈꾸는 것으로 보상받으려 한 것이다.

앙리는 카트린보다는 연상의 여인 디안느를 좋아하고 있었다. 앙리가 결혼할 당시 디안느는 완숙한 몸매를 자랑하는 삼십대 초반의 여성이었다. 앙리는 왕이 된 뒤 '루아르 강의 백조' 라 불리는 쉬농소 성을 디안느에게 주는 등 아낌없는 배려를 했다. 카트린의 질투심이 날이 갈수록 타올랐을 것은 뻔한 이치였다.

카트린이 데려온 연금술사들을 본 미셸은 한 가지 생각을 떠올린다. 미셸은 퐁텐블로 숲의 연금술 실험실을 자주 찾지는 못했지만 사람들의 눈을 피해, 특히 카를 교수의 눈을 피해 여전히 실험을 주도하고 있었다. 이런 상황에서 카트린이 데려온 연금술사들은 좋은 방패막이가 되어줄 수 있었다. 카트린의 처소와 왕의 궁전에도 연금술사들이 돌아다닐 수 있게 되었으므로, 이들 중 하나를 포섭하면 미셸로서는 실험을 계속하기가 훨씬 쉬울 것 같았다.

카트린이 프랑스로 건너왔을 때, 미셸은 '위대한 로렌초' 공의 아카데미에 있었던 대학자 마르실리오 피치노의 번역서 『헤르메스 문서』를 볼 수 있게 됐다는 사실에 기뻐했다. 피치노는 로렌초 공의 아카데미에 머물면서 그리스어로 된 『헤르메스 문서』를 라틴어로 번역하였다. 『헤르메스 문서』는 연금술에 관한 모든 지식이 들어 있는 방대한 책으로 그리스가 망하면서 아랍으로 건너갔다. 그 보물을 보게 된 것이다. 카트린은 로마의 마다마 궁전에서 살 때 그 책을 탐독했고 프랑스로 올 때도 그 책을 가져왔다. 미셸은 카트린의 허락을 받아 그 책을 빌려 볼 수 있었을 뿐 아니라 프랑스어로 번역할 수 있는 영광도 누리게 되었다.

미셸이 이 책을 중요하게 여기는 이유는 연금술에서 가장 중요한 헤르마프로디투스, 즉 자웅동체의 가장 완벽한 인간에 대한 자세한 설명이 담겨 있기 때문이다. 헤르마프로디투스는 남녀동체의 완벽한 인간을 상징하며, 연금술에서 없어서는 안 될 '현자의 돌'의 다른 말이다.

헤르마프로디투스는 헤르메스와 아프로디테의 아들이다. 그는 너무나 아름다웠던 탓에 요정 살마키스와 강제로 합체된다.

남자와 여자의 몸을 동시에 가진 헤르마프로디투스는 인간의 한
계를 극복한 완전성의 상징으로 알려져 있다. 그러나 피치노의
번역서 이전에는 헤르마프로디투스에 대해 자세하게 설명한 책
이 없었다. 미셸로서는 보물 중의 보물을 얻은 셈이다. 미셸은
틈나는 대로 『헤르메스 문서』를 불어로 번역했다.

　미셸에게 카를 교수는 언제나 두려운 존재였다. 소르본 대학
교수인 카를은 사사건건 그와 대립했다. 대학 강의에서 금지된
연금술을 옹호하는 미셸의 잦은 발언을 카를이 탐탁지 않아 하
는 것은 뻔한 일이었다. 왕 앞에서 툭하면 미셸과 열띤 토론을
벌이는 것도 카를이었다.
　"남자는 자고로 여러 명의 여자를 상대해야 해. 그게 남자지.
모름지기 여자와 전쟁을 모르면 남자라 할 수 없거든. 그래서 전
쟁의 신 아레스와 사랑의 신 아프로디테는 함께 있는 거지. 나는
그 두 신의 성격을 모두 갖춘 현명한 군주가 아닌가?"
　"폐하는 그걸 이상하게 해석하시는군요. 아레스와 아프로디
테가 같이 있다는 것은 전쟁의 포악함을 누를 수 있는 사랑의 힘
을 말하는 겁니다."
　미셸이 말했다.
　"어쨌든…… 난 프랑스의 왕이야. 나는 위대한 왕이지. 영국
의 헨리와, 자칭 샤를마뉴 대제의 후손이라는 건방진 카를로부
터 프랑스를 굳건하게 지켜야 해. 프랑스는 카를의 독일처럼 강

대한 제국이 되어야 해. 난 프랑스를 그런 위치에까지 올려놓고야 말겠어."

"폐하의 휘하에서 프랑스는 날로 강대해지고 있습니다. 그러나 폐하! 사랑에는, 폐하께서 말씀하시는 육욕적인 사랑만 있는 게 아닙니다. 여자는 수은과 같은 것입니다. 언제 날아가버릴지 모르죠."

"그렇다면 난 그 수은을 잡아 고정시키는 유황이군. 난 더욱 강력한 유황이 되도록 노력해야겠어, 하하하."

프랑수아가 웃으며 말했다. 카를은 그런 왕을 보며 눈살을 찌푸렸다. 왕이 수은과 유황을 정확하게 대비시키는 것으로 보아 이미 미셸에게서 상당한 연금술 지식을 얻은 듯했기 때문이다. 그 모든 것은 마드리드의 지하 감옥에서 시작되었을 것이다.

"사랑에는 더욱 신성한 '창조주 신'과의 사랑도 있습니다. 폐하는 사랑을 통해서 신에게 더 가까이 갈 수 있습니다. 인간은 모두 하찮은 미물이지만 동시에 신성과 우주를 모두 포함하는 소우주이옵니다. 우리는 명상을 통해서 거대한 '일자(一者)'이신 신과 하나가 될 수 있는 것이지요. 플라톤은 그걸 '신적인 사랑'이라고 했고 피렌체의 대학자 마르실리오 피치노는 '플라톤적인 사랑'이라고 했습니다. 우리의 개별적인 이데아는 플라톤적인 사랑을 통해 오직 하나이고 거대한 신의 이데아로 돌아갈 수 있는 것입니다."

미셸의 말에는 귀도 기울이지 않고 프랑수아가 물었다.

"참! 피치노의 책은 번역이 잘 되어가나?"

"피치노의 책이라니요?"

영문을 모르는 카를이 물었다.

"며느리 카트린이 가져온 놀라운 책인데, 『헤르메스 문서』라고 하지."

박식함을 뽐내기 좋아하는 왕이 자랑스럽게 말했다.

"미셸이 그걸 빌려 우리 프랑스어로 번역하고 있는 중이야."

카를은 또 얼굴을 찌푸렸다. 『헤르메스 문서』라면 카를도 알고 있는 전설적인 책이었다. 피치노의 번역서가 있다는 것도 들었다.

그러나 미셸이 그걸 번역하고 있다는 건 보통 일이 아니다. 더구나 왕도 그 책을 알고 있다. 번역이 진행될수록 왕은 미셸에게서 그 이단적인 연금술의 지식을 더 많이 전해들을 것이다.

한순간 서로를 쳐다보는 카를과 미셸의 눈에는 냉랭한 빛이 흘렀다.

"다시 아까 얘기로 돌아가서, 그 뭐지? 플라톤적인 사랑? 그게 신과의 사랑이라니, 좀 심심하군."

"숭고한 존재는 고행만이 아닌 사랑을 통해서 체득할 수 있는 것이지요. 숭고한 것은 사람이기 때문입니다."

"미셸의 얘기는 좀 이단적입니다. 폐하께서는 살펴 들으셔야 합니다."

카를이 말했다.

"난 현자의 돌에 대해 관심이 퍽 많다네. 그게 있으면 보통 금속을 금으로 만들 수 있다는 거야. 어때, 카를, 놀랍지 않나? 자네는 현자의 돌에 대해서 알고 있나?"

왕이 카를을 보며 물었다. 카를은 멈칫했다.

"그런 건 없습니다, 폐하. 납이나 수은으로 금을 만들다니요?"

"납이나 수은 애길 하는 걸 보니, 자네도 연금술에 대해 좀 아는 모양이군."

왕이 말했다. 카를은 뜨끔했지만 곧 이렇게 대답했다.

"현자의 돌은 소위 연금술사들이 발견하려는 궁극적인 물질이라는 거지요. 그건 비천한 금속들을 금으로 변화시키는 마력의 돌이라고, 그들은 말하지요. 그러나 그건 허무맹랑한 얘기입니다. 도대체 그런 게 어디 있겠습니까? 폐하께서 그런 것에 관심을 쏟으시다니, 어서 가셔서 신부님 앞에서 고해를 하셔야겠습니다."

카를이 말했다.

"난 순전히 알고 싶은 욕망에서 말하는 것뿐이야."

왕이 기분이 상한 듯 툭 내뱉었다.

"현자의 돌은 분명히 존재합니다, 폐하."

미셸이 말했다. 왕은 미셸을 보고 금세 환한 얼굴로 돌아갔다.

"제가 전에 마드리드의 감옥에서 말씀드렸던 것처럼 현자의 돌은 자웅동체의 완벽한 인간 헤르마프로디투스이지요."

"아, 마드리드!"

왕은 미셸의 말에 잠시 기억을 더듬어보았다.

"난 꼭 카를에게 복수할 거야."

왕이 큰소리로 외쳤다.

"연금술사들이 현자의 돌이란 게 있다는 것을 안 지는 얼마 되지 않습니다. 예전에 연금술사들은 그저 금속들만 가지고 실험을 해도 금이 생성되는 줄 알았습니다. 그러나 최근에 연금술사들은 새로운 걸 깨달았죠. 금속들이나 금이나 모두 불완전한 피조물입니다. 그나마 금이 가장 완벽에 가까운 물질인데, 그것도 금속들에서 바로 만들어질 수는 없죠. 금속들을 금으로 바꾸기 위해서는 금속들의 어머니인 수은뿐만 아니라, 현자의 돌이란 매개자가 필요한 것이죠. 만물은 끊임없이 변합니다. 따라서 금속들도 금으로 변할 수가 있습니다. 만물 속에는 어떤 정기가 들어 있죠. 금속들 속에도 정기가 있는데, 이 정기를 다른 질료와 합하면 새로운 금속이 태어나는 겁니다. 현자의 돌이란 바로 최고의 정기입니다. 제가 카트린 전하에게서 얻은 그 책엔 헤르마프로디투스에 대해 상세히 설명되어 있습니다. 번역이 끝나면 폐하는 그 놀라운 책을 읽으실 수 있습니다."

"빨리 보고 싶어, 미셸. 번역에 박차를 가하게."

"예, 폐하. 폐하께서 사랑하셨던 레오나르도는 산 속에서 조개껍데기를 발견하고 그 산도 예전엔 바다였다고 추정한 적이 있습니다. 이렇듯 만물은 어제와 오늘이 다르고, 오늘과 내일이 다릅니다. 모든 완벽한 것은 서로 모순되는 존재의 합일에 있습니다. 남자와 여자, 낮과 밤, 유황과 수은, 불과 물, 선과 악, 용해와 응고 등 이 대립쌍들은 하나하나만 놓고 볼 때는 불완전한 존재이지만 둘이 합쳐지면 완벽한 존재가 되는 것이죠. 연금술사들이 깨달은 것이 바로 그겁니다. 금속들을 금으로 변화시키려면 어떤 '완벽한 존재'가 필요한 것이죠."

미셸의 말을 예의 주시하며 듣고 있던 카를이 목소리를 높이며 끼어들었다.

"그것 보십시오, 폐하. 그러므로 연금술사들이 말하는 현자의 돌이란 그들의 허무맹랑한 이론에서 나온 거짓입니다. 그들은 자신들의 실험만으로 금이 생성되지 않자, 현자의 돌이란 이상한 말로 또 사람들을 현혹하려 하는 것입니다. 그들의 이론은 매우 그럴듯하지만 현자의 돌이란 게 실제로 존재하지는 않습니다. 존재하지 않는 것을 그들은 믿고 있는 거죠. 그들은 헛수고를 하고 있는 겁니다.

미셸! 현자의 돌이 존재한다는 걸 어떻게 나에게 증명해 보이겠나? 자세히 설명해보게. 그러면 현자의 돌과 거의 비슷한 돌을 내가 가져와서 보여주겠네."

카를의 말을 듣고 주위에 있던 몇 사람이 킥킥 웃어댔다. 미셸은 카를의 얼굴을 똑바로 쳐다보며 대답했다.

"현자의 돌은 분명히 존재하지만 많은 연금술사들이 실패했을 뿐입니다. 불완전하게 남자와 여자로 갈라져 존재하는 인간들이, 자웅동체이며 거대한 하나이신 신에게서 나온 것처럼 우리는 금속과 돌들의 암수를 포괄하는 자웅동체적인 돌이 있다는 걸 충분히 생각할 수 있습니다. 물과 불은 서로 맞붙어서 존재할 수 없다고 생각해왔었습니다. 그러나 연금술사들은 물과 불이 서로 동시에 존재하는 신성한 물을 발견했습니다. 그것이 바로 알코올이죠."

"……"

"현자의 돌은 태양의 자식이나 마찬가지입니다. 태양의 정기가 땅에 내리쪼이면 금이 생겨납니다. 그것과 마찬가지죠. 금이 자식이라면 태양은 아버지이고 대지는 어머니입니다."

미셸이 말했다.

"미셸, 자네의 얘기에서는 플라톤의 냄새가 나는군."

프랑수아 1세가 자못 아는 척을 했다. 그때 옆에서 그들의 대화를 듣고 있던 한 사람이 프랑수아를 향해 말했다.

"폐하, 그건 또한 우리 눈으로 볼 수 있고 우리 손으로 만질 수도 있는 것입니다. 금속을 금으로 변화시키고, 마시면 영생을 얻는 돌은 실제로 존재하는 것입니다."

연금술사 피코였다. 그는 카트린이 프랑스로 시집올 때 다른 연금술사들과 함께 그녀를 따라온 인물로서 카트린이 가장 사랑하는 연금술사였다. 그도 현자의 돌을 얻는 실험에 매진하고 있었다.

"자네의 얘기는 또한 아리스토텔레스 같군."

프랑수아 1세가 또 아는 체를 했다. 이젠 숫제 농담투였다.

"폐하, 이런 것들은 다 쓸데없는 얘기들일 뿐입니다. 이런 것들은 모두 이단의 무리들이 하는 마녀의 얘기입니다. 영생이나 영혼의 불사는 모두 거룩하신 신 안에서의 행복을 말하는 것이지, 결코 마술 같은 짓거리가 아닙니다. 폐하, 현혹되지 마소서. 폐하는 신앙의 수호자임을 자처하시면서 어찌 이들의 얘기를 좇으십니까?"

"신앙의 수호자는 영국의 헨리이지."

프랑수아 1세가 빈정대며 말했다.

영국의 헨리 8세는 오래 전 교황으로부터 '신앙의 수호자'란 명예를 얻었다. 물론 그가 로마와 결별하기 전의 얘기이다.

미셸이 다시 말했다.

"절대적이고 완전한 수를 1이라 한다면, 인간의 수는 2라 할 수 있습니다. 2는 1에서 나왔습니다. 2는 불완전한 피조물을 나타내는 수이지요. 모든 동물은 암수로 구별되어 있습니다. 이 자체가 서로를 결여하고 있다는, 즉 불완전하다는 뜻이지요. 2는 3을 통해서 그 불완전성을 극복합니다. 3은 다시 1로 갈 수 있는 완벽한 수이지요. 그래서 신은 삼위일체입니다. 예수 그리스도께서는 이 땅에 인간의 몸으로 오심으로써 3을 완수하셨습니다. 그러나 더욱 완전한 수는 4입니다. 성부와 성령, 그리고 성자이신 삼위일체에 성모께서 합쳐져야만 완전한 것이 됩니다. 그것은 삼미신(三美神)이 아프로디테로부터 나왔고 다시 아프로디테로 돌아가는 것과 같습니다. 우리의 삼위일체론도 이런 그리스인의 사고방식과 흡사합니다."

"폐하, 지금 미셸은 아주 위험한 말을 하고 있습니다. 삼위일체론은 이미 확정된 우리의 교리입니다. 그것을 지금 이교도의 교리에 빗대어 말하고 있습니다. 미셸을 재판에 회부해야 합니다."

카를이 소리쳤다. 이번엔 프랑수아도 약간 걱정스럽다는 표정으로 미셸을 바라보았다. 그러나 미셸은 아랑곳없이 계속했다.

"4는 또 4대 원소의 수입니다. 물, 불, 공기, 흙. 또한 이 4는 완벽한 네 방위의 수이며 영적인 지혜의 장소를 뜻합니다. 4는 지혜의 수이며 영감의 수입니다. 지혜와 영감의 신이신 헤르메스는 성스러운 숫자 4를 통해 기적을 행하십니다. 고대 이집트의 전설적인 현인 헤르메스 트리스메기스투스도 4를 고귀하게 여기십니다."

카를이 붉게 상기된 얼굴로 미셸을 노려보았다. 프랑수아는 짐짓 아무 말도 듣지 못했다는 듯이 미셸을 보며 물었다.

"미셸, 정말 나를 위해서 금을 만들어줄 수 있겠지?"

"자신 있습니다, 폐하."

미셸은 확신에 차서 대답했다.

"나는 헨리 6세처럼 속임수는 쓰지 않을 거야."

영국의 헨리 6세는 태어난 지 일 년 만에 왕위에 오른 인물이지만 런던 탑에서 암살을 당한 비운의 인물이었다. 그는 자신의 궁전에 연금술사들을 불러들여 은밀히 연금술을 실험하게 했으며, 도금(鍍金)된 동전으로 경제질서를 문란케 한 적이 있었다.

"나는 실제로 보고 싶은 거야, 연금술사들이 만들어내는 금을."

"폐하, 카를은 연금술사들의 말을 엉터리라고 하지만 그건 연금술사들의 말을 이해하려 하지 않기 때문입니다. 말은 비밀을 드러내기도 하고 감추기도 합니다. '처녀의 젖'은 연금술사들이 수은의 성질을 가리켜 하는 말입니다. 그러나 연금술사들이 그 말을 수은 대신 써놓으면 일반인들이 알아듣기 어려운 수수께끼의 말이 되고 맙니다. 처녀의 젖은 수은을 가리키기도 하고 동시에 수은을 감추기도 하는 겁니다."

"처녀의 젖이라니, 그런 말이 어디 있나? 처녀가 어떻게 젖을 만들어낼 수 있는가?"

카를이 따졌다.

"처녀의 젖이라 함은 그만큼 수은이 순결한 금속이라는 말입니다. 수은은 성모 마리아와 같은 존재여서 장차 금이라는 옥동자를 낳을 금속들의 어머니입니다. 수은은 자궁이기도 하죠. 연금술사들은 유황과 현자의 돌을 수은 속에 집어넣어 다시 금으로 재탄생하기를 기다립니다. 성모 마리아께서는 동정녀로서 아들 예수를 낳으셨습니다. 그건 카를도 믿을 것입니다. 그렇죠?"

카를은 대꾸도 하기 싫다는 듯이 고개를 돌려버렸다. 미셸은 말을 이었다.

"연금술사들은 또 안티몬이라는 금속을 늑대라고 부르죠. 안티몬에 관해서는 재미있는 얘기가 전해내려옵니다. 옛날 신성로

마제국의 슈탈하우젠 성당이라는 곳에 레오나르두스라는 신부
가 있었습니다. 그는 은밀히 연금술을 연구하고 있었는데, 그 동
기는 매우 소박한 것이었지요. 즉 금을 만들어내서 수도원의 재
정 걱정을 덜고 싶은 것이었습니다. 그러나 그가 정작 발견한 것
은 안티몬이었는데, 안티몬은 발견된 다음날 성당의 수도사들을
몰살시켰답니다. 돼지들이 버려진 안티몬이 섞인 물질을 맛있게
먹는 걸 보고서 수도사들에게도 먹였는데 그만 그게 독이 되어
버린 거죠. 그후로 수도사 mon들에 반(反 : anti-)하는 금속이라
는 의미에서 안티몬이라는 이름을 얻게 된 것입니다. 연금술사
들은 그 금속을 매우 중요하게 사용합니다. 안티몬을 늑대라고
하는 것은 안티몬이 중요 금속들을 용해하는 데 없어서는 안 될
금속이기 때문이지요. 그래서 안티몬을 '왕자를 먹어치우는 늑
대' 라고도 합니다. 이렇듯 연금술사들의 말은, 본질을 가장 잘
표현하기도 하고 은폐하기도 합니다. 폐하, 언제 한번 제가 연금
술의 교리들을 연극으로 꾸며 폐하 앞에서 해 보이겠나이다. 그
럼 더 잘 이해하실 수 있을 겁니다."

"그래? 그거 재미있겠군. 기다리고 있겠네. 근데 연금술에 성
공한 사람이 있었나?"

프랑수아 1세가 물었다.

"물론 있죠. 오래 전에 니콜라 플라멜이라는 사람이 있었습니
다. 그는 파리의 가난한 공무원이었는데, 우연히 유대인들의 연
금술 책을 보게 됐죠. 그 책은 이스라엘의 조상인 아브라함이 그

의 자손들에게 남겨준, 금속을 금으로 바꾸는 비법이 적혀 있는 책이었습니다. 유대인들 사이에선 오래 전에 사라진 전설의 보물이라고 알려져 있었던 책이구요. 그는 유대인 외과의사의 도움으로 책을 해독하고 마침내 금을 만들어냈죠. 그는 많은 돈을 벌었답니다. 그래서 좋은 일도 많이 했다죠."

"저도 그런 얘기를 들은 적은 있습니다. 그러나 확인은 안 된 얘기이죠."

카를이 말했다.

이번엔 미셸이 카를의 얼굴을 똑바로 쳐다보며 말했다.

"한때 파리에선 그의 숨겨진 보물, 즉 그가 남겨놓았을 현자의 돌을 찾느라 야단법석을 떤 적이 있었죠. 실제로 그의 집에선 다량의 금과 은이 발견되었답니다."

"미셸은 정말 쓸데없는 얘기를 많이 알고 있군요, 폐하."

카를은 미셸을 흘끔 쳐다보고는 왕에게 말했다. 그건 빈정거리는 태도였다. 왕은 카를의 얼굴을 한번 보고는 이내 고개를 돌렸다.

"폐하. 쓸데없는 얘기를 하나 더 해드리겠습니다. 그냥 재미로 들으십시오. 그 플라멜은 지금도 살아 있답니다."

"뭐야? 지금도?"

"예. 그는 자신이 발명한 영생불사약, 즉 현자의 돌을 먹고 죽지 않았답니다. 그는 지금, 이미 그 소문이 파다한 독일의 파우스트 박사처럼 전 유럽을 돌아다니며 여행을 즐기고 있다고 합니다."

"정말 놀라운 얘기군. 그러나 그 얘기는 어째 믿기지 않는걸."

"그런데 지금도 성당기사단의 잔존세력들은 그가 자신들의 우두머리였다고 주장합니다."

"성당기사단?"

프랑수아 1세가 놀라며 물었다.

"예, 폐하. 그 얘기를 하자면 매우 길지만 간단히 말씀드리죠. 성당기사단은 필립 공정왕 때 멸망한 기사단입니다."

"그건 나도 알고 있네."

"그들은 마지막 단장인 자크 드 몰레이 때 완전히 없어져버렸죠. 필립 4세는 그들의 재산을 모두 빼앗고 단장 자크 드 몰레이를 처형해버렸습니다. 그러나 겉으론 활동을 안 해도 그들이 지하로 숨어들었다는 소문이 있습니다. 그들은 여러 가지 이름으로 활동을 벌이면서 니콜라 플라멜이나 레오나르도 다 빈치 등도 자신들의 우두머리라고 소문을 내고 있죠."

"레오나르도도?"

"예, 폐하. 실제로 그는 밀라노 공국으로부터 흑마술 혐의로 심사를 받은 적이 있었습니다. 그가 밀라노에 머물고 있었을 때였죠. 폐하께 오기 전입니다. 당시 그는 독일 출신의 장인들에게 거울 하나를 주문했었는데, 매우 만들기 어려운 볼록거울이었다고 합니다.

독일 장인은 레오나르도가 대금을 지불하지 않자 엉뚱한 혐의를 씌워 당국에 고발했지요. 레오나르도가 성당기사단의 우두머리로 소문이 난 것은 아마도 이 때문이 아닌가 합니다. 사실 레오나르도의 이루 헤아릴 수 없는 재주는 성당기사단들이 자신의 우두머리로 삼고 싶어할 만큼 천재적이었죠. 인체를 해부하는 것은 이발사들이나 하는 것입니다. 그러나 그는 자신이 직접 인체를 해부하여 정밀한 인체 내부도를 만들었죠. 그의 주장은, 언제나 자연에서 보고 배운다는 것입니다. 자연은 우리 인간을 가르치는 교사이지요. 그는 책을 믿지 않았고 자연을 통해 저절로 배우게 되기를 원했습니다. 그래서 직접 인체를 해부하여 자신의 눈으로 지식을 획득하고 싶어했죠. 이것은 자신의 예술적 영감을 신에게서 얻고자 하는 미켈란젤로와는 다른 예술론입니다. 그 둘이 서로 싸웠던 것은 이렇게 서로 다른 예술관에서 나온 자연스런 결과였죠."

"이를테면 레오나르도는 아리스토텔레스적이고 미켈란젤로는 플라톤적인가?"

"맞습니다, 폐하. 매우 잘 비교하셨습니다. 레오나르도는 끊임없이 자연을 관찰하여 거기서 얻은 지식을 예술에 활용했고, 미켈란젤로는 신으로부터 나오는 영감을 조각으로 옮겼죠. 레오나르도가 회화를, 미켈란젤로가 조각을 주장했던 것은 이런 이유입니다. 레오나르도가 발명한 것은 모두 다 이렇게 자연을 세심히 관찰한 후 얻어진 결과이지요. 물 속에서 활동할 수 있는 전함, 하늘을 나는 기계, 새로운 성벽과 해자, 잘 설계된 도시 등

그가 생각하지 않은 것은 하나도 없을 만큼 그는 자신의 천재성
을 유감 없이 발휘했습니다. 그의 발명품 중에는 살아 움직이는
장난감도 있습니다."

"살아 움직이는 장난감? 그 말을 들으니 생각나는 게 있군. 그
가 내 앙부아즈 성에 와 있었을 때였소. 우연히 그를 방문한 적
이 있었지. 그때 그는 이상한 인형을 갖고 있었는데, 나에게 설
명하기를 이 인형은 수은으로 움직인다고 했어. 수은은 살아 있
는 금속이니까 인형을 저절로 움직일 수 있게 할 거라고 그랬지.
지금 생각하니 수은을 만지고 있는 레오나르도라…… 좀 이상
하군."

"바로 그 얘기입니다. 로마에 있었을 때 레오나르도는 어떤 실
험에 열중하고 있었죠. 1513년 로렌초 일 마니피코, 곧 위대한
로렌초 공의 둘째아들 지오반니가 교황에 추대되었을 때, 그의
동생 줄리아노는 레오나르도를 데리고 로마에 가서 형의 즉위식
을 구경했습니다. 줄리아노는 레오나르도의 후원자였지요."

당시 메디치 가는 제2의 전성기를 맞고 있었다. 오랜 소데리
니 정권의 붕괴 후 지오반니와 그의 동생 줄리아노는 독일 황제
카를 5세의 도움을 받아 피렌체에 복귀할 수 있었다. 그 둘은 메
디치 가의 복귀와 옛 영화의 재창조를 위해 많은 노력을 하였다.
지오반니가 교황에 추대된 건 바야흐로 메디치 가에도 제2의 전
성기가 왔다는 걸 실감케 하였다. 로렌초 일 마니피코 시대의 영
광을 재현하진 못했지만.

"그때 로마에서 레오나르도는 밀랍과 수은 등으로 도마뱀을 만들었습니다. 밀랍으로는 형체를 만들고 수은으로는 그 도마뱀을 움직이게 하는, 이를테면 피 같은 것으로 썼던 모양입니다. 과연 그렇게 해서 만들어진 인형이 살아 움직였는지는 아무도 모르지만, 당시의 주위 사람들에 의하면 레오나르도가 친구들에게 자신이 밀랍으로 이어붙이고 수은으로 움직이게 한 그 도마뱀을 자랑하고 상자에 넣어 키우기까지 했다는 겁니다. 그 도마뱀이 무엇이겠습니까?"

프랑수아 1세는 호기심에 젖어 그저 미셸의 눈을 바라보고만 있었다.

"바로 폐하의 문장이신 살라맨더입니다. 살라맨더는 원래 불 속에서만 산다는 도마뱀이지만, 레오나르도는 자기가 직접 만들어낸 도마뱀을 수은을 이용해서 살아 움직이게 한 겁니다. 레오나르도의 이런 실험정신을 성당기사단의 전설과 연계시킨 것이죠."

"그럼 진짜 레오나르도는 흑마술사였고, 성당기사단의 우두머리였단 말인가?"

프랑수아 1세는 진저리를 치며 물었다.

"그건 모르겠지만, 그의 행동만큼은 전형적인 연금술사의 것이었습니다. 연금술사는 인공적으로 동물을 만들어서 살아 움직이게 할 수 있다고 믿었습니다. 그 대표적인 예가 바로 호문쿨루스이지요. 호문쿨루스는 아주 작은 인간인데, 우리 인간의 정자

속에 실제로 들어 있는 인물로 여겨졌습니다. 연금술사들은 그런 작은 인간을 실제로 만들 수 있다고 믿었고, 그것은 곧 현자의 돌이 탄생할 수 있는 가능성을 보여주는 것이라 했습니다. 교황 레오 10세가 되신 지오반니 추기경도 연금술에 박식한 분이셨습니다."

"교황이 연금술에 박식했다구?"

프랑수아는 믿기지 않는다는 듯 말했다.

"물론 교황에 추대되시기 전의 일이죠. 교황께서도 아마 연금술에 심취했던 걸 회개하셨을 겁니다. 그런 교황께서 레오나르도와 대화가 통했으리라는 건 짐작할 수 있는 일 아니겠습니까?"

"레오나르도와 교황과 연금술이라, 연금술……"

"레오나르도의 그림 중에는 연금술을 연상케 하는 문제의 그림이 있어 한때 논란의 대상이 되었죠. 그건 1478년 작 레오나르도의 〈베누아의 성모〉입니다."

"베누아의 성모?"

"예, 폐하. 그 그림을 보면 너무 젊게 그려진 성모와 너무 늙게 그려진 아기 예수가 있죠. 성모의 얼굴은 마치 아기 예수의 누나처럼, 아기 예수의 얼굴은 다 큰 청년의 얼굴처럼 말이죠. 그림 속의 모자는 모자가 아니라 남매지간처럼 보입니다."

"그래? 그런 그림이 있었나? 나에게는 그런 얘기를 안 했는걸?"

"남매의 합일은 연금술에서 가장 흔히 사용하는 알레고리입니다. 자식을 배태한 수은이 그 자식과 동일한 것처럼 성모와 예수 그리스도는 동일인입니다. 즉 성모는 예수 그리스도의 어머니이면서 누이동생이면서 딸입니다. 그렇기 때문에 미켈란젤로는 우리 프랑스의 추기경이 주문한 〈피에타〉의 성모 마리아를 젊은 부인으로 조각해놓은 것입니다. '우리의 주, 그리고 그의 아내,/아들이면서 아버지,/오, 동정녀 마리아여,/오직 하나뿐인 배우자이시며/딸이면서 어머니이신.' 이건 이탈리아의 시인 스트로치의 시입니다. 그림의 배경을 보면 창문에 있어야 할 기둥이 안 보입니다. 그 그림은 미완성작이지만 왜 레오나르도는 그렇게 이상한 그림을 그렸을까요? 그리고 기둥은 왜 빼먹었을까요? 한때 그 그림의 의미를 두고 논란이 분분했었죠."

"그 그림을 한번 보고 싶군."

"폐하, 제가 아는 바로는 성당기사단의 잔존세력들은 아직 활동을 하고 있습니다. 그것도 지하에서 말이죠. 그들은 복수를 준비하고 있다고 합니다. 그들은 대담하게도 자신들의 시조(始祖)가 예수 그리스도라고 주장합니다. 자기들은 옛날 프랑스를 지배했던 메로빙거 왕조의 후손들인데, 그 메로빙거 왕조를 연 왕이 바로 예수 그리스도라는 것이지요."

"저런!"

"예수 그리스도께서는 십자가상에서 돌아가시지 않고 막달라 마리아와 함께 프랑스 땅으로 오셨는데 그곳에서 막달라 마리아와 결혼을 하고 왕이 되었답니다. 그때부터 메로빙거 왕조가 시작되었다지요. 그래서 그들은 로마의 교황을 인정하지 않습니다. 로마 교황은 기껏 베드로의 후예들이지만, 자기들은 예수 그리스도의 후손들이라는 거지요."

"무례한 놈들이군."

"이들이 위험한 것은, 폐하의 왕실도 인정하지 않는다는 것입니다. 폐하가 나오면 발루아-앙굴렘 왕실도 장차 무너뜨려야 할 왕조라는 거지요."

"이런 발칙한!"

"그들은 프랑스에 자신들의 왕조를 세우길 원합니다. 더욱 무서운 것은 신성로마제국의 합스부르크 가문도 그들의 자손이라는 것입니다. 놀라운 사실입니다."

"그럼 카를이 그들이 원하는 왕이란 건가?"

"그들은 합스부르크 가문과 같은 자기네들의 왕조를 세우려 하는 것입니다."

"그들을 조사해서 없애버려야겠군."

"문제는 그들이 어디 있는지 모른다는 것이지요."

이때 버럭 소리를 지른 것도 카를 교수였다.

"그건 뜬소문입니다, 폐하. 성당기사단은 이미 오래 전에 없어진 무리들입니다. 그들이 암암리에 지하에서 활동하고 있다는 건 미셸이 어디서 들은 풍문을 옮기는 것뿐입니다. 폐하는 미셸의 말에 괘념치 마소서. 지금 미셸이 하고 있는 말은 모두 연금술을 옹호하고 있는 것입니다. 이건 분명 재판에 처해질 만한 말입니다. 그가 더이상 대학에서 이따위 강의를 한다면, 그의 교수 자리를 재삼 심각하게 생각해보아야 할 것입니다."

"전 단지 연금술의 이론들이 우리 크리스트교에 도움이 된다는 걸 말씀드리는 것뿐입니다. 현자의 돌이라는 게 실제로 존재하는지, 존재하지 않는지는 그리 크게 상관할 일이 아닙니다. 다만 현자의 돌에 대한 이론이 교회의 교리를 더 풍성하고 더 강하게 보완해주면 주었지, 절대로 해가 되지는 않는다는 얘기죠. 실제로 연금술의 책들을 읽어본 사람들이라면 연금술사들의 이론이 그렇게 교회에 위험한 것이 아님을 쉽게 알 수 있습니다. 오히려 현자의 돌이나, 금속의 정화의식이나 온갖 비유들은 우리 주 예수 그리스도의 모습을 더욱 쉽게, 그리고 확연하게 이해시켜줄 수 있는 이론들로 꽉 차 있습니다. 연금술사들은 예수 그리스도의 모습을 현자의 돌에 비유합니다. 현자의 돌은 완전한 자의 표상입니다. 연금술사들은 예수 그리스도를 배척하지 않고 완전자의 표상인 현자의 돌에 비유했습니다. 이들의 교리는 전혀 교회의 교리에 어긋나지 않습니다. 예수님은 완전한 분이시기 때문입니다."

"그만들 하게. 이젠 됐네. 다른 얘기나 했으면 좋겠군."

프랑수아가 손을 내저으며, 미셸과 카를의 논박을 그만두게 하였다.

　미셸은 카트린이 데리고 온 연금술사들 중에서 가장 유능한 피치노를 자신의 실험실 작업에 참여시켰다. 피치노는 베네치아 출신이었다. 카트린은 미셸이 피치노를 쓰겠다는 말을 듣고 허락해주었다. 피치노는 미셸의 네 시동을 중간에서 감독하고 미셸의 지시를 받는 위치에 있게 되었다.

28

그리고 나는 기억하네,
사랑과 전쟁은 레다의 알들에서 나왔다는 것을.
— 예이츠, 「환영(幻影)」

티치아노, 〈전원의 합주〉, 1510년, 파리, 루브르 박물관

수태고지화에서 성모에게 나타나는 천사는 대천사 가브리엘이다. 플랑드르파의 한 화가가 그린 〈수태고지화〉에서는 가브리엘이 꼭 헤르메스의 지팡이인 카두세우스를 닮은 홀(笏)을 들고 나타난다. 가브리엘은 헤르메스와 같이 뭔가를 알려주는 전령사 역할을 한 것이다.

승호가 해리스의 『양들의 침묵』이란 소설과 티치아노의 그림들이 연관을 갖고 있다는 사실을 안 것도 하영의 덕분이었다.

―분명히 해리스는 개인적으로 티치아노의 그림을 좋아했을 거야. 어쩌면 작품의 영감을 티치아노의 그림에서 받았는지도 모르겠어. 양들은 티치아노가 좋아하는 모티프잖아. 아마 조르조네의 작품으로 알려진 〈전원의 합주〉란 작품이 사실은 티치아노의 작품이라는 것도 해리스가 먼저 알았을 거야. 그 속에 나오

는 배경의 양들은 전형적인 티치아노의 양들이거든. 양들의 침묵. 양들은 이제 침묵을 했나?

토마스 해리스가 보고 영감을 얻었을 티치아노의 작품 중에, 『양들의 침묵』에서도 언급되는 〈마르시아스의 처형〉이란 작품이 있다.

—정말 끔찍한 작품이지.

승호는 보지 못했지만 하영의 말로는 티치아노의 상상력이 빚어낸 정말 잔인한 작품이다.

—나무에 마르시아스가 거꾸로 매달려 있지. 왼쪽에서 아폴론의 부하들이 칼로 마르시아스의 살을 저미고 있고, 아폴론은 태연하게 리라를 켜고 있어. 오른쪽에는 당나귀 귀를 한 미다스 왕이 이를 지켜보고 있고…… 그 그림을 한번 거꾸로 보았더니, 마르시아스의 얼굴이 훨씬 더 비참하게 보이더라구.

신비의 피리를 주며, 아폴론과 시합을 해보라고 부추기는 장난꾸러기 헤르메스의 유혹에 넘어간 목양신 마르시아스.

피리와 헤르메스의 인연은 깊다. 헤르메스는 악기를 만드는 데도 소질이 있었다. 아폴론의 상징이 되다시피한 악기, 수금은 원래 헤르메스의 것이었다. 그는 아폴론에게서 훔친 소의 가죽을 이용해 수금을 만든다. 그리고는 아폴론에게 용서를 비는 대신 그 수금을 준다.

헤르메스는 또 피리를 이용하여 괴물 아르고스를 죽이기도 한다. 제우스는 인간의 여자 이오를 사랑했다. 이를 눈치챈 여신 헤라는 이오를 암소로 변하게 한 후 눈이 수백 개 달린 아르고스를 시켜 그녀를 감시한다. 아버지 제우스로부터 아르고스를 죽이고 이오를 풀어주라는 명령을 받은 헤르메스는 신비의 피리를 불어 아르고스의 눈을 모두 감긴 뒤 그 목을 자른다. 아르고스를 불쌍히 여긴 여신 헤라는 그의 몸에 붙어 있던 눈들을 하나하나 떼어내 자신이 데리고 있는 공작새에게 붙여준다. 그러나 일설에 따르면 잠을 자다가 이오를 놓친 아르고스를 괘씸하게 여긴 헤라가 그 눈들을 모두 떼어버렸다고도 한다.

이 이야기는 메두사를 죽인 페르세우스의 일화와도 관계가 깊다. 헤르메스는 페르세우스에게 날개 달린 모자와 날개 달린 신발, 그리고 검을 주어 메두사를 퇴치하게 한다. 수많은 뱀의 머리를 든 영웅 페르세우스의 모습은 예술가들에게 많은 영감을 주었다.

어쨌든 마르시아스는 헤르메스에게서 받은 신비의 피리로 아폴론에게 대항하려는 욕심을 냈다. 헤르메스의 함정에 빠진 것이다. '마르시아스, 이 피리는 아폴론의 음악을 충분히 능가할 거야. 그럼 너는 음악의 신 아폴론을 이긴 판이 되는 거야.'

결국 마르시아스는 살갗이 벗겨지는 참혹한 벌을 받으며 죽어간다.

승호는 파르미자니노의 소묘 소품 〈마르시아스와 아폴론〉을 본 적이 있다.

티치아노의 배경에 등장하는 목동과 양들은 헤르메스를 나타낸다.

헤르메스는 목동들의 신이기도 하며, 양들의 목자이기도 하다. 트로이의 목동 파리스에게 비너스를 찍으라고 부추긴 것도 헤르메스였다. 루벤스의 그림 〈파리스의 심판〉에 등장하는 헤르메스는 파리스와 비슷한 얼굴을 하고 등장한다. 헤르메스는 '장차 로마제국을 건설할 아이네이아스'를 낼 계획인 제우스의 명을 받들어 아프로디테를 가장 아름다운 여신으로 선택하라고 파리스에게 일러준다.

〈전원의 합주〉는 얼마 전까지 조르조네의 작품으로 알려졌었다. 페이터는 그 그림이 조르조네의 작품인 줄 알고 『르네상스』를 썼다. 그러나 나무와 여인, 배경의 양떼 등의 묘사로 보아 지금은 티치아노의 작품이라는 것이 거의 확실시되고 있다. 이 그림은 주의해서 봐야 한다. 얼핏보면 베네치아의 한량들이 두 명의 여자를 데리고 음악을 연주하며 노는 목가적인 풍경이지만, 일단 의심을 품어보아야 한다. 베네치아 화가들은 알레고리를 즐겼다. 알레고리는 '피구라룸 움브라쿨리스', 즉 '우산에 가려진 형상'이다. 고대의 학자들은 세속적이고 불순한 자들이 그 의미를 아는 걸 막기 위해 알레고리라는 방법을 썼다.

승호는 이 그림에 대한 논문을 쓴 적이 있다. 이 그림은 알려진 것과는 달리 베네치아의 한가한 젊은이들이 두 명의 여자를 유혹해서 한때를 즐기는 〈전원의 합주〉가 아니다. 학자들은 전경(前景)에 있는 나체의 두 여인이 두 남자의 세계와는 단절된,

즉 관객을 위한 서비스 차원에서 그려진 일종의 부수물이라고 말한다. 그러나 두 여자가 그림 안에서만큼은 실존인물이라고 가정할 수도 있다. 그러기 위해서는 제우스가 범하여 아들 둘과 딸 하나를 낳게 한 레다의 전설을 알아야 한다.

그리스 신화에 의하면 제우스는 레다에게 반한 나머지 백조로 변하여 레다를 범한다. 레다는 세 개의 알을 낳는데, 그중 두 개에서 카스토르와 폴룩스, 즉 오늘날 쌍둥이 별자리로 잘 알려진 의좋은 형제가 나오고, 나머지 한 개의 알에선 트로이 전쟁의 원인이 되었던 아름다운 여자 헬레네가 나온다. 레다가 낳은 알이 네 개라는 설도 있는데, 그 네번째 알에서는 클리타임네스트라가 나온다.

우리는 이 그림을 레오나르도 다 빈치의 〈레다〉에서 볼 수 있다. 레오나르도가 그린 〈레다〉는 모두 두 점인데, 하나는 로마 보르게제 미술관에, 다른 하나는 로마 스피리돈 컬렉션에 있다. 보르게제 미술관에 있는 〈레다〉에는 백조(제우스)의 목을 만지고 있는 레다의 왼쪽에 두 명의 남자아이가 있다. 카스토르와 폴룩스이다. 그 뒤에 한 개의 알이 있는 걸로 봐서 아직 헬레네는 부화되지 않은 것 같다. 레오나르도는 레다가 세 개의 알을 낳은 것으로 믿었다는 얘기다. 그러나 로마의 스피리돈 컬렉션에 있는 또다른 레오나르도의 〈레다〉에는 모두 네 개의 알을 깨고 나오려는 아기들이 있다. 뒤의 두 아들은 카스토르와 폴룩스, 전경의 두 여자아이는 헬레네와 클리타임네스트라이다. 클리타임네스트라는, 제우스와 레다 사이에서 태어난 딸이 아니라, 레다와 틴다레우스 사이에서 태어난 딸이다.

카스토르와 폴룩스는 조화를, 헬레네와 클리타임네스트라는 불화를 의미한다. 이들 모두는 밤의 자식들이고 또한 음악을 상징한다. 필리피노 리피의 그림 〈음악의 알레고리〉는 티치아노의 〈전원의 합주〉와 비교하기에 좋은 작품이다. 티치아노의 〈전원의 합주〉는 승호가 보기에 제우스와 레다 사이에서 난 자식들의 얘기, 즉 '조화와 불화'를 의미한다. 그래서 승호는 이 그림에는 '조화와 부조화—사랑과 음악의 알레고리'라는 제목이 어울릴 것 같다는 견해를 리포트에 썼다.

두 여자는 뒤의 두 남자와 대조적이다. 뒤의 두 남자는 서로 얼굴을 마주 보고 있는데, 전경의 여자들은 서로 다른 일을 하고 있다. 한 여자는 왼쪽에서 물을 붓고 있고, 다른 한 여자는 두 남자를 바라보며 피리를 들고 있다. 두 남자는 서로 사이가 좋은 듯 보이는데, 두 여자는 일부러 시선을 피하고 있는 것이다. 두 여자 중 누가 헬레네이고 누가 클리타임네스트라일까? 그림에 등장하는 인물들은 셋과 하나로 나눌 수 있다. 류트를 켜며 노는 두 남자에 끼여 피리를 부는 여자가 바로 헬레네이다. 헬레네는 카스토르와 폴룩스와 함께 제우스와 레다 사이에서 난 자식이다. 그러나 이들과는 상관없다는 듯 그림의 왼쪽 우물가의 여자는 클리타임네스트라, 즉 틴다레우스와 레다 사이에서 난 자식이다.

티치아노의 〈전원의 합주〉는 사실은 제우스와 레다의 자식들을 그리고 있는 것이다. 아리스토파네스는 알레고리가 감추어진 의미라고 말했다. 티치아노의 〈전원의 합주〉는 당시 베네치아의 젊은이들로 묘사된 레다의 자식들이다. 두 젊은이들은 베네치아의 청년 단체였던 '콤파니아 델라 카르차' 의 일원처럼 서로 다른 색깔의 바지를 입고 있다. 그 단체는 음악을 즐기며 친목을 도모한 일종의 기사단이다. 티치아노는 그런 젊은 기사단원들의 애기를 그리스 신화에 빗대어 그려놓고 있는 것이다.

"나는 승호를 알게 된 것을 기쁘게 생각합니다. 파르미자니노의 그 이상한 기둥을 발견한 사람은 아무도 없었습니다. 그 퍼 교수라는 분을 따라 아르카디아 여행을 무사히 마치고 돌아오기 바랍니다. 마지막으로 점을 한번 쳐주고 싶군요. 타로 카드로 치는 점 아시죠?"

"듣기는 했지만 해보진 못했어요."

마이클은 서랍에서 타로 카드를 꺼내었다. 매우 낡은 카드였다. 마이클은 카드를 잘 섞어 하나하나 승호 앞에 내보인다. 마지막으로 펴 보인 카드는 좀 기분 나쁜 그림이었다.

"럭키 서틴!"

"럭키 서틴이라구요?"

하영이 물었다.

"13이라는 숫자는 보통 죽음을 연상케 해서 불길한 숫자로 통하지. 그래서 그 앞에 럭키라는 말을 붙이지. 럭키 서틴은 또하나의 '반대의 일치'라고나 할까? 인간의 놀라운 조합능력이지. 그런데 마지막으로 나온 카드가 죽음의 13이라…… 안 좋군."

카드에는 로마 숫자로 13이 적혀 있었고, 해골이 낫을 들고 있는 그림이 그려져 있었다. 그 밑에는 친절하게도 '죽음'이라고 적혀 있었다.

"그러나, 그렇게 기분 나빠할 일은 아닙니다. 죽음은 또다른 출발을 위한 전환점이니까요. 승호씨, 당신의 카드에는 '죽음'이 적혀 있지만 이건 어디까지나 상징입니다. 앞으로 당신에겐 죽음 같은 일이 벌어질지도 모릅니다. 불행한 일이긴 해도, 아마 생명에는 지장이 없을 겁니다. 사실 사람들은 죽음을 통해서 많은 걸 배우죠. 당신도 어려운 곤경에 빠질 때마다 그 속에서도 미리 준비된 놀라운 일들을 경험하게 될 겁니다. '불행'은 언제나 혼자 오지 않고 '행운'과 함께 오는 것이니까요. 퍼 교수와의 아르카디아 여행에서 약간 좋지 않은 일이 일어날 것 같군요. 그러나 정확히 어떤 것인지는 저도 잘 모릅니다. 하지만 희망을 잃지 마십시오. 당신은 그 죽음을 통해 놀랍고도 기쁜 일을 겪게 될 테니까요."

승호는 은근히 걱정이 되었다. 마이클은 다시 6번 카드를 내놓았다. 그 카드에는 세 명의 남자가 있고, 에로스가 그중 한 명을 위에서 쏘는 그림이었다. 에로스는 가운데의 젊은 남자를 겨냥하고 있는 것 같았다. 마치 보티첼리의 〈봄〉에서 삼미신(三美

神) 중의 하나를 겨냥하듯.

"피에로 델라 프란체스카 아시죠? 그가 1450년대에 그린 그림 중에 아직 그 의미가 다 밝혀지지 않은 그림이 있습니다. 〈그리스도의 책형〉이라는 그림이죠."

"알아요. 그것은 피에로 델라 프란체스카의 그림들 중에서도 가장 잘 알려진 그림이죠."

승호는 대학교 미술사 시간에 들은 그 아름다운 여교수의 설명을 기억했다. 〈그리스도의 책형〉은 1450년대 후반에 프란체스카가 그린 그림으로 현재 우르비노의 국립미술관에 있다. 이 그림도 르네상스 시대의 다른 많은 그림들처럼 그 의미가 확실히 밝혀지지 않은 작품이다. 왼쪽에는 빌라도로 보이는 높은 신분의 남자 앞에서, 그리스도로 보이는 나체의 젊은이가 채찍질을 당하고 있다. 오른쪽 앞에는 이런 장면과는 전혀 상관없다는 듯 세 명의 정체 모를 남자가 대화를 나누고 있다. 이 두 장면은 서로 관계가 없어 보인다. 만약 뒤의 장면이 그리스도의 책형을 뜻한다면, 전경의 세 남자와는 시간적으로 분리되어 있는 듯하다. 두 장면이 전혀 상관없다는 점에서는 파르미자니노의 〈긴 목의 성모〉와 비슷하다.

그 느낌은 또한 벨라스케스가 그린 〈직녀들〉이란 그림과 같다. 〈직녀들〉에서 전면에 실제 인물의 배경으로 그려진 그리스 신화의 한 장면은 나름대로의 세계를 간직하고 있다. 즉 벨라스케스는 단지 배경일 뿐인 아폴론과 직물의 여신들을 마치 살아 있는 것처럼 그려 환상성을 더했다.

프란체스카의 그림에 등장하는 세 인물은 도대체 누구일까? 학자들마다 전혀 다른 의견을 제시한다. 혹자는 예수를 배신한 유다와 제사장들이라 하기도 하고, 혹자는 가운데의 청년이 1444년 암살당한 17살의 오단티노, 즉 페데리코 다 몬테펠트로 공작의 이복형제와 비슷하여 이 청년과 암살을 모의한 사람들이라고 보기도 한다.

영국의 헤네시 같은 학자는 뒤에서 채찍질을 당하고 있는 인물이 예수가 아니라 성 제롬이라고 주장하기도 한다. 성 제롬은 이단의 책을 읽다가 꿈속에서 천사들로부터 채찍질을 당한다. 실제로 이와 비슷한 구도의 그림이 여러 화가들의 그림에도 있다.

그러나 채찍질을 당하는 이 인물은 성 제롬이라기보다는 예수 그리스도가 맞을 것 같다. 1480년대에 제작된 그의 제자 루카 시뇨렐리의 〈그리스도의 책형〉은 그가 프란체스카의 그림을 보고 그렸음을 짐작게 한다.

그러나 그렇더라도 전경의 세 인물은 어떻게 해석해야 할까? 세 인물은 그리스도의 책형과 무슨 관계가 있기에 등장하는 걸까?

프란체스카의 〈그리스도의 책형〉은 1465년경에 그려진 그의 〈세례받는 그리스도〉와 비교해야 한다. 〈그리스도의 책형〉을 해석하는 데 유용하게 제공되는 실마리는 전경의 세 인물이다. 이들 세 인물은 뭔가를 의논하고 있는 것 같지만 구체적으로 이 사람들이 어떤 사람들인지 알 수가 없다.

알 수가 없는 것은 당연하다. 프란체스카는 이 세 사람들에게 구체적인 임무를 맡기지 않았기 때문이다. 이 그림의 세 남자를 해석하는 데 있어 실마리를 제공해주는 그림은 같은 시대의 화가 마르코 조포가 그린 드로잉 〈대화중인 세 남자〉이다. 이 그림은 지금 대영 박물관에 소장되어 있다. 이렇게 세 명의 남자가 모여 대화를 나누고 있는 모습은 당시에 확립된 도상인 것 같다. 세 명의 남자가 모여 대화를 나누고 있는 모습의 기원은 어디에 있는가? 그것은 당연히 고대 그리스로부터 내려오는 '삼미신'이다.

〈세례받는 그리스도〉에도 세 천사가 등장한다. 세 천사는 한데 모여서 지금 세례자 요한으로부터 세례를 받고 있는 예수 그리스도를 본다. 이 세 천사는 '세 명이면서 동시에 그 세 명이 모여서 하나가 되는' 어떤 알레고리를 제공한다. 그것은 곧 '조화'다.

세 천사의 한데 '모임'은 로마 시대로부터 이어져내려오는 전통적 주제인 '삼미신'의 '일치'이다. 삼미신은 비너스로부터 유출되어 나오고 다시 비너스로 복귀한다. 마치 만물이 플로티누스의 '일자(一者)'로부터 나와 다시 일자로 돌아가는 것처럼. 세 천사 중 두 명의 천사는 서로 손을 잡고 있다. 이러한 자세도 전통적인 삼미신의 자세와 일치한다. 전통적으로 삼미신 중 두 명은 서로를 쳐다보고 있거나 손을 잡고 있다.

따라서 〈그리스도의 책형〉도 이런 관점에서 해석해야 한다.

그것은 프란체스카의 특기이기 때문이다.

1839년 파사반이란 학자가 그림의 제목으로 새겨져 있던 '콘베네룬트 인 우눔convenerunt in unum', 즉 '하나로 모아짐'이란 라틴어 글귀를 발견했다.

콘베네룬트 인 우눔은 당시 유럽의 궁정을 풍미했던 신플라톤주의 학자들의 '일자(一者)'와 '유출설(流出說)'과 관계가 있다. 따라서 이 그림은 당시 사람들의 사상을 알레고리화한 것이다.

퍼 교수의 논문에는 이런 대목이 있다.

"놀랍군요! 정말 놀라운 일입니다. 옳은 지적이에요."
승호가 설명해준 퍼 교수의 논문 개요를 듣고, 마이클은 퍽 놀라는 눈치였다.
"그 퍼 교수라는 분을 한번 만나보고 싶군요. 〈그리스도의 책형〉을 올바로 보는 학자가 있었다니. 〈그리스도의 책형〉은 그렇게 해석해야지요."
"그런가요?"
"만물은 '일자'에서 나와 다시 일자로 돌아가지요. 프란체스카는 그런 사상을 그림으로 나타낸 겁니다. 사실 채찍질당하는 인물과 앞의 세 인물들은 〈긴 목의 성모〉에서의 성모의 세계와 '작은 예언자'의 세계처럼 서로 무관하죠. 그런데도 프란체스카와 파르미자니노는 그 두 세계를 한 그림 안에 공존시키고 있습니다. 두 그림이 하나의 주제 아래 묶인 알레고리라는 얘기지요. 〈그리스도의 책형〉은 당시 르네상스인들의 사고방식을 설명해 줍니다. 르네상스인들은 소위 반대되는 성질의 덕목들, 이를테면 숭고함과 비천함, 용기와 절제, 미와 추, 종교적 심성과 육체적 쾌락, 기독교 교리와 이교도적 사상 등이 서로 다른 것이라고 보지 않았습니다. 자기들의 시대에는 그 모든 것들이 하나가 될 수 있다고, 분쟁은 필요 없다고 본 거죠. 화해와 관용, 중용의 시대였으니까요. 전경의 세 인물은 결국 모두 같은 사람입니다. 세 사람이 한 사람, 즉 채찍질을 당하고 있는 예수 그리스도로 모아지는 거죠. 전혀 상관없어 보이는 두 세계가 사실은 하나인 겁니다."

보티첼리의 〈봄〉에서 에로스는 삼미신 중에서 가운데 여인인 봄의 여신 플로라를 겨냥하고 있다. 삼미신이 모두 그 한 여신에게서 비롯된 '하나'라는 것이 보티첼리의 의도다. 플로라는 곧 아프로디테다. 가장 아름다운 여신 아프로디테는 삼미신, 곧 세 미인들로 이루어져 있다는 것이다.

칼뱅과의 논쟁 끝에 화형당해 죽은 세르베투스는 『삼위일체의 오류』라는 책에서 교회의 삼위일체 교리가 사실은 신플라톤주의 이론과 같은 이교도적인 이론에서 나온 것이라고 썼다. 세

르베투스의 지적은 놀라운 것이었지만, 교회에서 보면 '화형당
할 만한 일'이었다.

마이클이 왜 그런 얘기를 하는지 승호는 그 의도가 궁금했다.

"그렇다면 프란체스카의 그림은 이 타로 카드와도 관계가 있
군요."

"그렇죠. 화가는 주위의 많은 사물에서 영감을 받습니다. 그리
고 그것을 재창조해내죠. 프란체스카가 살던 시대엔 타로 카드
가 사람들을 즐겁게 해주는 놀이이면서, 동시에 깊은 사고를 하
게 해주는 도구이기도 했습니다. 그는 이 6번 카드에서 영감을
받은 것이지요."

"마이클의 생각을, 제가 원고를 보내고 있는 잡지에 실어도 될
까요?"

"승호는 미술잡지에 기고하고 있어요."

하영이 옆에서 말해주었다.

"물론이지요."

승호는 흥분했다. 수수께끼에 싸인 르네상스 시대의 그림들이
마이클에 의해 하나하나 풀려나가는 기분이었다. 문득 마이클을
자기에게 소개해준 하영이 고마웠다. 승호는 하영의 얼굴을 보
고 웃었다.

"이제 승호씨에게 마지막으로, 선물을 하나 하겠습니다. 나를
만난 기념입니다. 이 세상 어느 누구도 보지 못한 미켈란젤로의
작품입니다. 승호씨는 나를 만나 큰 행운을 얻은 것입니다."

"미켈란젤로의 작품이라구요?"

"예, 승호씨와의 만남도 이것으로 마지막인 것 같아 보여드리는 겁니다. 이쪽으로 오실까요?"

마이클은 승호와 하영을 많은 그림들이 장식되어 있는 벽 쪽으로 이끌었다. 조르조네의 〈폭풍〉과 데 키리코의 〈거리의 신비와 우수〉 등의 복제품들이 걸려 있는 벽이었다.

"승호씨, 이 작품을 아시겠어요?"

승호는 마이클이 가리키는 곳을 보았다. 미켈란젤로가 메디치가 로렌초의 무덤을 만들기 위해 조각했던 〈밤〉〈낮〉〈황혼〉〈새벽〉 중 〈밤〉의 여인과 비슷한 포즈를 취하고 있는 여인, 그리고 여인을 안고 있는 백조, 지금 막 알을 깨고 나오는 두 어린아이…… 영락없는 〈레다〉였다.

"이건 〈레다〉가 아닌가요? 백조로 변한 제우스와 사랑을 하여 카스토르와 폴룩스 형제, 헬레네와 클리타임네스트라 자매를 낳은 여인!"

"맞습니다. 잘 맞히셨습니다. 승호씨가 티치아노의 〈전원의 합주〉를 놀라울 만큼 잘 해석했기 때문에 알려드리는 겁니다."

마이클은 '알려준다'는 말을 썼다. 승호는 그 말에 호기심을 느꼈다.

"이 작품은 미켈란젤로의 조수인 안토니오 미니가 프랑수아 1세에게 판 미켈란젤로의 드로잉입니다."

"그럼 유실됐다는 미켈란젤로의 그 작품?"

승호는 놀라며 소리쳤다. 믿을 수가 없었다.

"이게 진품인가요?"

미켈란젤로는 원래 페라라의 공작인 알폰소 데스테를 위해 〈레다〉를 제작했다. 그림을 잘 그리지 않는 미켈란젤로가 그린 그림이었다. 그러나 알폰소가 보낸 심부름꾼 때문에 마음이 상한 미켈란젤로는 심부름꾼을 쫓아내고, 그 그림을 여동생들의 결혼 지참금을 마련하기 위해 동분서주하던 조수 안토니오 미니에게 줘버렸다.

미니는 프랑스로 건너가 미술품 수집에 열광하던 프랑수아 1세에게 그 그림을 판다. 그러나 무슨 이유에선지 퐁텐블로 궁전에 보관되어 있던 프랑수아 1세의 그림들이 사라진다. 남은 것은 첼리니가 피렌체로 돌아올 때 가져온 작품들뿐이었다.

미켈란젤로의 〈레다〉가 어땠는지 짐작할 수 있는 것은 로소 덕분이다. 퐁텐블로 궁전에 머물던 또다른 이탈리아 화가 로소는 그곳에서 본 미켈란젤로의 그림을 모사해두었는데, 그 내용은 메디치 가의 무덤 중 줄리아노의 무덤에 조각된 〈밤〉과 비슷하다.

"이게 진품이란 말이죠?"

승호는 다시 한번 물었다. 믿을 수가 없었다. 미켈란젤로의 진품이 마이클의 손에 있는 것이다.

"진품입니다. 자세히 보시죠."

승호는 더 가까이 가서 다시 한번 살펴보았다. 〈레다〉는 미켈란젤로의 다른 그림처럼 붉은색 연필로 데생이 되어 있었다. 아름다운 남자의 고개 숙인 얼굴, 남자의 육체를 연상시키는 강건한 사지, 레다를 안은 백조, 알을 깨고 나오는 카스토르와 폴룩스의 애정 어린 모습은 영락없이 미켈란젤로를 연상시켰다.

"이게 어떻게 여기 있죠? 어디서 구하셨죠?"

승호는 아직도 믿기지 않는다는 듯이 마이클을 보며 물었다.

"그건 비밀입니다. 다만 이것이 미켈란젤로의 진품이란 것만 알아주셨으면 합니다. 어떻습니까?"

"놀랍습니다 이런 구경을 하게 될 줄은 꿈에도 몰랐습니다. 왜 이걸 공개하지 않나요?"

"공개할 날은 따로 정해져 있습니다. 다만 그날이 아직 오지 않았기 때문이죠. 그렇지만 그날은 곧 올 겁니다. 승호씨가 이 그림의 마지막 증인입니다."

"정말 감사합니다. 이런 작품을 보여주셔서."

마이클은 그저 빙긋이 웃고만 있었다.

"첼리니는 미켈란젤로의 〈레다〉를 아주 좋아했던 모양입니다. 아니면 프랑수아 1세가 〈레다〉를 좋아했든지. 첼리니는 프랑수아 1세를 위해 만든 메달에 미켈란젤로의 〈레다〉를 조각해넣기까지 했죠."

마이클이 말한 메달은 첼리니가 1530년대 중반쯤 만든 것인데, 현재는 런던의 빅토리아 앤 알버트 박물관에 있다. 메달 뒷면에 말 탄 기사와 그 밑에 미켈란젤로의 〈레다〉를 연상시키는 나체의 여인이 조각되어 있다.

"첼리니는 자기가 갖고 있던 미켈란젤로의 드로잉과 피렌체의 메디치 가 묘당에서 보았던 그의 레다를 부활시킨 거죠. 사실 레다의 역사는 훨씬 더 깁니다."

29

나중에 물 속으로부터 '젊은 왕', 혹은 현자의 돌로 다시 떠오른다.
―A. 쿠더트, 『연금술 : 현자의 돌』, 제6장

막스 에른스트, 〈젊은 왕자〉, 1927년, 개인 소장

1534년 9월 어느 날, 미셸은 약속대로 퐁텐블로 궁에서 프랑수아 1세 폐하와 카트린 전하를 모시고 연극을 하였다. 프랑수아는 퐁텐블로 숲에서 사냥을 하고 난 후였다. 미셸의 연극이 진행되는 동안 주방에서는 프랑수아가 잡은 짐승들을 요리하고 있었다. 앙리와 그의 정부(情婦) 디안느도 미셸의 연극을 보러 왔다. 디안느는 앙리보다 스무 살이나 연상이었지만 매우 아름다운 여인이었다. 프랑수아 1세의 옆에 카트린이 앉았고, 카트린과 앙리 사이에 디안느가 앉았다. 미셸을 적대시하는 카를 교수도 관객들 사이에 끼여 있었다.

미셸의 제1 시동 가니메데스가 나와 이야기를 시작했다.

"고귀하시고 영명하신 우리 프랑스의 폐하, 여기 늙은 왕과 젊은 왕비의 사랑 얘기를 들어보시기 바랍니다."

가니메데스는 약간 떨고 있었으나, 미셸이 연습시킨 대로 잘

해나갔다.

"이 늙은 왕은 주책스럽게도 왕자를 원한답니다. 그런데 그러려면 젊은 왕비가 필요하죠. 왕은 어느 마법사의 얘기를 듣고 이름 모를 숲으로 갔답니다. 그 숲은 우리 퐁텐블로 숲처럼 아주 깊숙했습니다. 거기서 그는 마법사의 말대로 아리따운 젊은 왕비를 만났지요. 젊은 왕비는 마치 왕을 기다리고 있었다는 듯이 웃으며 왕을 맞이했지요."

늙은 왕은 당장이라도 젊은 왕비와 결혼하려고 했지만, 거기에는 한 가지 조건이 있었다. 결혼 후 늙은 왕이 죽어야 한다는 것이다. 왕은 다 늙은 몸이었고 무엇보다도 왕자가 중요했기 때문에 기꺼이 그렇게 하겠다고 했다. 늙은 왕은 젊은 왕비와 화려하게 꾸며진 욕조로 들어가 목욕을 했다. 그 욕조를 가니메데스는 '마리아의 욕조'라고 말했다. 늙은 왕과 젊은 왕비는 서로 목욕을 한 후 물 속으로 가라앉았다. 그것이 그들의 결혼이었다. 늙은 왕은 약속대로 숲속으로 들어가 거기서 푸른색의 늑대에게 잡아먹힌다. 그로부터 열 달이 지나 아들을 낳은 왕비는 이렇게 말한다.

"오, 나의 자식, 나의 헤르메스! 나의 헤르마프로디투스여!"

연극은 젊은 왕자인 헤르메스와 젊은 왕비가 서로 껴안는 것으로 끝났다.

카트린은 빙긋이 웃었다. 그녀는 자기 쪽으로 고개를 돌린 미셸에게 웃음을 지어 보였다. 연금술에 많은 지식을 갖고 있었던

그녀는 연금술을 의인화한 연극의 의미를 알고 있었다. 카트린
과 프랑수아는 모두 미셸을 칭찬했다. 그러나 미셸을 바라보는
카를의 눈길은 곱지 않았다.

"늙은 왕은 유황, 젊은 왕비는 수은입니다."

미셸이 앞으로 나가 왕을 보며 설명했다.

"늙은 왕과 젊은 왕비가 결혼한다는 것은 유황과 수은을 결합
시킨다는 것이고, 늙은 왕이 푸른 늑대에게 잡아먹힌다는 것은
유황을 금속의 원초적인 상태, 곧 안티몬 결합물 속에 용해시킨
다는 뜻입니다. 왕비가 생산해낸 젊은 왕자는 레비스, 곧 자웅동
체의 신비한 영혼, 금속 결합물을 금으로 변화시키는 데 없어서
는 안 될 헤르마프로디투스, 바로 현자의 돌입니다."

카트린이 박수를 쳤다. 매우 만족한 눈치였다. 왕도 웃으며 박
수를 쳐주었다.

"미셸, 잘 보았어요. 아주 재미있었어요."

카트린이 말했다.

"그래, 수고했네 미셸. 정말 재미있었어. 현자의 돌이 어떤 건
지 이제 확실히 알았네. 이젠 잔치나 벌이자구. 미셸, 내 옆자리
로 오게."

프랑수아는 자기 옆에 놓여 있는 빈 의자를 가리키며 말했다.
의자에 앉는 미셸을 보며 카트린이 물었다.

"그러나 늙은 왕과 왕비가 온전하게 결합해야 한다면 어떻게
해야 할까요?"

“물론 그들 사이에 불순물이 없어야 합니다.”

“그렇죠? 불순물이 없어야겠죠?”

카트린은 의미심장한 웃음을 지으며 남편 앙리와 디안느를 쳐다보았다. 디안느는 얼굴이 붉어져 고개를 돌리고 말았다. 앙리도 카트린의 눈을 외면하고 있었다.

갈등은 또다른 곳에도 있었다. 시종일관 굳게 다문 입술로 미셸의 연극을 보고 있던 카를은 미셸을 뚫어져라 노려보고 있었다. 미셸도 카를의 눈을 똑바로 쳐다보았다.

그때 시종이 신성로마제국 황제의 특사가 왔음을 알렸다. 특사의 얼굴은 굳어 있었다.

‘이제야 왔군. 미셸, 너도 이제 끝이야.’ 카를은 혼자서 그렇게 생각했다.

“폐하, 황제께서는 미셸을 종교재판에 회부하기로 결정하셨습니다. 황제께서는 미셸이 마드리드에 가서 재판받기를 원하십니다.”

특사가 말했다.

“무슨 일이냐? 누가 감히 왕의 비서, 그리고 콜레주 드 프랑스의 교수를 잡아간단 말이냐?”

왕은 몹시 화가 나서 말했다.

“주교께서는 미셸이 콜레주 드 프랑스에서 연금술 따위의 이상한 강의를 한다는 것, 그리고 감히 신성한 교회의 교리를 부정한다는 것을 알고 계십니다. 그래서 주교께서는……”

"닥치거라! 미셸은 누구도 붙잡아가지 못한다. 카를 이놈! 스페인의 영토를 차지하고 황제 자리도 빼앗은 놈이 이제 남의 궁정에 와서 내 수족과도 같은 사람을 달라고 하는구나. 설사 교황 성하의 명령이라 해도 나는 미셸을 내줄 수 없다."

왕은 순간적으로 마드리드의 추운 지하감옥에서 겨울을 나던 기억을 떠올렸다. 그 악몽과 치욕은 영원히 잊지 못할 것이다. 종교재판은 스페인에서부터 시작되었다. 스페인의 종교재판관 토르케마다의 악명은 그가 죽은 지 몇십 년이 지난 지금까지도 여전했다. 잔인한 고문과 처형으로 토르케마다는 종교재판관의 대명사가 되었다. 프랑스에서도 재판이 벌어졌다. 아직 재판을 하지 않은 곳은 교황의 땅 로마와 이탈리아뿐이었다.

재판은 스페인 왕의 권한이었다. 스페인의 왕까지 겸한 카를 5세는 이방인인 무어인과 유대인을 대상으로 만들어진 종교재판을 이용하여 프랑수아를 압박하고 있는 것이다.

카를 교수가 왕에게 다가가 속삭였다.

"폐하, 종교재판은 폐하께서도 막지 못할 것입니다. 비교적 관대한 성하께서도 지금은 거의 죽을 날만 기다리고 있는 상태 아닙니까?"

"음……"

교황 클레멘트 7세의 건강이 몹시 나빠져서 추기경들은 벌써 다음 교황을 물색중이었다. 프랑수아 1세는 고민에 빠졌다. 미셸의 얼굴은 사색이 되어갔다. 종교재판은 상관없다. 몇 번의 고문을 당하고 풀려나오면 그만이니까. 그러나 만약 이 일로 자신의 비밀 실험실이 발각되는 날이면……

프랑수아 1세는 자신의 권력이 아직은 교회를 완전히 이기지 못한다는 것을 알고 있었다. 영국의 헨리가 부러웠다. 헨리는 이미 로마와 결별을 선언하고 스스로 교회의 우두머리가 되어버렸다. 헨리는 자신의 의지대로 영국 교회를 호령하고 있을 것이다.

왕은 미셸을 바라보았다. 미셸도 왕을 바라보았다. 궁의 분위기는 순식간에 가라앉아버렸다.

"폐하, 지금 성하께서는 제 큰할아버지 되시는 분입니다. 제가 부탁을 드리면 미셸은 마드리드로 가지 않아도 될 겁니다. 재판은 쉽게 끝날 수도 있습니다."

카트린의 말을 들은 특사가 깊게 허리를 숙이며 말했다.

"카트린 전하, 불행하게도 성하께서는 어제 그 위대한 생을 마치셨습니다."

"뭐라고?"

카트린이 일어나며 소리쳤다.

"그리고 새로운 교황에는 파울루스 파르네제 추기경이 선출되셨습니다."

"파르네제가?"

이번에는 왕과 미셸이 모두 일어나 외쳤다. 파르네제는 보수주의자로 유명했다.

"새로운 교황 파울루스 성하께서는 이미 미셸의 혐의를 알고

있습니다. 성하께서는 미셸의 종교재판을 허용하셨습니다. 파울
루스 성하께서는 미셸 같은 자는 유럽에서 사라져야 한다고 하
셨습니다. 성하께서는 폐하의 결정을 주목하고 계십니다.”
“이럴 수가!”
프랑수아 왕은 의자에 털썩 주저앉았다.

승호와 하영은 마이클과의 대화를 떠올리며 화집을 뒤적였다.
“막스 에른스트의 그림엔 흥미로운 게 있지. 파르미자니노의
〈긴 목의 성모〉와 비교해볼 만해. 이건 에른스트의 1939년 작 〈신
부의 옷차림〉이라는 그림이야.”
“잠깐 하영아, 언제 그렇게 연금술에 대해서 지식을 쌓았지?”
“물론 마이클이 보여준 책 덕분이지. 연금술은 비록 지나간 시
대의 마술이지만, 한번쯤 읽어볼 만한 책이라는 걸 알았어. 실제
로 연금술은 서구 문명에 많은 영향을 끼쳤으니까. 많은 예술가
들과 과학자들이 연금술에서 상상력을 얻었어. 비록 현자의 돌
이라는 건 없지만, 연금술사들은 현자의 돌을 얻기 위한 과정에
서 많은 업적을 이루었지. 그래서 데카르트는 그랬다잖아. 연금
술은 자기 아들들에게 황금을 숨겨놓은 밭을 갈라는 유언을 남
긴 어느 아버지의 이야기와 마찬가지라고. 비록 황금은 없었지
만 열심히 황금을 찾는 과정에서 밭을 다 일구었잖아. 현자의 돌
을 찾는 과정에서 연금술사들은 많은 원소들을 찾아냈지.”

〈신부의 옷차림〉은 역시 에른스트답게 기괴했다. 에른스트의 그림에 자주 나오는 목 없는 여인이, 여기에선 한 명은 새의 머리를, 한 명은 보통 사람의 머리를 하고 나온다. 그러나 그 머리들이 달려 있는 모습도 마치 15세기 이탈리아의 화가 루카 시뇨렐리의 그림처럼 부자연스럽다. 두 여인 옆에서는 새의 복장을 한 남자가 부러진 화살을 들고 있다.

가운데의 주인공 여자와 화살을 든 남자는 물론 아프로디테와 에로스다.

화면 오른쪽 아래에는 유방이 네 개 달린 조그만 배불뚝이 여자가 그려져 있다. 그런데 여자가 아니다. 유방뿐만 아니라 남자의 성기도 달려 있으니까. 마치 폰토르모의 〈하르피의 성모〉에 나오는 괴물 '하르피Harpie', 즉 새이면서 여자의 몸을 가진 괴물과 닮았다.

"이건 자웅동체야. 연금술에 의하면 새로 태어날 젊은 왕은 자웅동체야. 자웅동체는 연금술사들에게 매우 이상적이고 완벽한 존재래. 그리스 신화에 나오는 헤르마프로디투스가 그 모델이야. 헤르마프로디투스는 헤르메스와 아프로디테의 사이에서 난 아들인데, 그를 사모하는 살마키스라는 요정의 부탁으로 신들이 그 둘을 합체시켜버리지. 그래서 헤르마프로디투스는 남자도 아니고 여자도 아닌 중성의 존재, 또는 남자이기도 하고 여자이기도 한 자웅동체가 되었어."

"그 정돈 나도 알아. 매우 매력적인 인물이지."

"헤르마프로디투스는 연금술에서 현자의 돌의 비유이기도 해. 자웅동체는 성(性)의 결여가 없기 때문에 완전한 존재야. 스스로 2세를 만들어낼 수 있는 거야."

"그럼 이 작은 여인이 헤르마프로디투스란 말야?"

"그래. 연금술에 일가견이 있는 에른스트는 자신의 그림 오른쪽 하단에 이렇게 자웅동체인 호문쿨루스를 그려넣은 거야. 이 여자의 배를 잘 봐. 달걀 모양처럼 불룩 나왔지? 이것도 호문쿨루스의 상징이야."

유방이 네 개 달리고 남자의 성기까지 달린 호문쿨루스는 무엇 때문인지 울고 있다. 그림을 바라보며 얘기하던 하영이 파르미자니노의 〈긴 목의 성모〉를 찾아 펼치며 말했다.

"〈긴 목의 성모〉에 그려진 작은 예언자는 예언자가 아니야. 파르미자니노의 호문쿨루스지. 바사리의 책을 보면 알 수 있어. 바사리의 『미술가 열전』을 보면 파르미자니노는 말년에 마치 미치광이처럼 머리를 풀어헤치고 옷도 남루하게 입고 다니면서 사람들의 욕을 먹었다고 했어. 그리고 비참한 일생을 마쳤지. 이건 자신의 모습을 빗대어 그린 호문쿨루스야."

"그렇지만 이건 자웅동체가 아니잖아?"

"자웅동체는 따로 있지."

"뭐?"

"아기 예수 말야."

1월 20일 월요일 오전 열시, 하영은 로자 시 고속버스터미널
에서 마드리드로 가는 버스를 기다리고 있었다. 승호는 오늘 오
후, '올림픽 항공' 두시 비행기로 퍼 교수와 함께 아르카디아로
갈 것이다.

하영은 어제 마이클이 한 얘기가 생각났다.

"하영, 네가 지금 가지 않는다면 내가 변성실험을 해줄 수도
있는데."

하영은 아직도 찌뿌둥한 머리를 두 손으로 감싸고 있다. 전날
꾼 꿈은 정말 기묘한 것이었다. 환상적이고 신비로웠다. 하영은
꿈을 자주 꾸는 편이지만 그처럼 신비로운 꿈은 다시 꾸기 어렵
다고 생각했다. 도중에 깨어나서도 다시 꿈속으로 들어가기 위
해 잠을 청했지만 마음먹은 대로 되지 않았다.

꿈속에서 그녀는 한국에서의 대학선배들과 함께 술을 마셨다.
술자리 도중에 집으로 가기 위해 술집을 나서는 하영을 선배들
이 어디론가 데려간다. 그들이 데려간 곳엔 하나의 문이 있다.
그 문을 열자 어두컴컴하고 섬뜩한 세계가 펼쳐졌다. '고전연구
회'의 선배들이었다. 하영은 그곳이 무서워서 그냥 집으로 가겠
다고 했다. 그러나 그녀는 그럴 수가 없었다. '너의 비밀을 알려
줄게.' 선배들은 그렇게 유혹했다. 하영은 선배들의 손에 이끌려
문을 열고 그 속으로 들어갔다. 매우 어두운 중세의 한 성(城) 같
았다. 그러나 그 성은 너무 커서 한눈에 들어오지 않았다. 하영
의 선배들은 점점 안으로 들어갔다. 이윽고 철문 하나가 나타났

428

다. '이 철문을 열고 더 안으로 들어가야 해. 그러면 네 안에 숨겨진 비밀을 알 수 있어.' 하영은 선배들을 열심히 쫓아갔다. 눈앞에는 끝이 보이지 않는 나선형의 돌계단이 이어져 있었다. 하영은 선배들을 따라 계단을 올라갔지만, 점점 그들과의 거리가 벌어졌다. 무서워진 하영이 필사적으로 따라가는데도 선배들은 점점 멀어져갔다. 같이 가자고 아무리 외쳐도 선배들은 들은 척도 하지 않았다. 선배들이 더이상 보이지 않았다. 하영은 공포에 휩싸였다. 이젠 돌아갈 수도 없다. 계단은 그 폭이 수시로 변했다.

앞에서 선배들이 '15층이야. 우리는 15층까지 올라가야 해' 하고 외치는 소리가 들렸다. 그러나 하영에게는 그것이 '7층이야' 하는 소리로도 들렸다. 자신이 서 있는 계단이 꽤 높은 곳 같긴 한데, 정확히 몇 층인지는 알 수 없었다. 계단이 갑자기 좁아지기 시작했다. 떨어질 것만 같았다. 하영은 자기가 곧 떨어지리라는 것을 알았다. 무서운 일이지만 어쩔 수 없었다. 하영은 허공을 향해 발을 내디뎠다. 그러나 뜻밖에도 하영의 발은 단단한 바닥에 닿았다. 그때 멀리서 철문이 열리며 한 선배가 달려오기 시작했다. 하영의 머릿속에 문득 자기가 오면 안 될 곳에 들어왔구나 하는 생각이 들었다. 하영은 점점 무서워졌다. 그 선배는 자기를 잡으러 오는 것 같았다. 달려온 선배가 마침내 그녀의 목덜미를 붙잡았다. '이곳이 금지구역인 줄 몰랐니?'

하영이 잠에서 깨어난 것은 바로 그때였다. 무서우면서도 어쩐지 신비롭고 환상적인 꿈이었다.

캘러핸 반장은, 하얗게 질린 얼굴로 황급히 들어서는 폴을 쳐
다보았다.
"반장님!"
"무슨 일이야?"
"아무래도 이번 사건은 쉽게 끝날 것 같지 않습니다. 잭이, 그
러니까 그 시체가…… 없어졌습니다."
"뭐, 뭐야?"

송대방

1969년 서울에서 태어나 서울대 고고미술사학과를 졸업했으며, 프랑스 보르도 제3대
학 박사과정을 수료했다.

문학동네 장편소설
헤르메스의 기둥 1
ⓒ송대방 2005

2판 1쇄 2005년 11월 28일
2판 2쇄 2021년 1월 8일

지은이 송대방
펴낸이 염현숙
책임편집 조연주 김송은
마케팅 정민호 이숙재 우상욱 | 홍보 김희숙 김상만 함유지 김현지 이소정 이미희
제작 강신은 김동욱 임현식 | 제작처 한영문화사(인쇄) 경일제책사(제본)

펴낸곳 (주)문학동네
출판등록 1993년 10월 22일 제406-2003-000045호
주소 10881 경기도 파주시 회동길 210
전자우편 editor@munhak.com | 대표전화 031) 955-8888 | 팩스 031) 955-8855
문의전화 031) 955-8890(마케팅) 031) 955-8864(편집)
문학동네카페 http://cafe.naver.com/mhdn | 트위터 @munhakdongne
북클럽문학동네 http://bookclubmunhak.com

ISBN 89-8281-963-0 04810

www.munhak.com